谷长春／主编

满族口头遗产传统说部丛书

莉坤珠逃婚记

该说部以说唱形式讲述满族望族的女儿莉坤珠被骗嫁给满族高官的傻儿子，所遭遇的一系列惨不忍睹的苦难，幸得好人相救，逃出虎口。最后受皇封，与汉族青年喜结连理，冲破历代满汉不通婚的禁忌，从而改变了满族固有的婚姻习俗。

富育光／讲述　荆文礼／整理

吉林人民出版社

滿族口頭遺產傳統說部叢書

愛新覺羅啓驤題簽

满族说部是我國
非物质文化遺産的瑰寶

周巍峙题
丙戌年

满族说部是北方民族的百科全书

九十三翁贾芝

丙戌之春

紫禁城武英殿

紫禁城坤宁宫东暖阁

顺治帝朝服像

孝庄文皇后便服像

紫禁城太和殿

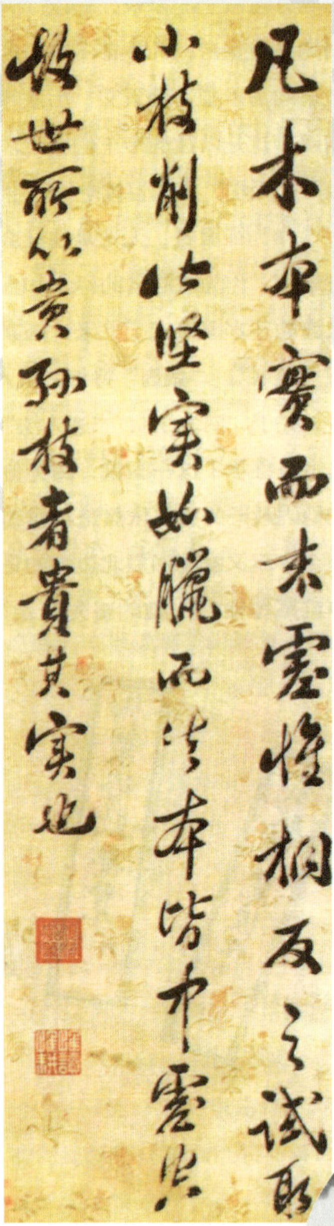

顺治帝书法

德胜门箭楼

昔日德胜门前繁华景象

昔日德胜门前繁华景象

（王韬　翻拍）

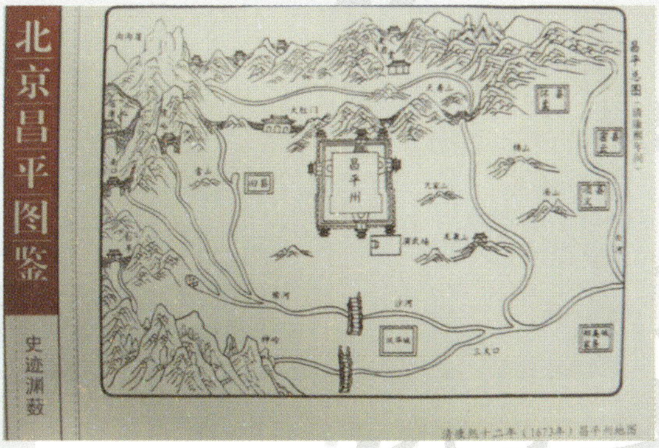

清代昌平地区地图《北京昌平图鉴》

清初妇女的高髻发式

居庸关

居庸关长城

过去的木轮推车

清代北京西城楼门

满族口头遗产传统说部丛书编委会

总序

《满族口头遗产传统说部丛书》在文化部和中共吉林省委、省人民政府的领导与支持下，经过有关科研和文化工作者多年的辛勤努力和编委会的精选、编辑、审定，现在陆续和读者见面了。

中华民族大家庭中的满族，同其他民族一样有着自己独特的文化源流，作为非物质文化遗产的满族传统说部，是满族民族精神和文化传统的重要载体之一。“说部”，是满族及其先民传承久远的民间长篇说唱形式，是满语“乌勒本”（ulabun）的汉译，为传或传记之意。20世纪初以来，在多数满族群众中已将“乌勒本”改为“说部”或“满族书”、“英雄传”的称谓。说部最初用满语讲述，清末满语渐废，改用汉语并夹杂一些满语讲述。在漫长的历史进程中，满族各氏族都凝结和积累有精彩的“乌勒本”传本，如数家珍，口耳相传，代代承袭，保有民族的、地域的、传统的、原生的形态，从未形成完整的文本，是民间的口碑文学。清末以来，我国社会发生了翻天覆地的变化，由于历史的、社会的、政治的、文化的诸多原因，满族古老的习俗和原始文化日渐淡化、失忆甚至被遗弃，及至“文革”，满族传统说部已濒临消亡。抢救与保护这份珍贵的民族文化遗产已迫在眉睫。现在奉献给读者的《满族口头遗产传统说部丛书》，是抢救与保护满族传统说部的可喜成果。

吉林省的长白山是满族的重要发祥地。满族及其先民世世代代在白山黑水间繁衍生息，建功立业，这里积淀着深厚的满族文化底蕴，也承载着满族传统说部流传的历史。吉林省抢救满族传统说部的工作始于20世纪80年代初。在党的十一届三中全会解放思想、拨乱反正精神的指引下，民族民间文化遗产重新受到重视，原吉林省社会科学院有关科研人员，冲破“左”的思想束缚，率先提出抢救满族传统说部的问题，得到了时任吉林省社会科学院院长、历史学家佟冬先生的支持，并具体组织实施抢救工作。自1981年起，我省几位科研工作者背起行囊，深入到吉林、黑龙江、辽宁、北京以及河北、四川等满族聚居地区调查访问。他们历经四五年的艰辛，了解了满族说部在各地的流传情况，掌握了第一手资料，并对一些传承人讲述的说部进行了录音。后来由于各种原因使有组织的抢救工作中断了，但从事这项工作的科研人员始终怀有抢救满族说部的“情结”，工作仍在断断续续地进行。1998年，吉林省文化厅在从事国家艺术科学规划重点项目《十大艺术集成志书》的编纂工作中，了解到上述情况，感到此事重大而紧迫，于是多次向文化部领导和专家、学者汇报、请教。全国艺术科学规划领导小组组长、中国文联主席周巍峙同志，文化部社文图司原司长陈琪林同志，著名专家学者钟敬文、贾芝、刘魁立、乌丙安、刘锡诚等同志都充分肯定了抢救满族传统说部的重要意义，并提出许多指导性的意见。几经周折，在认真准备、具体筹划的基础上，于2001年8月，吉林省文化厅重新启动了这项工程。2002年6月，经吉林省人民政府批准，省文化厅成立了吉林省中国满族传统说部艺术集成编委会，团结省内外一批专家、学者和有识之士，积极参与满族说部的抢救、保护工作。

这项工作，得到中国民间文艺家协会以及黑龙江、辽宁、北京、河北、吉林等省市民间文艺家协会和有关人士的认同与无私帮助，特别是得到了文化部和有关部门的鼎力支持。2003年8月，满族传统说部艺术集成被批准为全国艺术科学“十五”规划国家课题；2004年4月，被文化部列为中国民族民间文化保护工程试点项目；2006年5月被国务院批准为第一批国家级非物质文化遗产名录。这使我们增强了责任感、使命感和克服困难的信心。根据文化部和中国民族民间文化保护工程国家中心有关指示精神，我们对满族说部采取全面的保护措施，不但要忠实记录，保护好文本，还要保护传承人及其知识产权；不但要保护与说部的讲述内容和表现形式相关的资料，还要保护与说部传承相关的文物，从而对满族说部这一口头遗产进行整体保护。我们坚持保护为主、抢救第一的原则，以只争朝夕的精神，组织科研人员到满族聚居地区深入普查，扩大线索，寻源探流，查访传承人，利用现代化手段，通过录音、录像、文字记录等方式采录传承人讲述的说部。在记录整理过程中，不准许增删、编改，只是在文法、句式、史实方面作适当的梳理和调整，严格保持满族传统说部的原创性、科学性、真实性，保持讲述人的讲述风格、特点，保持口述史的原汁原味。

几年来的工作，使我们深感“抢救”二字的重要。目前健在的传承人多已年逾古稀，体弱多病，渐渐失去记忆。就在二三年前，我们刚刚采录完傅英仁、马亚川讲述的说部，还没来得及进一步发掘其记忆宝库，他们就溘然长逝了。一些熟悉往昔满族古老生活的长者和说部传承人，如二十多年前我们曾经访问过的黑龙江省的富希陆、杨青山、关墨卿、孟晓光，吉林省的何玉霖、许明达、关士英、赵文金、胡达千、张淑贞，辽宁省的张立忠，北京市的陈氏兄弟、富察·庄净，河北省的王恩祥，四川省的刘显之等先生都已相继谢世，使其名传遐迩、珍藏在记忆中的说部无以名世，成为永远的遗憾。今天出版这套丛书，也是对他们最好的纪念。

《满族口头遗产传统说部丛书》所选的作品，都是满族各氏族传承人讲述的优秀传统说部的忠实记录，反映了满族及其先民自强不息、勤劳创业、爱国爱族、粗犷豪放、骁勇坚韧的民族精神，具有很强的思想震撼力和艺术感染力，可以说是我国民间文学中的宝贵珍品，具有较高的科学价值。它的出版，不仅是对弘扬我国优秀民族文化遗产，建设社会主义先进文化的贡献，而且也为世界非物质文化遗产保护工程增添了一分光彩。

一、满族传统说部产生的历史渊源

满族及其先民是一个有着悠久历史的古老民族。满族的先民肃慎人自古就在白山黑水一带繁衍。据《山海经》载：“东北海之外……大荒山中有山，名曰不咸，有肃慎氏之国。”据《孔子家语》卷四载：肃慎就以“楛矢石砮”为信物贡服于周天子。而后，汉、魏、晋、南北朝之挹娄、勿吉，隋唐之靺鞨，辽宋之女真，明清之满洲，这些同属于肃慎族系，只是不同朝代称谓不同罢了。唐朝初年，靺鞨人曾建立“渤海国”，是北方少数民族的地方政权，史称“海东盛国”。辽代以降，满族先世黑水女真部迅速崛起，其首领阿骨打，承继祖业，敏黾韬晦，扫平有二百余年历史的桀骜恃强的庞然大国——辽王朝，建立了雄踞北方的大金王朝。到金世宗乌禄时代，在文化和经济等诸方面均达到了鼎盛时期，史称“小尧舜”。明末，建州女真首领努尔哈赤统一女真诸部，建立中国历史上又一个东北少数民族地方政权“后金”。其后人又从建立大清国，到打败明王朝，定鼎中原。满族及其先民绵长的一脉相承的历史，是满族传统说部赖以产生的客观基础。

满族是一个创造源远流长、光辉灿烂文化的民族。满族及其先民女真人作为北方边远的游牧、渔猎少数民族，能够两度逐鹿中原，建立政权时间长达420年，对统一中国版图，形成多元一体的历史格局产生了深远影响，做出了重要贡献，这是与其以自己的文化养育顽强、坚毅的民族精神分不开的。一方水土养一方人。满族及其先民历经三千余年的风雨沧桑，世代生活在广袤数千里的山林原野，征伐变乱的砥砺，苦寒环境的锤炼，培育了自己的民族精神与品格，使他们成为粗犷剽悍、质朴豪爽、善歌尚勇、多情重义，“精骑射，善捕捉，重诚实，尚诗书，性直朴，习礼让，务农敦本”（引自《盛京通志》）的民族。渤海的武人颇喜角斗，以骁勇为荣，有“三人渤海当一虎”（引自宋·洪皓《松漠纪闻》）之谚。靺鞨人盛行歌舞之风，其渤海乐不仅传入中原王朝和日本，而且在民间不断延续流传。金太祖完颜阿骨打在对辽作战相当激烈的时候，便命开国元勋完颜希尹创制女真文字，在金朝建国不久的太祖天辅三年（1119年）正式颁行，当时被称为国书。女真有了文字，促进了文化的发展，以歌伴舞在民间广为盛行。有些贵族子弟为求佳偶，常“携尊驰马，戏饮其地，妇女闻其至，多聚观之，闻令侍坐，与之酒则饮，亦有起舞歌讴以侑觞者”（见《三朝北盟会编》卷三）。这说明，女真民间一直保持先祖古朴的风俗习惯。随着北宋灭亡，金人大量入关，女真民间歌舞很快传遍中原大地，甚至在金、元杂剧中广为传唱。满洲统治者从建立后金到入主中原，注意保持满族及其先民尚武骑射和语言风俗方面的独立性，努尔哈赤时期创制满文，皇太极时期改革老满文，推动了民族文化的发展。康、雍、乾等几代皇帝，在强调“国语骑射”为治国之本的同时，也注意各民族之间的文化交流与融合，特别是积极吸收汉文化。这是满族传统说部得以滥觞的文化根源。

几度争战几度崛起，几度鼎盛几度衰落，漫长的历史充满着可歌可泣的英雄人物和壮烈悲怆的故事，构筑了深厚的文化根基，从而孕育和产生了古朴而悠久的满族民间口头文学——传统说部。满族说部的形成与传播，历史相当久远。满族先民，在从肃慎、挹娄到靺鞨以及创建大金国的历史过程中，各氏族、部落迁徙、动荡、分合频繁，到明中叶以后，随着女真社会内部矛盾日益尖锐，强凌弱，众暴寡，各部落之间互相争雄，连年战乱，及至进入清代，内部争斗不断，外患与内祸迭起，这使各个氏族都无法选择地交织在历史的漩涡里，涌现众多的英雄人物和感人的业绩。满族及其先民凭借自己对善恶美丑的感受和对社会现象的审视，把一桩桩、一件件值得传诵、讴歌的人和事，详细地记载在各个氏族世代传袭的口碑之中，以此谈古论今。为此，不遗余力地随时积累、记录、采集、传扬本氏族的英雄故事，以光耀门楣，激励族人。满族诸姓氏间，都以据有"乌勒本"而赢得全族的拥戴和尊重，"乌勒本"令族众铭记和崇慕。

满族传统说部的广泛流传得益于"讲古"的习俗。满族及其先世女真人，是一个讲究慎终追远，重视求本寻根的民族。他们通过"讲古"、"说史"、"唱颂根子"的活动，将"民间记忆"升华为世代传承的说部艺术。讲古，就是一族族长、萨满或德高望重的老人讲述族源传说、家族历史、民族神话以及萨满故事等。元人宇文懋昭所撰的《大金國志》中说，女真金代习俗，"贫者以女年及笄，行歌于途。其歌也，乃自叙家世"。这说明在女真时期就有"行歌于途"，"自叙家世"的讲古习俗。据《金史》卷六六载："女真既未有文字，亦未尝有记录，故祖宗事皆不载。宗翰好访问女真老人，多得祖宗遗事。"从中可知，金代初期民间讲古的习俗就很盛行，已引起上层统治者的重视。据《金史·乐志》载：世宗不令女真后裔忘本，重视女真纯实之风，大定二十五年四月，幸上京，宴宗室于皇武殿，共饮乐。在群臣故老起舞后，自己吟歌，"上歌曲道祖宗创业艰难……歌至慨想祖宗音容如睹之语，悲感不复能成声"。世宗及群臣参与"唱颂根子"的活动，势必张扬民间讲古的习俗。满族先人的故事在"讲古"中传播，在传播中又不断被加工、修改或产生新的故事。讲古不单单是本氏族内部的事，各氏族间互相比赛，场面十分热烈。据《爱辉十里长江俗记》中记载："满洲众姓唱诵祖德至诚，有竞歌于野者，有设棚聚友者。此风据传康熙年间来自宁古塔，戍居爱辉沿成一景焉。"由此可见，满族早年讲唱"乌勒本"，是相当活跃的，甚而搭棚竞歌，聚众观之。此景与我国南方一些民族的歌圩相类似。

满族及其先民将"讲古"、"说史"、"唱颂根子"的"乌勒本"，推崇到神秘、肃穆和崇高的地位，考其源，同满族先民所虔诚信仰的原始宗教萨满教的多元神崇拜观念，有着十分密切的关系。原始先民在漫长的社会劳动和生活中，由于生产力的极端低下，无力与强大的自然力抗衡，于是幻想在人的周围有一种超自然的力量主宰一切，并认为自然的东西都有灵魂，是他们控制着人类，给人类带来幸福，也带来灾难。正如恩格斯所说的，"由于自然力被人格化了，最初的神产生了"。这就是万物有灵论和原始神话。原始先民有了原始信仰和原始神话，便利用各种方法举行祭祀，向神灵祈祷、膜拜，于是产生了原始宗教，即萨满教。在萨满教诸神中，除自然神祇、动物神祇（包括图腾神祇）外，最重要而数目繁多者便是人神，即祖先英雄神祇。宗教与民俗从来就是形影相随的，"讲古"的习俗与萨满教的祭祀仪式结合了起来。满族及其先民以讲唱氏族英雄史传为中心主题的说部艺术，正是依照传统的宗教习俗，对本族英雄业绩和不平凡经历的讴歌和礼赞。人们对祖先英雄神，供奉它，赞美它，毕恭毕敬，祈祷祖灵保佑族众，荫庇子孙。萨满教极力崇奉祖灵，亦包括对本族历世祖先和英雄神祇的讴歌与缅怀。所以，在萨满祭祀中，有众多歌颂和祈祷祖先神祇的神谕、赞文、诗文和祷语，亦有叙事体的长篇祖先英雄颂词。满族及其先民的"颂祖"、"讲祖"礼俗，世代承继不衰，是因为把勉励子孙铭记祖先创业艰难，承继祖德宗功，继往开来，奋志蹈进，作为祖先崇拜的根本目的和信条。特别是乾隆十七年颁布的《钦命满洲跳神祭天典礼》，统一了萨满祭规，使萨满祭祀变成家族祭祖活动，把祖先崇拜推向高峰。经年累世，各氏族在集体智慧的滋育下，赞文日益丰富扩展，情节愈加凝炼集中，使之逐渐升华为长篇祖先颂歌。这也成为满族传统说部的一种源流。

二、满族传统说部的本体特征

满族传统说部经过千百年来的创作、传承和演变，形成了独特的表现空间和表现形式。满族先民自古"无文墨，以语言为约"（《太平御览》卷七八四），所以，说部是以口头形式产生和传承的，讲唱内容全凭记忆。最初记述手段，用一缕缕棕绳的纽结、一块块骨石的凹凸、一片片兽革的裂隙，刻述祖先的坎坷历程。这便是说部的最古老的形态，也叫"古本"、"原本"、"妈妈本"。满族人将这种"妈妈本"尊称"乌勒本"特曷。古人就是通过望图生意，看物想事，唱事讲古的。随着社会的发展，氏族中文化人的增多，满族说部的"妈妈本"逐渐用满文、汉文或汉文标音满文来简写提纲和萨满祭祀时赞颂祖先业绩的“神本子”。讲述人凭着提纲和记忆，发挥讲唱天赋，形成洋洋巨篇。

满族传统说部内容丰富，气势恢宏，它包罗天地生成、氏族聚散、古代征战、部族发轫兴亡、英雄颂歌、蛮荒古祭、生产生活知识等，每一部说部都是长篇巨著。满族说部之所以如此厚重，主要有以下三个方面的因素：

（一）关于记录和评说本氏族所发生的重大历史事件的说部，具有极严格的历史史实约束性，不允许隐饰，以翔实的根据来讲述；

（二）说部由氏族中德高望重、出类拔萃的专门成员承担整理和讲述义务，整理和讲述时吸收了众人谈资，所讲内容全凭记忆，口耳相传，无固定文本拘束，因而愈传愈丰愈精，是群体创作的累积；

（三）具有民间口头文学的生动性。说部多由一个主要故事为经线，辅以多个枝节故事为纬线，环环相扣，错综复杂，又杂糅地域的、民俗的奇特情景，加之口语化的北方语言，因而有深厚的文化积淀和感人的艺术魅力。

据我们掌握的三十余部满族说部来分析，从内容上可分为四种类型：

（一）窝车库乌勒本：俗称“神龛上的故事”，是由氏族的萨满讲述，并世代传承下来的萨满教神话和萨满祖师们的非凡神迹。窝车库乌勒本主要珍藏在萨满的记忆与一些重要的神谕及萨满遗稿中，如黑水女真人创世神话《天宫大战》、东海萨满创世史诗《乌布西奔妈妈》、爱辉地区流传的《音姜萨满》、《西林大萨满》等。

（二）包衣乌勒本：即家传、家史。如富察氏家族富希陆、傅英仁从爱辉、宁安传承的姊妹篇《萨大人传》和《萨布素将军传》（又名《老将军八十一件事》），黑龙江省双城县马亚川先生承袭的《女真谱评》，河北石家庄王氏家族传承的《忠烈罕王遗事》，乌拉部首领布占泰后裔赵东升先生承袭祖传的《扈伦传奇》，富氏家族传承的《顺康秘录》、《东海沉冤录》，傅英仁先生传承的《东海窝集传》等。

（三）巴图鲁乌勒本：即英雄传。满族说部有关这方面的内容很丰富，可分为两大类：一是真人真事的传述，如金代的《金兀术传》，明末清初的《两世罕王传》（又名《漠北精英传》）、《雪妃娘娘和包鲁嘎汗》，清中期的《飞啸三巧传奇》等；一是历史传说人物的演义，如《乌拉国佚史》、《佟春秀传奇》等。

（四）给孙乌春乌勒本：即说唱故事。这部分主要歌颂各氏族流传已久的历史传说中的英雄人物，如渤海时期的《红罗女》、《比剑联姻》，明代的《白花公主传》以及民间说唱故事《姻缘传》、《依尔哈木克》等。

满族传统说部在长期流传中形成了自己独特的风格，凝聚了有别于其他口头文学的鲜明特征。主要表现在：

（一）讲述环境的严肃性。各氏族讲唱“乌勒本”是非常隆重而神圣的事情。一般在逢年遇节、男女新婚嫁娶、老人寿诞、喜庆丰收、氏族隆重祭祀或葬礼时讲唱“乌勒本”。讲唱“乌勒本”之前，要虔诚肃穆地从西墙祖先神龛上，请下用石、骨、木、革绘成的符号或神谕、谱牒，族众焚香、祭拜。讲述者事前要梳头、洗手、漱口，听者按辈分依序而坐。讲毕，仍肃穆地将神谕、谱牒等送回西墙上的祖宗匣子里。这一系列程序表明有严格的内向性和宗教气氛。不像平时讲“朱奔”（意为故事、瞎话）那样随便地姑妄言之，姑妄听之。

（二）讲述目的的教化性。满族传统说部与萨满祖先崇拜的敬祖、颂祖、祭祖观念密切相关。讲述祖先过去的事情，都是真实地记述，是对祖先英雄业绩的虔诚赞颂，不允许隐瞒粉饰和随意编造，否则则认为是对祖先的不敬。讲唱说部的目的，不只是消遣和余兴，而是非常崇敬地视为培育儿孙的氏族课本和族规祖训，是对族人进行爱国、爱族、爱家的教育，起到增强氏族凝聚力的作用。因此，讲述内容、目的以及题材艺术化程度，均与话本、评书有较大区别。

（三）讲述形式的多样性。满族传统说部多为叙事体，以说为主，或说唱结合，夹叙夹议，活泼生动，并偶尔伴有讲叙者模拟动作表演，尤增加讲唱的浓烈气氛。从《萨大人传》和《飞啸三巧传奇》中我们可以看出，有说有唱，甚至还记录了讲唱的曲谱。讲唱说部关键在于说，说讲究真、细、险、趣四个字。真，即真实，故事情节合情入理，真实可信；细，即细腻，绘声绘色，细致入微；险，即惊险，突出关键的地方，有悬念，有艺术魅力；趣，即语言要风趣幽默，使人发笑。说唱时多喜用满族传统的以蛇、鸟、鱼、狍等皮革蒙制的小花抓鼓和小扎板伴奏，情绪高扬时听众也跟着呼应，击双膝伴唱，构成跌宕氛围，引人入胜。

（四）传承的单一性。满族传统说部的承继源流，主要以氏族中的一支或家庭中直系传承为主，虽有师传，但多半是血缘承袭，祖传父，父传子，子子孙孙，承继不渝，从而保持了说部传承的单一性与承继性。《萨大人传》是富察氏家族的祖传珍藏本，其传承顺序是：富察氏家族第十一世祖、清道光朝武将发福凌阿传给长子、爱辉副都统衙门委哨官伊郎阿将军；伊郎阿又传给长子富察德连；富察德连又传给其子富希陆和其侄富安禄、富荣禄；富希陆又传给长子富育光。一般来说，讲唱人大都与说部所宣扬的事件及其主人公有直系血缘关系，他们既对本氏族历史文化有一定的素养，又谙熟说部内容，并有组成说部题材结构的卓越能力和创作才华。《扈伦传奇》的传承就是很好的证明，其最早的传承人乌隆阿，纳喇氏第十一代，他把家史传给曾孙德明（五品官，通今博古），德明经过梳理后传给其侄十六辈霍隆阿（笔帖式），再传给十七辈双庆（五品官，精通满汉文），下传伊子崇禄（八品委官），二十辈的赵东升继承祖父崇禄先生，对家史进行整理。这些传承人都有高深的文化和创作才能。他们把记忆和传讲自己的族史视为己任，当做崇高而神圣的事情，世代不渝。他们在氏族中自行遴选弟子或由自己的后裔承继传诵。传承的方法是口耳相传，心领神会。所以，传承人在满族说部的纵向传承与横向传播的过程中，为保存民族文化遗产做出了应有的贡献。可以说，没有传承人，就没有满族说部。

（五）流传的地域性。满族说部在一些地域流传过程中，深受广大群众喜爱。因此，有的说部逐渐脱离原氏族的范围，被众多氏族传承诵颂，如《尼山萨满传》、《红罗女》、《飞啸三巧传奇》、《双钩记》（又名《窦氏家传》）、《松水凤楼传》、《姻缘传》等，在长期传诵中，已成为该地域更多姓氏甚至外族群众讲述的书目，并代代传承。

满族传统说部和其他口头文学一样，在流传过程中也有变异性。在传播中，传承人根据自己对讲述内容的认识和理解，不断加工、升华，从而产生新的故事纲目。特别是，随着氏族的繁荣，分出各个支系，每个支系都有自己的传承人，在讲述内容和形式上也有了变化。所以在不同的支系、不同的地域出现了不同的传本，如《红罗女》在黑龙江省牡丹江一带流传《比剑联姻》、《红罗女三打契丹》，而吉林省的东部就有《银鬃白马》、《红罗绿罗》等不同传本，这是正常的现象。说部在传播中演变，获得新的发展，并吸收汉族的评书和明清小说章回体的特点，这正是满族传统说部具有顽强生命力的表现。

三、满族传统说部的价值和意义

满族传统说部，是满族及其先民在一定历史时期、一定社会中的一种意识形态的反映，其中蕴藏着丰富、凝重的社会、历史内容。

满族传统说部具有历史学价值。满族传统说部大都是以古代英雄人物为中心、以历史事件为背景编织而成的，是述说满族及其先民各个部落、氏族的兴亡发轫、迁徙征战、拓疆守土、抵御外患等“先人昨天的故事”。如《萨大人传》、《东海窝集传》、《扈伦传奇》等所讲述苦难的经历，不朽的宗功，都从不同的侧面反映了各个氏族充满血泪、卓绝斗争的雄浑壮阔的历史。从各个氏族的说部中，能使人更好地了解到满族及其先民是怎样从遥远的过去走过来的，经历了哪些曲折坎坷和历史沧桑，而且比起正史有更多底层人民群众的历史活动和当时社会各层面的具体细节。高尔基说：“如果不知道人民的口头创作，那就不可能知道劳动人民的真正历史。”说部的历史价值在于它是原生态的历史记忆，是“那时”民间留存下来的口述史。满族的先世在没有文字时，许多史实都靠各个氏族的说部代代相传，据《金史》卷六六载：“天会六年（1128年）诏书求访祖宗遗事，以备国史。命勖与耶律迪越掌之，勖等采摭遗言旧事，自始祖以下十帝，综为三卷。”金代统治者重视采集民间遗闻旧事，并根据民间传说给始祖以下十帝立传，编入金史，这是满族说部为民间口述史的很好证明。满族说部是满族及其先民用自己的声音记述自己的历史，对各个部落、氏族重大事件的生动描写，细致记录，很多实事是鲜为人知的，有的补充了史料之不足，有的供专家研究或可匡正史误。说部以浩瀚的内容、恢宏的气势展示北方民族生动、具体的历史画卷，提供了各个历史时期活生生的人文景观。在《两世罕王传》、《扈伦传奇》、《雪妃娘娘和包鲁嘎汗》中记述了明朝与女真的交往、马市的内幕、东海窝集部与乌拉部的关系、扈伦四部争锋角逐，努尔哈赤创建八旗对女真的分化等等，都是各部族祖先的亲身经历。这对满族史、民族关系史、东北涉外疆域史的研究，都有见证历史的特殊价值。

满族传统说部具有文学审美价值。满族传统说部之所以能够世代传承诵颂，因为它具有独立情节，自成完整结构体系，人物描写栩栩如生、有血有肉，是歌颂克难履险、不畏强暴、能征善战、疾恶如仇的英雄的壮丽诗篇，充满了对英雄的崇敬，对美好生活的向往。说部中讲述的故事曲折生动，扣人心弦，语言朴实无华，简洁明快，具有感人至深的艺术魅力。许多说部都展现了浓郁的民族风韵，朴素、剽悍的独特风格，贯穿了反抗强权、除暴安良、保家卫国、急公好义、扶危济贫、知恩必报的积极主题，突出体现了满族及其先世的人文精神。它对启迪人们的智慧，端正人们的品格，鼓舞爱国主义思想，增强民族自豪感，有着潜移默化的作用。满族传统说部中反映的内容，与人民息息相通，因而受到北方各族群众的欢迎和享用。像《尼山萨满传》、《萨大人传》、《雪妃娘娘和包鲁嘎汗》、《松水凤楼传》等故事早已在达斡尔、鄂温克、赫哲、鄂伦春、锡伯以及汉族中广泛流传，只是过去没有被发掘而已。说部的创作不排除有被流放到北疆的高官和文化人的参与，如《飞啸三巧传奇》把北方民族抗俄守边的斗争与宫廷斗争相联系做了具体生动的描写，就可见流民文学的影子。满族传统说部创世神话《天宫大战》，反映了原始先民与自然力的抗争，歌颂了掌管日月运行、人类繁衍的三百女神与恶神进行惊心动魄地鏖战，是我国史前文化的重要遗迹，可以同世界诸民族的古神话相媲美，丰富了世界神话宝库。满族传统说部中的史诗《尼山萨满传》和有着六千余行的萨满史诗《乌布西奔妈妈》，以北方民族的独特语言，瑰丽神奇的情节，宏伟磅礴的气势，歌颂了萨满的丰功伟绩，具有很强的震撼力。可以说，满族说部是满族及其先世的史诗，是民族文化的精华和古卉，是我国和世界学术界研究满族及其先民历史和文化的不可或缺的宝贵资料，填补了我国民间文学史的空白。

满族传统说部具有民俗学价值。满族及其先世，在长期社会生活中，主要靠口碑传承生产、生存经验。在《飞啸三巧传奇》、《雪妃娘娘和包鲁嘎汗》中介绍了用桦树皮造纸、皮张的熟制、不同兽肉的制作和保鲜、鱼油灯的制作过程等古老工艺，还介绍了北方各种草药的药性和采集，北方少数民族的海葬、水葬、树葬等民俗。在《天宫大战》中介绍了祭火神，“跑火池”，在《两世罕王传》中记述了明末清初一种娱柳活动——“跑柳池”等等。因此满族传统说部，为我们展现了满族及其先民等北方诸民族沿袭弥久的生产生活景观、五光十色的民俗现象、生动的萨满祭祀仪式和古时的天文地理、航海行舟、地动卜测、医药祛病以及动植物繁衍知识等，特别是有关生产知识，操作技艺，往往通过故事中的口诀和韵语得以传承。这为研究北方诸民族的人文学、社会学、民俗学、宗教学等学科提供了具体、真实、形象的资料，使这些学科得到印证、阐明和补充。所以，有些专家称满族传统说部是北方诸民族的“百科全书”，其言不为过誉。

满族及其先民，数千年来，在亚洲阿尔泰语系乃至通古斯文化领域里，做出了不可泯灭的贡献。特别是有清二百六十余年来，为世界文化保留了浩瀚的满学典籍及各种文化遗产，满语的翻译历来为世界各国学者所青睐，满学已成为民族学、语言学的重要学科。满语因久已废弃，现存满语仅是清代书面语的沿用。近年来，我们采录了黑龙江省孙吴县78岁的何世环老人用流利的满语讲述的《音姜萨满》、《白云格格》等满族说部，它向世人重新展示了久已不闻的仍活在民间的活态满语形态，这对世界满学以及人文学的研究是弥足珍贵的。除此，在满族传统说部中还保留着大量的环太平洋区域古老民族与部落的古歌、古谣、古谚，故而具有丰富世界文化宝库的意义。

满族传统说部作为民间口述史，其中对历史的记忆也会有不真实、不准确的地方，但它毕竟是民间口头文学而不是史书，作为信史虽不排斥传说但不可要求口头传说与史书一样真实可信。满族及其先民由于受历史的局限和各种思想的影响，在说部中难免有不健康的东西和封建糟粕的成分，但这不是主流，它和所有非物质文化遗产一样，自有其存在的价值。我们把满族传统说部原原本本地奉献给广大读者，相信在批判地继承民族文化遗产的原则指引下，一些不健康的东西会得到剔除。我们在采录、整理、校勘、编辑过程中难免有所疏漏，敬请读者批评指正。

我们抢救、保护和编辑、出版《满族口头遗产传统说部丛书》，是为了贯彻落实党的十六大精神和“三个代表”重要思想，传承中华文明，发展社会主义先进文化，为建设社会主义精神文明和构建和谐社会尽绵薄之力，希望这套丛书的出版能发挥它应有的作用。

谷長春

2006年6月

目录

满族给孙乌春乌勒本
——《莉坤珠逃婚记》传承概述

富育光

满族给孙乌春乌勒本《莉坤珠逃婚记》，是早年在清代和民国年间，颇有声誉和影响的一部长篇说唱书目。《莉坤珠逃婚记》旧本又称德布达力《姻缘传》，故事情节跌宕起伏，感人至深，所述故事讲述人擅用小鼓、长弦，夹叙夹唱，随感情之深入，常又糅入生动活泼、惟妙惟肖的老人的怒骂、孩子的啼哭、夫人的柔肠、官宦的色厉内荏的表演，常使听众忽而赞叹甚至拍案惊呼，吸引街巷听众越聚越多，竟达到堵塞过路的行人和车马的场面，都被说部的情节感动，街谈巷议，故在满族民间素有"情书"、"怨书"之称。

《莉坤珠逃婚记》，在清代满族集居的村镇部落，多为满语讲唱。随着该书的影响日深，除在满族中传讲外，而且逐渐传入满汉杂居地区，甚至在汉族等广大听众之中，用汉语说唱《莉坤珠逃婚记》。在北方长期传播过程中，因全书揭示了明末清初盛京及京畿一带各阶层人士鲜为人知的生活画卷。各色人物个性鲜明，栩栩如生，情节奇妙曲折，哀惋动人。特别是全书别具一格，在讲唱中糅入诸多耳熟能详的喻世格言，倍受听众称颂。在诸多满族传统说部中，《莉坤珠逃婚记》尤具亲和力，传诵甚广，深受民众喜闻乐见。满族望族，往年寿诞、婚嫁、生子、合卺等喜宴，常延请名师来舍命题说唱乌勒本，《莉坤珠逃婚记》多为首选满洲书。探索《莉坤珠逃婚记》的书名之所以又呼叫为《姻缘传》，颇有深义。《姻缘传》书名，不知出自何人所撰？从我祖母在世时曾回忆，清末民初在黑龙江省城卜奎即齐齐哈尔，不少满洲望姓讲唱满洲书乌勒本，不仅保留有《莉坤珠逃婚记》的诱人书名，而且多喜欢以《姻缘传》新名，亲昵称呼《莉坤珠逃婚记》旧有的书名。据传，民国年间在黑龙江督军衙门当差的满族上层社会中的郭府家宴中，每发海报开讲《姻缘传》，车水马龙，贵客盈门。人人争听《姻缘传》，其实《姻缘传》

就是《莉坤珠逃婚记》。顿时，泛起波澜，在社会上产生不小反响，更进一步激起人们对《莉坤珠逃婚记》的关注。若认真研考《莉坤珠逃婚记》书目的章节和内容，《姻缘传》并未有增加任何新的动人故事和情节，仔细比照并无创新。但认真思索，撰改书名的人，确实动了一番苦心，甚有心计。《莉坤珠逃婚记》和《姻缘传》，虽同是一部满族传统说部给孙乌勒本，但两部书的书名，在社会上所产生的引导取向、所强调、所侧重的角度迥然有别。《莉坤珠逃婚记》着眼点讲述莉坤珠被骗嫁到傻儿家所遭遇的一系列苦难和幸得好人相救，逃出苦海，喜结良缘。《莉坤珠逃婚记》原书名过多显示悲伤、苦难一面。而《姻缘传》突显积极向上一面，则侧重突出莉坤珠全书后部分出虎口，受皇封，与一位汉族小将军喜结连理，突显了民族和睦、满汉通婚的喜讯。

《莉坤珠逃婚记》或称《姻缘传》，在传承中各满族诸姓又有诸多丰富和发展。本说部所以深受广大听众喜爱，广为传讲，在当年是富有一定的时代意义的。究其原因，是全书反映了一个重大主题。本书时代背景，大约产生于1644年清顺治皇帝由盛京迁都燕京，大清王朝取代前明，定鼎中原，首部满族传统说唱乌勒本，在满族众多的传统说部中具有重要的影响和地位。它首先以说唱文学的形式，揭示了清王朝推翻前明崇祯王朝之后创建大清帝国，在社会治安、民生、民族团结、促进民族和睦所做出的重要政绩。可以说它是清入主中原后，首部产生于满族诸姓民众中富有重要历史文化记忆价值的传统说唱乌勒本，因而在满族众多的传统说部中具有突出的地位和影响，载入民族文学史册。在满族固有的民间婚俗中，从金以来满族及其先世女真人，为保持自身的民族文化特姓，历来都是主张和提倡“旗民不交产”。就是满族及其先民女真人历来不与汉人等外族通婚，其子女均在族内非同哈喇（姓氏）中相互婚配，藉以保持本民族的性格、精神、习俗的纯洁性。所以，在满族婚姻组合中始终出现血亲联姻的“姑表亲”婚姻形式。姑表亲，又称姑舅亲，即兄妹（姐弟）的子女，互称姑舅兄弟姐妹。俗语说：“姑舅亲，辈辈亲，打折骨头，连着筋”。在主观上加强了氏族的凝聚力。这种古俗一直延续到清初。满族人最早只同蒙古人通婚，这在清代自努尔哈赤起便与蒙古科尔沁部建立联姻关系。尽管如此，满洲从来不与强大的汉族人通婚，已经成为严格的族规。凡违者，必遭本氏族律条的严惩。但是，自进入顺治朝初年，满洲八旗军旅进入广阔的中原，呈现出少数的满洲八旗直接与浩如烟海的汉族等诸民族民众朝夕生息的严峻局面。年轻的顺治帝受其母孝庄皇太后的训诲，迅即改变了历代满洲除蒙古人之外不与汉族等外族人通婚的严格禁忌，而积极倡导满洲人与汉人通婚，极大地改变了满族固有的婚俗传统习惯。然而改变祖宗之制，确遇种种抵触。孝庄文皇后则极力游说倡导，主张满洲皇帝进入燕京，定鼎中原，已不再是单独的满洲皇上，而是承继前明政权成为中原诸民族之圣君。堪称中原大国之圣君，就该五族融合，互称兄弟，倡兴男女通婚，兄弟相亲，和睦一体，大清国方能国运昌盛，万民永享安居乐业。清顺治五年戊子八月颁诏满汉通婚。谕礼部曰："方今天下一家，满汉官民皆朕臣子。欲其各相亲睦，莫若使之缔结婚姻。自后满汉官民，有欲联姻好之，听之。"在孝庄文皇后的极力训示和倡导之下，年仅冲龄的顺治福临皇帝深受启迪，忠实践行乃母之志，不仅在顺治初年遵母训颁圣旨倡导满汉通婚，而且自己身体力行，选娶汉女为妃。当时，在社会上产生重大影响，民间产生许多满汉通婚故事，广在民间流传。《莉坤珠逃婚记》便是在这种政治背景下，在民间对孝庄皇太后母仪天下所倡导的仁爱思想的高扬而构思形成的满族传统说部故事，颇有纪念意义。正因如此，《莉坤珠逃婚记》在民间妇孺之中热烈流传，深得人心，处处传来许多满汉通婚的福音。《莉坤珠逃婚记》从清末以后直至民国以来，在黑龙江瑷珲地区满族诸姓耆老中流传颇为广泛，影响深广，堪称清末以来中国北方满族口述文学中最具代表性的说唱艺术佳作。

本篇满族给孙乌春乌勒本《莉坤珠逃婚记》即《姻缘传》遗稿，最初传人便是我的祖母郭霍洛·美容，是她将本家族传诵的《莉坤珠逃婚记》即《姻缘传》，于清光绪年间随嫁由卜奎即省城齐齐哈尔带到瑷珲大五家子托克索，并多次在我富察氏阖族及外族、外屯噶珊唱讲过，从此在瑷珲当地传播开来。1946 年春祖母病逝，《莉坤珠逃婚记》即《姻缘传》由二姑父张石头和父亲富希陆承继下来。我从小便深受奶奶和父辈们的影响，很小也喜欢听讲和学说《莉坤珠逃婚记》。我家原由祖上传流的《莉坤珠逃婚记》即《姻缘传》手抄本，本为满汉文对译撰写本，因匪患于民国年间散失，成为全族的一大憾事。祖母在世时常殷嘱我姑父和众叔辈们，延请通晓满文的色夫们，能够及早修复已失去的《莉坤珠逃婚记》即《姻缘传》手抄稿。本族不能丢失《莉坤珠逃婚记》即《姻缘传》，这是记述历史的重要子弟书和育人课本。然而，阖族终因生活诸事所累，都没有能够抽空静下心来从事《莉坤珠逃婚记》即《姻缘传》手抄稿的复制。一直到上个世纪八十年代初，在吉林省社会科学院老院长佟冬先生的极力组织下，我赴黑龙江故乡调查与整理满族传统说部《萨大人传》。沉睡经年的《莉坤珠逃婚记》即《姻缘传》等一批满族传统说部，从此也被正式列入了抢救与整理的拟议之中。这期间，先父富希陆先生有暇时便回忆和撰写说部唱本，1980 年先父病逝，未完成的零散书稿由我大妹夫叶福巨和大妹富倩华收藏。2007 年前后，我主要致力于《萨大人传》、《东海沉冤录》等多部满族传统说部的讲述与整理，近些年在荆文礼同志的热心鼓励下，才投入了《莉坤珠逃婚记》即《姻缘传》资料的汇集与讲述，2013 年春完稿，交文礼进一步修润出版。我讲述之《莉坤珠逃婚记》即《姻缘传》，完全依据先父生前所留遗稿的荟萃和整理，并有诸多情节系我自幼学说说部《莉坤珠逃婚记》，和平日聆听祖母、父亲和二姑父讲唱《莉坤珠逃婚记》，刻记入心的许多发自感人肺腑的时代生活细节，遂使全书保持了《莉坤珠逃婚记》的原汁原貌，耐人寻味，尤使全书具有保存和传承价值。为了保持原说部的满语特征，我邀请通晓满语言口语的宋熙东，多次赴黑龙江省孙吴县沿江乡四季屯村，拜访 86 岁高龄的何世环老人，用满语讲唱老人年轻时在下马场村听过著名满族说书人祁世和老人用满语诵唱讲述的《莉坤珠逃婚记》，书名叫《耶钦哈哈吉》。熙东很辛苦，认真采访记录，确实做了许多满语方言的热心考证和采录工作。可惜，因年代过久，何世环老人仅能追述概略。为使读者更多了解满族传统说部的民间传承信息，本书将采访满语与汉译原件，亦一并收录出版。

2013 年 6 月 2 日

小小蝼蚁，懂得爱群。

——满洲古谚

孤芳自赏，一生孤凄。
广交世人，八方相助。

——满洲古谚

一

[采葡萄调][1]

哎咴唻，尊一声南邻的张阁老，
哎咴唻，念一声北屯的长寿翁。
哎咴唻，道一声西街的刘姥姥，
哎咴唻，颂一声东巷的何外公。
朱伯西我恭祝众位祥瑞，
万福金安，
鹤鹿同春。

二

朱伯西我拨响双弦给督罕[2]，

① 文本中引入大量《采葡萄调》《叼叼令》等往昔流传在民间喜闻乐见的各种小调，与全文说唱融会贯通，为本说唱的一大特点。既有活跃气氛的功能，又在讲唱中加入一些喻世时尚格言，颇有情趣。

② 给督罕：满语，早年在满族民间演唱时喜用的一种两弦长琴。

焚香接请记忆神。
今朝枝梢喜鹊叫，
美景良辰气象新。
闸门开启翻江水，
千载风尘随歌生。
激情涌啊，动心魄，
我弹唱起古老的乌勒本乌春，
口若悬河百日忙，
不晓倦疲嗓音洪。

三

身为乌勒本乌春尼雅玛[①]，
历来色夫们殷嘱苛求严。
首倡爱族同情心，
再求灵颖嗓门甜。
一腔赤情乐善施，
春风化雨润心田。
百鸟朝凤，
众星捧月。
招人恋听，
百代不嫌。

众位妈妈、玛发、阿古、色夫们，散着香味的松木劈柴块儿，填满了南北大炕，瞧啊，这灶坑里柴烧得多响多旺噢，热气盈室，喜迎窝西浑[②]老少谙达们光临谱房子！快快脱下毡靴、小乌拉头，尽量往炕头里坐吧，还备好方枕头和金丝绒厚褥子，年长的萨克达妈妈、玛发们背靠着，更能够舒心，消乏解累。晚辈的沙里甘居[③]和阿济格[④]们，别老在

① 乌勒本乌春尼雅玛：满语，说唱传统说部的人。
② 窝西浑：满语，即尊敬的意思。
③ 沙里甘居：满语女儿。
④ 阿济格：满语，小的意思。

爷爷奶奶怀里揉闹啦，在地当央儿给你们摆满了狍皮、熊皮、豹皮蒙的小榆木墩儿，老老实实听故事。大家嗑着老窝瓜籽儿香喷喷的，呷一口兴安岭的香茶呀美滋滋的。暖意融融，喜气洋洋，众位舒心我开心。朱伯西我立马开篇，请众位听唱满族给孙乌春乌勒本《莉坤珠逃婚记》，旧本又称德布达力[1]《姻缘传》。俗话说得好，男婚女嫁。那可算是二百多年前大清国乍起初定鼎燕京年头，开创满汉通婚的一桩轶闻趣话儿。

① 德布达力：满语，系泛指流传在满族民间具有一定情节体系而喜闻乐见的一种说唱形式。

［叨叨令］少说碎语闲言，
少唠枝梢末节。
祖上传下的乌勒本，
说的是前世后师，
立人为本。
朱伯西我抖起精神，
倾心贯注。
琴弦震荡，
犹如骏马奔腾。
那是弹起我的蟒皮蒙的两弦给都罕，
那是打起我的水冬瓜的清脆恰拉器，
那是提起我的虎头铜铃，满屋静穆，
那是敲起我的海象圆皮鼓，众心归一，
窝西浑尼雅玛耶①，
来吧，乌勒本乌春领你听讲
激昂慷慨的儿女情。

说的是大清国定鼎燕京的初年，太宗皇帝驾崩梓宫奉安昭陵，还没过一载，顺治坐殿北京燕都龙庭的头一年，离辽东盛京百里有个穆克敦噶珊，穆克敦部落有家穆克奚里哈喇那是老满洲世家望族，先祖率本部，于万历十一年追随老罕王努尔哈赤，以十三副遗甲起兵，攻破图伦城，再取萨尔浒，马儿墩城下战功赫赫。罕王爷努尔哈赤取兆嘉、取长白鸭绿江部、败叶赫、灭辉发、灭乌拉，阵阵拉不下满洲一只虎——穆克奚里·塔斯哈②，屡受奖赏。一生随龙伴驾，东挡西杀，爵封忠义侯。

① 窝西浑尼雅玛：满语，尊敬的人啊。
② 塔斯哈：满语，虎。

朱伯西手拨弦琴唱将军耶，
塔斯哈猛将世人崇敬。
太宗驾下赏赐银鞍座，
进宫不下马，
上殿面君免跪身，
风光无限，誉满朝廷。
太宗皇上爱怜老将军百战伤痕，
终日依然风雨教场苦练兵。
亲御金顶大轿赐送归里安享晚年，
又颁旨爵位传于老侯爷独生子，
袭承忠义伯传美名。
老侯爷沙场争杀大半生，
留下刀箭战疤伤满身。
无冬无夏苦痛缠，
夜夜不眠病呻吟。
战伤复发不时起，
痈脓溃泻六十终。
太宗皇爷闻丧涕，
亲御灵棚奠英魂。
赐建祠庙，
绘像永颂。
忠义伯家请来僧尼足足有五百位，
忠义伯家诵经足足九九八十一天，
忠义伯家孝棚灵棚点用灯油百余桶，
忠义伯家施舍吉祥银子千千两，舍米千千担，
为的是祈愿子孙蒙福辈辈福禄其昌。

俗话说："积德修得一世福，
子孝家殷后继人。"
忠义侯大丧办过，
忠义伯喜事临门。
说来这位忠义伯啊，跟那老侯爷可处事迥然。
福里生来福里长，

糖罐子里泡大的小甜人儿。
全靠阿玛老侯爷，
众星捧月世人羡。
只靠“大树下头好乘凉”，
安于现状，娇生惯养，
文才武略不求精。
老侯爷屡训结世缘，
傲慢自大目空无人，
广结仇冤自掘坟。
唯知一心怜福晋，
十月怀胎即分娩。
延请师爷嬷嬷数十人，
制定奴婢禁规必遵行：
不准喧哗显大声，
不准折筷砸碗盆，
不准哭吼惊福晋，
不准倒泄泔水，
只能暂备仓廪另存放，
上下人等说话只能说“进”，
不准说“走”，
凡有“走”字必须绕开，
或用另词代替才过关。
所有禁忌，不可疏忽，
勤想牢记，违犯找死。
罚跪，罚俸银，
罚掌嘴，罚蹲门脸，
罚睡老母猪圈，
罚永不许回府衙。
森严禁忌，人人自畏，
时时怕惹来大祸临头。

说来这福晋、畏根[1]忠义伯，
那可是天上难找，地下难寻。
忠义侯爷娇子独根苗，
他有两个额云[2]不一般：
大姐丫丫嫁到山海关，
山海关镇守副都统，
二品武将安禄将军美名扬。
小姐二丫嫁到锦州城，
锦州镇守都统衔，
官位正一品，
曾随睿亲王智俘洪承畴，
威名显赫传清史。
忠义侯娇子本名亚钦哈哈济[3]，
若说成汉语真难听，
“黑熊”就是他绰号。
身胖确像大黑熊，
力大胳膊粗。
三十而立不知愁，
爱玩鹰斗蟋蟀。
出名的“鹰王”、“蝈蝈太岁”，
打手护从无计数，
说打就撩不含糊。
打死个人像宰了头猪，
惹下乱子官衙不敢管，
平民不敢哭，
堵点银子百事无。
忠义侯恨儿日日闲，
恭请吏部求一职。
册赐辽阳城副守尉，

① 福晋、畏根：皆满语，福晋为清代贵族女子的封号，福晋或格格，即夫人之尊称；畏根即丈夫。

② 额云：满语，姐姐。

③ 亚钦哈哈济：满语，黑小子，乃民间对黑熊的称呼。

从二品正堂威名振。
照旧朝服朝靴供香案，
整天放鹰撵兔酒涟涟。
全靠福晋弟弟充师爷，
里里外外勤忙活，
斛头把势总算能应付。
福晋弟弟绰号张大胆，
天大的事他都敢干，
跟他姐夫都是一丘之貉。
亚钦哈哈济靠着张大胆，
家大业大，奴婢如云。
汉民投充旗人，
旗民赎身为佣，
张大胆全部收在帐下，
分拨垦荒地营子五百，
分拨大小凌河苦房子五百，
分拨医巫闾猎场五百，
分拨觉华岛船工五百，
另有五百分拨吉林盛京采参打鹿茸。
亚钦哈哈济成了闻名的辽东巴彦①，
山海关外如雷贯耳。
闻知巴彦福晋怀胎十月，
喜事临门，
风不知怎么吹遍辽东，
百姓耳中都装满喜讯。
城守尉哈番②福晋生儿育女，
托阿布卡之福，
能不去祝福贺喜吗？
巴彦大喜，
也是百姓之喜，

---

① 巴彦：满语，富。
② 哈番：满语，官。

本该同喜同贺。
送猪羊，
送珠宝，
送山参、鹿茸、
貉皮、景泰蓝，
没钱的平民百姓
送来自己的儿女，
情愿做佣奴，
侍奉官爷福晋一生到老。
张大胆遵照姐姐、姐夫之命，
延请来辽阳最好的郎中为福晋诊脉。
老郎中已是八十八高寿，
耄耋华年。
脉学如神，
如华佗在世。
仔细把脉，
沉思良刻，
频频点头，
面生喜色。
亚钦哈哈济城守尉大人
请老郎中到前庭用茶。
侍女们先捧献铜盆清水，
洗盥完毕，
献上糕点果品香茗。
亚钦哈哈济大人虔诚问道：
“福晋怀有何孕，
何时降生，
是儿是女？”
老郎中胸有成竹，
坦荡地大声言道：
“大人呵大人，
吾行医近大半生，
诊脉如神。

吾已通告府上师爷老爷，
是上天送来一仙女，
可喜可贺，
神蝶入室，
吉星高照。
老爷府上，
要添一位名媛了！
千金呵，千金！”

［捉蝴蝶谣］
“捉，捉，捉蝴蝶。
白蝴蝶、黄蝴蝶、
小芝麻蝶、大马莲蝶，
穿的花衣多好看。
无忧无虑逐春风，
着天到晚飞不歇。
朱伯西我一生爱百蝶，
纵然美丑各不一，
都是世间景一绝。
劝君莫要捕百蝶，
珍爱大千勿造孽。”
那位老郎中哪知晓啊，
快嘴多舌惹事端。
还满面红光，笑逐颜开，
满以为把府内千金谕比神蝶入室，
竟会讨得城守尉哈番满心欢悦，
必会赢来更多褒奖。
谁知道，老郎中真倒了霉。
亚钦哈哈济老爷，
腾地跳了起来，
猛力一拍桌案子，骂道：

“萨克达艾根[1]，
你瞎了眼，
狗嘴喷粪，
找你可真是八辈子丧气！
我家就要公子、小子，带把的哈哈济[2]！
你他妈家里的才专生蝴蝶呐！
该打！给我打！打！打！”
这是忠王伯府上的老规矩，
只要主子喊“该打”，
不管是谁，
都立马被四面站着的一帮护卫，
挽袖伸手冲上来，
不容分说，
将方才还是座上客的
八十八岁老郎中，
早被七手八脚拉起来，
哪管老人家大喊饶命，
银边老花镜被踩碎落地，
摁在地下，
扒下裤子，
光着腚就要挨打板子。
全仗后堂的穆克敦哈喇
忠义侯的二老太太，
这是目前全府辈分最大的人了，
是城守尉大人亚钦勒富的二大妈，
不是他的亲生之子，
也是打小给亚钦勒富擦屎擦尿，
常常抱在怀里给喂大的人。
那也是亚钦勒富老爷
尊为嬷嬷的长者。

① 萨克达艾根：满语，老驴。
② 哈哈济：满语，男孩子，小小子。

亚钦勒富一见老太太来了，
才忙命众佣奴打手“住手”。
躺在地上的老郎中
还在一个劲儿地
双手往上提裤子，
要不老天把地的光个大腚，
多寒碜啊，
边大声哭叫：
“老太太啊，老太太，
你命我来诊脉，
我哪敢怠慢，
我就说一句实话，
差点被拍死在你儿子的府上，
吾斋怨矣哉，
呜呼哀哉?”
老郎中是老饱学，老学究，
还在哭喊着、叫着。
这时，老太太走过来，
命贴身侍女们
把老郎中拉起来，
帮助穿好衣裳，
银边花镜是没有了，
命张大胆领出去，
到前堂账房
赏给二百两银子，
套车送回济仁堂老药铺，
算把这事平息下来。

［小棒棰］
打，打，打，
揍，揍，揍，
可气这个亚钦勒富，
全是牲口秉性。

不问青红皂白，
就把郎中摁地惩罚。
凭仗自己哈番威风，
鱼肉乡里不知羞，
种下罪孽终将难休。
勿以为占了便宜，
就任凭由你风流。

休，休，休，
错，错，错，
欠多少积债，
到头来照样如数偿还。
朱伯西告诫众兄弟，
不论何时何地，
老实本分厚道，
宁自己吃亏，
手少贪，
一辈子万事大吉。

全仗老太太有威望，
亚钦老爷没敢再放肆，
老郎中才免遭更多皮肉之苦。
可是事过几日，
完全按照老郎中脉中神算。
福晋在一个清晨，
肚子突然巨疼，
请来几个老嬷嬷接生。
只听一声清脆的儿啼声，
果真生下了一位名媛，沙里甘居。
小丫头生下来
就会睡婆婆娇，
总是笑脸，
可招人喜欢了。

乍开始，城守尉老爷大人相不中，
懒得瞧看女婴孩儿，
总想要个哈哈济，
好传宗接代。
可是，架不住老太太、福晋
和小舅子张大胆，
都喜欢这个丫头蛋子。
亚钦勒富再仔细瞥一眼，
这个襁褓中的沙里甘居。
只见这个小精灵，
像认识自己父亲玛发大人似的，
冷丁还一笑，打个小哈欠，
可把亚钦勒富给逗乐了。
小千金向自己笑，
这可是大吉大利，
未来一生必有大富大贵。
说不定官运亨通，
还可能接皇上圣旨，
陞往闹埠登高位呐！
心中一阵阵高兴，
竟不再嫌弃女儿了。
还专门认真想了想，
给起了个很有意思的美名——莉坤珠，
汉意是“笑意永留”，
欢笑伴她一生一世。
俗话讲得好，祸福相伴，
福来或生祸，
祸来或生福。
所以，汉人的古语中曾有“福善祸淫”之说，
又有“祸福倚伏”之警。
古人云“祸兮福之所倚，
福兮祸之所伏”。
这话世人必须常记常觉，

万变不离其道，果然不假。
这穆克敦哈喇家族忠义侯，
开创的家业和声望，
为大清国开国所得到的功勋，
全让他不争气、败家子的儿子，
亚钦哈哈济败坏净尽，
贪赃枉法，无所不为。
他老阿玛忠义侯玛发，
从吏部给讨得个城守尉从二品差使，
没为黎民百姓办什么仁德之事，
终日放鹰打狍子，
烤跳猫，喝烈酒，
天天酩酊大醉。
小舅子张大胆充掌案师爷，
也是汉满文章一窍不通，
是非不明，
能当什么管案师爷？
众官场大人们，
都看在老王爷忠义侯份上，
忠心赤胆为大清开国，
全身是箭伤，
最终伤毒入腑，一命归阴。
族人都敬重老王爷，
对亚钦哈哈济干些违章事，
能不纠就不纠，
睁一眼闭一眼让他过去。
不少守城政务，他不在时，
不少官员代劳妥善处理。
好在张大胆也挺精明，
好施小惠交众友替他遮掩。
虽有太多越权小过皆没放肆胡来，
刑部也就不再纠缉弹劾。

[小拜年调] 唉呀呀，
尊一声众乡亲阿浑[①]西，
天下的事从来是是非非分明，
白是白来，黑是黑，
癞蛤蟆咋也混不进哈什蚂里，
人人心中有杆秤，
半斤八两辨得清。
一生公正，两袖清风，
世人歌颂敬如宾。
乌鸦休想装凤凰，
狸鼠岂能装豹猫。
各有各的声名，
各有各的账，
奉劝众位安分守己做人头一条。
朱伯西我拜一拜，拜百拜，
提醒那些聪明人还是当傻子好，
吃亏是德，吃亏是福，
吃亏才能修来世福，
拜托，拜托，拜托了。
大吉大利，万事如意。

可惜，这亚钦哈哈济不安于城守尉之职，处心积虑，想方设法，往上巴结。为此，天长日久，终因亚钦勒富拜到英王府门下，找阿济格帮助在睿亲王多尔衮门下，求得翰林院中一职，想到皇上身边去，可惜被肃亲王豪格发现。豪格素与多尔衮、阿济格不睦，详查发现有用重贿求职之事，弹劾于太宗皇帝。太宗正在病中，将此疏文交于尚书郎球。郎球禀奏庄妃。不久太宗驾崩，顺治即位，多尔衮受命为征明大将军，率军西征。庄妃执掌盛京政务，便命豪格派人赴锦州查案。调查情况并没向庄妃禀奏，豪格便缉拿亚钦哈哈济，以贪赃枉法大罪收监，贬去忠义伯世职与城守尉一切官衔，回籍为旗民，不得再行入仕。其妻弟张大胆有人命案，处以绞刑。其妻被撤福晋衔，为民妇，其父忠义侯一应荣膺

① 阿浑：满语，兄的意思。

荣誉，完全如常，爵至忠义侯辄止。此事，时在顺治元年二月，莉坤珠小女当年已十有三岁。莉坤珠性情沉稳，刚毅，颇像她的额娘家族的秉性。不像她阿玛傲慢惹事，聪明寡言多乖巧，真是出人头地，人见人爱。因生长在满洲名门，自幼攻学满汉文章。有名师授业，又有武师习武，弓马箭法亦甚不凡。唯家中突变后，家境一落千丈。所有延师和佣工一概遣散，家中只剩下多病的父亲玛发亚钦哈哈济，额姆前福晋现为旗妇民女，原来的二老太太早已过世，家族生活日渐寒苦。亚钦勒富老爷，往日的巴彦，如今的窘象哪能适应啊，日日清瘦，仰天躺在土炕上唉声长吁，咳喘吐血，没到冬日便在满脸流泪中不省人事，张口吐舌，睁着两个大眼睛，就死去了！莉坤珠和额姆怎么呼叫，也没有唤醒过来。往日门庭若市，朝天总有名士登门造访，提果匣呈礼单，骡马送来粮油茶，担挑鱼笼府门前，活蹦乱跳大哲罗、大勾辛、大鲤鱼啊，敬献城守尉换换口味，尝尝鲜，那么殷勤，那么谦躬，那么虔诚备至。可惜，未有一月许，时过境迁，宛若两个天地，两个世界不一般。原有的人，原来的地儿，可是一切一切都恍若隔世，真是世态炎凉，人心难测啊！

劝人务要安贫当思足，
顺时常思多艰日，
休悔船倾补漏迟！
前福晋现如今平民不如，
蹲在亚钦畏根的僵尸前，
只是嚎啕大哭，不知所措。
叫天天不应，叫地地不理，
谁为送丧埋葬出力气？
莉坤珠擦擦泪，从炕柜取出
奶奶赏她的两副金手镯，
用手绢包好，一声不响出屋门，
当铺当银三千两，集镇招来百名工，
精选烫金好棺椁，
扎了童男童女、纸牛纸马，
雇了吹鼓手，哀乐葬阿玛。
八位庙中高僧来超度，

雇来一位老妇当嬷嬷，
让额姆福晋前夫人少忧伤。
莉坤珠骑马，鼓乐齐鸣，
十三岁要过门女亲自送丧。
安葬了，声名一时的原忠义伯城守尉亚钦哈哈济，
耸立碑一尊，功过留君书。
悲莫悲兮，泪未干，
娶亲的催命人冲破了哀声。
门外驶来一挂四马大轿车，
赶车的来客身服宽袍大袖，
袍服蓝花缎子面上全绣寿字。
这是江南出产的名缎绣金团寿缎，
上套松鹤白鼠皮镶边高领大坎肩，
坎肩上用红绳系着一块白玉锁。
锁上鲤鱼栩栩如生，格外生动诱人。
头上戴着八宝如意凉帽，
黄缨闪闪亮。
车里还坐一位老夫人，
正在轿车中两脚盘坐，
口中叼着白玉嘴、楠木杆、黄铜烟袋锅的小烟袋，
一个金粉盒荷包挂在烟袋上。
身穿蓝缎百蝶长袍，
头披花狸鼠皮的斗篷，
很是阔气，说话拉着长声，
说道：“哟，赶车的问一声，
在附近找了大半天没找到亚钦哈哈济府，
到底猫到哪块儿啦?”
赶车夫忙遵车上老夫人之言，
刚要开口，正巧儿，
让坐在院子，累得乘凉的莉坤珠听到了。
紧忙用眼光仔细打量车与人，都不认识，
不过听车上坐着的老太太，
拉着长声直呼亚钦哈哈济大号，

那可是俺已逝的阿玛大人啊！
便马上搭话说道：
“不知来客是哪位？
我家正是亚钦阿玛之家，
有何事找我家大人？”
莉坤珠这么一说，
这老太太很好奇，
便不抽烟了，
把烟袋里的烟一敲，
放在轿车里。
双手一扶轿车辕，
双腿向前一蹬，
头和胸脯往前一纵，
嗖地一声，向前一滑，
麻溜地蹦跃下了轿车，
一直奔莉坤珠的方向走来。
像瞧见啥宝贝似的，
两只大眼珠子都快蹦出来，
一个劲儿往莉坤珠身上、头上、脚上，
紧瞅紧盯，盯瞅不够，
又要上手去摸莉坤珠的
乌黑乌黑的亮油油的长辫子，
眼看快要抓住辫子上的红绒绳了。
莉坤珠多机灵啊，头不扭，辫子一甩荡，
老太太抓了个空，
眼珠子和空手
还随着那长辫子在上下跟着动，
好像被迷住似的，失了神。
老太太这个奇怪的举动，
让莉坤珠十分不满意，不高兴，
你为啥这么瞧我的大辫子，它惹着你啦？
老太太还热情地、满面春风地凑向前，
好声好语地说：“哟，多么好的丫头啊，

这么俊俏，招人稀罕，
这么说，没猜错，
你准是亚钦勒富的
千金大格格莉坤珠了吧？
我的小宝贝，
你可跟着那个不着调的爹，
遭尽了苦喽！啧，啧，啧，
叫人家多心疼啊！”
莉坤珠多聪明呀，
这回老太太不报号，
不说来处，她全明白了。
她妈妈额姆，老爷福晋，
前些日子哭着对莉坤珠说：
“莉坤珠啊，莉坤珠，
额姆舍不得你啊！
额姆的亲人就是你一个人啦，
额姆最怕的事，就是有朝一日，
会有人赶着一挂大马车，把你拉走，
从额姆怀里把你抢走。
你是人家的人啦，
这可要娘的命啦！
额姆舍不得你啊！孩子！”
莉坤珠不知道底细，
还劝额姆，
紧搂着额姆说：
“好额姆你不要怕，
莉坤珠哪也不想去，
即使有龙肝凤胆，
莉坤珠也决不离开亲额姆半步！
谁也拉不走我！
莉坤珠生生死死就跟额姆您在一块儿！”
福晋擦擦沾在莉坤珠脸上的泪珠，说道：
“我的傻丫头唉，你当年太小，

咱家又闹出这么一大堆乱子，
你那没心肝的阿玛，
撒手不管咱们娘俩，
光身一个人走啦，
扔下这么多罗乱，
也欠下不少的债啊，
唉，现在报应来啦！
额姆不能不告诉你啦，
孩儿啊，咱们满洲人自古都订女儿亲，
就是指腹为婚。
娘我嫁到你们穆克敦哈喇家，
也是我爹妈在世时，
闻知你们将门之后，
都是罕王爷身边的虎将，
巴结来巴结去，
好不容易成为你阿玛的第五个小夫人，
熬来熬去，熬成皇上恩赐的一位福晋。
我的亲娘亲额姆也是穆克敦哈喇的人，
嫁到我家，都是姑表亲。
亲套亲，亲加亲，
辈辈亲，砸断骨头连着筋。
互相心一致，汉语所言：
一荣俱荣，一损俱损，
一个绳上的蚂蚱谁也跑不掉。
共同聚议，共同扶持，
互相扭着膀子，
赴汤蹈火往前闯生命路。
莉坤珠啊，你未降生时就说定了，
你若是男孩就娶我娘家人为妻；
你若是一个女孩，
你长大必嫁我们瓜尔佳家的人，
这已是命中注定了！
你爹阿玛和我早就收下人家——

我娘家人全部彩礼定金。
人家早就买下了你，
你早就是我娘家的人！
额姆我怎能留下你，
人家早早晚晚赶车来接媳妇。
额姆我一想到这儿，
就怕失去了你，
我能不着天哭么？”
莉坤珠忙说：“我就是不去，
他们能把我怎么样？”
福晋又说：“傻姑娘，
人家给了彩礼，
你不去，咱们家被抄了，
你死爹也走了，
谁还债啊，不去能行么？
那彩礼多么多啊，
金银财宝几大箱，
如今打死咱们，
榨干咱们骨髓也还不起人家啊！”
莉坤珠心想，
如今，这婆家人真的来要债了！
这个老太婆，
一个劲儿瞅我，
说不定就是未来的刁婆婆呢！
莉坤珠这么想着，
在老太太一再唠吵下，
莉坤珠把她领进
三间小茅草房见自己额姆。
额姆经多天的折磨，
早已疾病缠身，
整天躺在炕上不起，
见娘家来人，
强打着精神坐起来，

向娘家来客问候致歉。
那个老太太很刁，
进了屋东瞅西瞅，
看什么都不顺眼。
扭扭着鼻子，
挤挤着眯缝眼，
一脸看不起的表情，
说道：“唉唉，早年多么阔气，
我都来过，那简直跟皇宫一般。
前廊后厦，佣人如云，
眼下一个小破草房，
连个落汤鸡都不如啊！
亲家，俺们还有事儿，
不能在这儿久逗留。
你们姑娘也该出嫁了，
出了嫁，亲家也省心了，
回门我们再给些银子够你用啦！”
前福晋苦苦哀求说：
“亲家啊，我知道你们的老爷，
现在锦州当都统大人。
家里奴婢一大帮，
你儿子晚办喜事有人照看。
我这莉坤珠可不能走，
我在病中，需要用人照顾。
自己姑娘我放心，
晚一年再过门吧！”
老刁婆子当即把脸一撂，说：
“呸，谁说我家多人手？
我现在就要人，
莉坤珠马上出嫁！
不让去，你嘴太小点！
咱们满洲人老规矩，
娘家不让去，

婆家可以来抢人，天经地义。
莉坤珠已是我们关家人了，
你也得为你娘家人着想，
一天也拖不得，
后天我来接人，
就这么定了！”
前福晋吓得
想下地叩头再哀求，
老刁婆根本不理这个茬儿，
早已迈出了屋门，
赶车夫紧赶轿车出了大门。
前福晋跑了出去，
大声哭喊着哀求：
“再容几天，再容几天，行行好吧！
老天爷给我一个活路吧！”
说着瘫在大门外。

这时，莉坤珠赶紧跑过来，把额姆抱进了小茅草房，摆上枕头，让额姆躺下，边给捶着背边劝额姆：“额姆，那老太太是没心肝的老妖精，别理她。额姆，看来大难临头，躲也躲不了，我后天去，还债去！”

莉坤珠这么一说，额姆吓得坐了起来，说道：“我哪知道，我娘家人怎么这么刁啊，莉坤珠你过门，他们不吃了你啊！我不放心啊！唉呀，我的天啊！”说着又大声哭嚎了起来。莉坤珠说：“额姆，我不怕，是狼窝我也敢进。”说完，回到自己东下屋，打开小柜，取出一个雕花漆盒，从中取出金镯八副，银簪五副，金锞子十个，连同小漆盒一并交给额姆，自己就留下一副金镯，说道：“额姆，这都是我小时阿玛平日赏赐给我的，我都攒了起来。我到婆家去，用不着，您留下自己用吧，不用想着我。看来我若不去，这个官司咱们也打不起，我若去了，一了百了。额姆你才能平平安安舒心过个晚年。不用挂念莉坤珠，我有空必回来看望额姆您！”前福晋泪流满面，也只能按莉坤珠的话办了。她很佩服自己姑娘，别看年岁小，事事处处都远比当娘的母亲办事明白、爽快、能耐。孩子精明，混在世上会少吃不少亏的。想到这儿，心宽敞多了，也就不再抹眼泪了。

说来妙，说来俏，
穆克敦噶珊可真荣耀，
只听唢呐换着调儿地叫，
小拜年、小过门外加满洲锣鼓号，
长筒子喇嘛号也吹响迎亲调，
呜哩哇喇召来全镇街坊老少，
满街筒子人呐，
可真是百八十年也没瞧见过这么热闹，
到处是显眼的红花绿袄，
老太太头上钿子插花红，
小媳妇京头上绣飞雀，
怀里的娃娃们抱着大红花嘎嘎笑。

俗话讲："瘦死的骆驼比马大"，谁不为忠义侯家惋惜呵，要不贪上败家子的忠义伯亚钦哈哈济，不致于大门庭一下子破落成狗不理。可是人人都心疼小小的莉坤珠，那可是长得俊美招人爱，心灵手巧口又甜，都说忠义侯爷天赐福，已经破败的侯爷家生了个金凤凰。这凤凰越长越俏皮，人见人爱，有良心，有善心，不像她阿玛，诚心肯帮助穷人家和鳏寡孤独的人。如今好心的凤凰要走啦，谁不依恋，谁不想着亲自送一程。不少老妈妈，老玛发，三三两两，互诉衷肠："我说老哥们呐，老姐妹呐，老天咋这么不公正啊，莉坤珠的小命咋这么苦啊！这不是凤凰落进狐狸口里了么?""老妹啊，你不知道，莉坤珠这沙里甘居还算有福气唉，你们知道不，这么大气派的迎亲架式还是她的山海关的大姑丫丫仗义争来的呐!"

各位阿古、妈妈、玛发，朱伯西可真得作一详细交代了。这几位老妈妈、老玛发悄悄议论的话，真不假。前书简单描述过莉坤珠的家世。她有两个姑姑，

就是她阿玛亚钦勒富的两个姐姐，大姐丫丫远嫁到山海关，畏根是山海关镇守副都统二品将军，小妹二丫嫁锦州城镇守使都统衙，从一品

大员。两个姐夫都赫赫有名，非一般民人。这丫丫的畏根，为人忠厚，名字叫安禄，满洲正白旗叶赫纳喇氏。丫丫小妹二丫的畏根，满洲镶白旗，瓜尔佳氏。二丫婚后不久便离世。爪尔佳氏年已五十，娶过三房妻妾，大妻诰命二品夫人孟氏，为人刁钻刻薄，掌管家务，生有二子，长子年方二十，现为睿亲王多尔衮麾下侍卫。正随军征战在山海关老龙头一带，与李自成部将唐通鏖战得胜。次子言说在府内读书习武，莉坤珠尚未出生时，瓜尔佳将军携夫人孟氏拜谒忠义侯，与忠义伯亚钦勒富与夫人福晋相聚，孟氏见福晋大腹便便，很有福相，便心生一喜，决定若福晋肚中是千金，便一口咬定，就结成儿女亲家。福晋说："尚不知是男是女，安可联姻?"孟氏侃侃而言，说："若为女，吾之儿媳，若为男，吾亦认为义子。"瓜尔佳氏家族非同寻常，满洲正白旗，清太宗皇太极九弟多尔衮为旗主。和硕睿亲王勇猛善战，深得清太宗和庄妃的信任，锦州鏖战大败明总督洪承畴，先俘祖大寿，再俘洪承畴，逼洪承畴降清，明军一败涂地，很快使明朝灭亡。接着又打败了李自成，睿亲王统帅八旗军攻向燕京，明朝崇祯帝煤山自缢，顺治帝迁都燕京。这正白旗功高盖世，瓜尔佳氏名声显赫。

孟氏这么一说，
不仅亚钦勒富夫妇听后感到欣慰，
就连忠义侯老英雄都甚觉自豪，
能与正白旗通婚，
是莫大的荣耀啊！
就这么双方订了婚。
忠义侯和儿子亚钦勒富及儿媳福晋，
也没深问瓜尔佳将军夫妇，
二儿子的各方面情况，
心想身为大将军那还能有错么?
叶赫氏家族心眼太实啦，
一向光明磊落，正大无私，
都是皇上信得过的大将军府的名胄后裔，
结什么亲家都是光宗耀祖的！
这事儿一槌定音了。
不久，孟氏亲送丰厚的九大箱彩礼，

格外隆重，真是价值万金，
使忠义侯父子高兴了好几天。
后来，忠义侯家中不幸，
忠义侯亡故，忠义伯出事，
阖府被抄，忠义伯忧郁而逝，
府中财产被收缴，
前福晋变为民妇，
带莉坤珠偎居在农家
一个破落遗弃的三间小泥土房，
变成了狗不理的落汤鸡。
瓜尔佳将军乍知亚钦勒富之难，
真想送些银子救济一下。
至于二儿子婚事觉得已不适合，
门不当，户不对，就撤了吧。
系念两家早年的交情，
应给她们娘俩送些银两，
接济燃眉之急。
可是，孟氏大骂夫君死心眼，
说道："今日恰逢时宜，
咱家可不该舍银子，
我照样要莉坤珠做我儿媳。
如今我怎么去娶，
她们都不敢造次。
一切由我出面，
你这老糊涂，没你出声的份儿！"
瓜尔佳将军三房妻妾，
只有大妻孟氏两女两儿，
另两妻各有一女，
夫妻俩都格外惦记
二儿子成亲之事。
孟氏除一再叮嘱丈夫外，
又严训家人上下人等，
小公子的婚姻喜事，

不许任何人过问和议论。
俗语说得好，满招损，谦受益。
干一辈子缺德事儿的人，
灾祸连连难平静。
孟氏始终谎瞒人，
她的二儿脑瘫症。
七岁难站呆傻痴，
拉屎撒尿都不懂。
严令家中上下佣奴守口如瓶：
“不论知情还是不知情，
我一律赏给每人辛苦银。
如果胆敢给我张扬瞎搬弄，
那可六亲不认绝不饶。
不单撕碎你的嘴，宰了你，
我还要牵连你们的父母
一同去坐大牢。
你们都是我管家奴，
你们该知道我孟氏老娘心
可不是吃素的人！”
众家院男女人等，
都对孟氏惧怕三分，
不少佣人让她整死，
不仅尸首找不到，
告到哪个衙门
她早把银子递上去，
疏通完了，
真是没处说理去。
孟氏把全家上下
所有人等的口全堵住后，
就专程去穆克敦噶珊，
面见已废撤福晋身份的民妇
和她女儿莉坤珠。
申明过几日就接莉坤珠，

过门到瓜尔佳婆家当媳妇！
莉坤珠也横下一条心，
不用婆家接，
自己不给娘家额姆添伤心事，
莉坤珠咱什么都不怕，
上油锅，下火海，自己走出去。
可是，这事儿还是传到了
山海关她大姑那里。
她大姑丫丫是很正义的人，
生来就顾全家，
大哥出事走啦，
嫂子也受尽了委屈，
正在惦记着，
偏巧她嫂子弟弟张大胆，
因为姐夫犯事，
自己也被挂累进去。
被关押数月，
全仗亚钦勒富姐夫安禄将军相助，
到刑部正堂据理力争，
张大胆才由死刑改判入监待查。
为亚钦勒富家之事，
安禄费尽心机。

经查，张大胆并无草菅人命案，便放了出来。张大胆平日里有头有脸，如今闹得如此狼狈下场。生来就是满洲纨绔子弟，总是最讲究排场，爱听奉承的话，哪能挨这般苦，想来想去，厚着脸皮去山海关，以探亲名义叩见安禄姐夫。张大胆心中有数，安禄和丫丫都是心眼好的人，看不惯自己亲戚受憋揭不开锅盖，每去总多多少少解囊相济。张大胆到安禄府上，尽显穷酸相，安禄和丫丫当然好语安抚。特别是丫丫总记着自己大哥，在任时经常得到张大胆维护，犯事后又苦受连累，也被陷入囹圄，甚觉得欠人家许多人情债。所以，对张大胆接待得百般周到。尤其他是从嫂子处来的，如同见到了亲嫂子和小侄女一样，能不亲热么？丫丫总是不停打听嫂子长、嫂子短的。张大胆如实禀告，锦州城瓜尔佳将军的孟氏夫人，就在头几天专程去你嫂子家，催促莉坤珠过门，不能迟延，甚至说他们那是用几大箱银子买的，必须听他们的安排！张大胆还告诉说，多少天啦，你嫂子简直哭得像个泪人，哪有银子和心思聘姑娘啊！你们的小侄女莉坤珠挺有志气，决心不拖累亲额姆，自己去婆家还债去。

这张大胆历来
嘴皮子最蝎虎，
死人也能说活。
何况他对锦州瓜尔佳老刁婆子，
恨之入骨，一肚子的火，
这回见了丫丫可算一股脑全发泄了！
这丫丫也不是好惹的，
生来在忠义侯阿玛训教下，
虽是一位女流，
可那也算是女中豪杰啊！
弓马文墨，远比她哥哥强。
想当初，忠义侯深得肃亲王豪格赏识，
因为都属正黄旗，属皇上的钦军。
忠义侯武功高强，
豪格弓马娴熟，万夫难敌，
就是忠义侯给带出来的。
当年，太宗皇太极锐意征西，
发兵攻打大小凌河，
围攻锦州，进兵山海关，
想尽办法诱擒洪承畴。
将辽西收入大清国后，
直捣大明巢穴撼燕京，
直逼明廷紫禁城。
旨下竞选领兵武将，
教场比武，选征西大将军，
结果睿亲王多尔衮赢头筹。
多尔衮有权选荐弓马箭高强者，

瓜尔佳氏和叶赫纳喇氏
双双领受副将权。
一位据守山海关，
一位据守锦州城。
丫丫报号亦入阵，
驰骋弓马显奇术。
甚得太宗赞语评，
赏赐鞍马震辽西。
太宗在世曾下旨：
“明清要隘山海关，
吴三桂窃据必攻下。”
可惜多舛太宗崩，
撕裂雄关睿王功。
安禄夫妇是先授此职，
兵扎前后所，形成包围势，
真正夺得山海关是在顺治初。
丫丫武功高，不仅安禄佩服，
当然，镇守锦州的瓜尔佳大将军
也完全知道，
都是忠义侯的亲传弟子，
也深知丫丫大格格
是不好惹的一位巾帼英雄。
在马术比试中，
曾有过败北，
是领教过的。
丫丫也知道
他家里是女老虎当家，
一切主意完全出自孟氏的小心眼。
丫丫给张大胆一些银子，
嘱告他一定要败子回头金不换，
栽了跟头不要怕，
权当受教训。
希望他日后好自为之，

如有难处再来找她和安禄大哥。
丫丫送走了张大胆，
整个心思都放在
如何对付孟氏这个刁老婆子身上。
她仔细寻思，
还不能直接插手。
要给瓜尔佳大师兄一个面子，
由他去解决他们伉俪家中事。
只要写一封信讲清利害，
孟氏也是明白人，
她知道莉坤珠和大姑也不是吃素的！
于是，丫丫便写了一封长篇书函，
直接写给他们夫妻二人，
申明你们瓜尔佳氏是
锦州赫赫有名的一品统领
是皇上重爱之武将，
曾在马术比试中，
有过败北，是领教过的。
丫丫告诫师兄瓜尔佳大将军，
要像一位指挥千军万马的大将那样的气概，
内政岂能听妇人摆布，
令人贻笑大方。
师兄世人敬仰，
家有万贯，
为给公子娶妻，
何不大大方方办得光彩，
切忌少干苟且小人之事。
我家乃忠义侯之后，
重仁义，尚礼让，
敬佩知书达礼者，
对沾奸取巧，
仇视他人之人
也从来不使之得逞的。

敬谢为我大侄女大婚操劳，
拜谢，再拜谢。
丫丫亲笔。
瓜尔佳大将军见信，
自知理亏，面红耳赤。
亲手交给夫人孟氏，
意思是想让孟氏收敛一些。
孟氏看了这封话语尖苛、咄咄逼人的信，
没敢说半句气话。
她早就领教过忠义侯大格格，
可非同一般人物，
便乖乖决定
大大方方，光彩迎娶莉坤珠。
孟氏爱听奉承话，
是呀，我们瓜尔佳氏，
那可是皇上器重的爱将，
世代倍受敬仰，
家有万贯，
我要把娶儿媳妇
办成最富有最阔气的
大清国第一娶亲家。
俗言崇九最吉祥，
我就以“九”为尊，
雕绣九辆喜轿大彩车，
一路广施金银，
迎回福禄寿神。
孟氏九辆彩轿好气派：
头车彩轿孟氏坐，亲出百里接儿媳；
二车彩轿和尚坐，口诵经文讨吉祥；
三车彩轿道长坐，手摇羽扇拂清平；
四车彩轿萨满太太坐，接迎新妇驱邪魔；
五车彩轿迎新媳，莉坤珠专备满轿挂金铺银；
六车至九车送彩礼，送给亲家离娘银，

外有罈酒、绢缎绸帛赏赐本乡的人。
从穆克敦噶珊到锦州城百余里的路，
九辆彩轿好光彩。
喜事传千家，
惊动了沿路的
商铺、饭馆和客栈、驿房，
闻知是瓜尔佳氏统领老爷娶儿媳，
一路上敲锣打鼓放鞭炮，
笑声、唱喜歌声不绝于耳。
刚毅的莉坤珠见彩轿进屯，
安慰了亲额姆，
给亲额姆叩了三个头，
早已穿好衣裳，
照样原妆原打扮，
话不说，没笑脸，
上彩轿直奔婆家。

[小小子，坐门墩调]“羞、羞、羞，
笑、笑、笑，嫁个小子儿是傻子儿。
早晨起炕说是下晚，下晚脱衣睡觉说是天大亮。
媳妇和亲妈分不出，硬抱着亲妈要上炕。
见了媳妇喊亲娘，抱个狸猫来告状，
额娘啊，俺妹子抢俺的干鱼片吃，
俺吃口它的黑饽饽（猫屎）咋一点不觉香？”

彩轿进锦州，直进都统府，
唢呐响，锣鼓敲，
鞭炮连连放，
孟氏老婆娘下了轿，
命家院陈总管领走僧人和道长，
送些银两离开关府。
又命侍女五人在一位老嬷嬷率领下，
将莉坤珠领进一幢绣房，
送上一盆水，拿来手巾、胰子，
请莉坤珠洗盥完毕，
献上香茶。
不一会儿，又由老嬷嬷
送上一方盘的菜和饭，
告诉莉坤珠说：
“吃吧，不用等别人，
这是本府的规矩，
自己吃自己的，
能吃多少就吃多少，

① 嫁个畏根门都浑：满语，意为嫁个丈夫是傻瓜。

要不够，我们再给端上来。”
老嬷嬷说完，将饭菜摆在桌上，
提着小方盘退了出去。
说实在的，闹腾了大半天，
莉坤珠早就饿了，
也没管其他说道，
坐下就自己吃起来。
等吃完了，也吃饱了，
半天也不见老嬷嬷和佣人来，
自己坐在屋里静静地等，
等了很长时间也不见有人来。
她又看了看自己的绣房，
全新被褥都已预备齐整。
地上摆放着镶五彩宝石的大衣柜，
打开大衣柜一看，
里面挂有不少件名贵的衣衫。
不大的新房小屋，
莉坤珠看了看，感觉很奇怪，
偌大的将军府，
怎么如此狭小的新房，
未见面的畏根公子在何处？
这里只有可睡一铺小炕，
屋子小，仅留有一个小窗户，
寒酸又简单。
莉坤珠越想越伤心，不可思议，
心想，难道说这是我
今后一辈子的宿处吗？
莉坤珠一直等了两个时辰，
孟氏带着一个丫环进来，
莉坤珠慌忙站起身迎接。
孟氏一言不发，
坐在地中央的桌旁小凳上，
丫环站在身边，

孟氏也没让莉坤珠坐下，就说：
“莉坤珠，这屋就是你住的家了，
你今天已经进了我们瓜尔佳的门，
就是我家的媳妇，
我家的人啦！
到我家，就不要摆你们家的谱，
进来就要自己干活，
自己找活干，不能等，不能靠，
没人侍候你。
一会儿你自己把这些
吃完饭剩下一桌子的饭碗、筷子、碟子，
拣回大伙房，
我们小丫环一会儿告诉你，
你就记住了。
从明天起自己
到前院水房打水，
洗脸，洗脚，洗衣，
茅厕在西房山，
自己找去。
你要记住，
我们院大，房屋多，
不许乱窜，自己就在自己屋，
不能走错。
院里奴才、佣人很多，
有老有少，
有男有女，
自己管好自己就行了，
不许互相打联联，
交头接耳，
别人的事不许乱问乱管，
这也是我们关家的规矩。
我家规矩严，
可不像你们家，

随随便便。
要犯了规矩，
轻则掌嘴，
打手板，
打屁股板，
重则罚银子，
罚几天小跑，
甚至罚坐小牢。
在我们院东头有个房子，
那就是小牢房。
再重了，
我们有打死不偿命的权力，
或者轰出府，
自己滚蛋找驴粪蛋去吧，
我们一概不管。
这些日子你好好熟悉一下，
我们关府上的
一切规矩、习惯、礼节。
要记住啊，
在院里老实呆些日子，
其他的事我们以后再说。”
孟氏说完站起身来，
向身边一个长得清秀的丫环说：
“小桃，一会儿你领莉坤珠
在全府院里走一圈，
哪块是大灶房，
哪块是吃饭地方，
哪块是水房，
哪块是茅房，
另外，也告诉她
哪块是老爷和我的住处。”
说完，转身走了。
莉坤珠跟着丫环小桃

在府内绕了一大圈儿，
然后谢过小桃，才与小桃分了手。
莉坤珠回到自己住室，
坐在炕边，心中一阵阵空虚，
这就是她离开亲娘，
出嫁到婆家的头一天。
莉坤珠虽然年龄小，
经历不多，
但心中也在划魂，
这是什么出嫁啊，
进到府上，
一点也没有
过门做媳妇的气氛，
究竟是怎么回事呢？
怪，真够怪，男人在哪？
婆婆也没有告诉我？
让我一个人在这小屋里住，
孟氏婆婆这是何意呢？
难道这一切
也都是他们瓜尔佳氏的家庭规矩？
莉坤珠实在想不明白，
可能想累了，
也可能这一天太疲乏了，
竟没有脱衣裳，躺在炕上，
想着、想着，
眼睛里还淌着泪水，
嘴里还在喊着额娘，就睡了过去。
第二天早晨，
又是丫环小桃
来叫她吃早饭去，
莉坤珠才冷丁坐起来，
她浑浑噩噩地
就这么睡了一宿，

赶忙擦了擦脸，
便跟小桃到大灶房吃饭。
这时才发现，
大灶房里完全是
府里所有的奴才、佣人、
嬷嬷们的专备厨房，
吃的是一大锅白菜豆腐汤，
苞米面大饼子，
互相抢着剩菜剩饭，
汤菜不够，
常常还互相争打起来。
莉坤珠在关府
就这样枯燥地挨过了十天，
没人理她，
唯有丫环小桃
还是天天见到的人。
孟氏等一切人都见不到。
小桃也不多说话，
就像个哑巴，
只是喊她去吃饭。
关家还有一个规矩，
不按时去大灶房，
过了时辰去吃饭
就得干饿着，
没人再给饭吃。
莉坤珠心情不好，
总忘记饭时，
全仗丫环小桃来叫她，
使她一天少挨三顿饿。
这天，一大早，
莉坤珠起身刚洗盥完毕，
小桃又来叫她吃早饭，
饭后告诉她：

“主子召你去她的府上，
有要事告诉你。”
说完，半天小桃又
非常深情、关心地说：
“姐啊，你，你可能要见一个人了，
你可要挺住啊！”
说着，小桃眼圈有些红了，
扭过身去，又回过身说：
“走吧，主子在等你呢。”
莉坤珠在关府十余日，
性子已经磨炼不少了，
有些麻木之感。
方才小桃向她暗示的话，
“你可能要见到一个人”，
她都没注意听进去，
心想，管他啥人呢？
与我有何相干？
便一点没在意和入心，
便木呆呆地跟着小桃出了门，
向孟氏房间走去。
这也是第一次到
婆婆孟氏的房中去。
她俩到了孟氏居室，
先在室外由小桃大声禀报：
“奴才小桃见主子，
奴才小桃要见主子。”
不大一会儿，
门打开，门帘掀起，
出来一个侍女丫环，说：
“主子正躺在炕上呢，
进去小声点，别声张。”
小桃点头，带着莉坤珠
进入内暖阁。

屋内金碧辉煌，
香烟扑鼻，
门前一个竹笼中有八哥一只，
频频在叫：“丫环来啦！
丫环来啦！”
小桃忙跪下叩头，
用手一拉莉坤珠也跪下。
半天，躺在炕上的婆婆
孟氏翻个身，坐了起来。
两个小丫环赶忙过来，
给孟氏捶着后背肩膀。
孟氏突然说：
“滚吧，别捶啦，
捶得这么忽重忽轻的，
你们的爪子有病啊？
我骂过小蹄子你们多少遍啦，
还总不长记性，
一点也把握不住要领。”
两个小丫环慌忙退下。
这时，孟氏看了一眼小桃，
又看了一眼莉坤珠，说道：
“桃啊，你回屋里歇喀吧，
没你的事啦！”
小桃忙叩头，起来，退下。
孟氏又说：“莉坤珠，
你起来，坐下吧，
听我问你。”
莉坤珠施过礼后，
起身，坐在地上
一个圆墩型的绣绒花椅上，
恭恭敬敬聆听孟氏吩咐。
她心想，这么多天，
你这老太婆藏哪去啦，

把我一个人晒在那里，
安的啥心啊！
看来，你真是很歹毒的婆婆。
孟氏眼睛很毒，
可能看出莉坤珠
不忿的心情，说道：
“莉坤珠，
我知道你恨我，
恨就恨吧，
反正我是你婆婆，
婆婆和儿媳妇
从来就是一对冤家么。
莉坤珠，
我倒挺奇怪，
你可真有个抻头，
进了我们关府，
你怎么没打听一下，
既然是新媳妇，
怎么没拜堂成亲？
你那个新郎官在哪里？
怎么这些天也没瞧见他出来拜堂，
挑盖头，跨马鞍，
进洞房呐？
你咋不追问我呢？
今天，莉坤珠，
我告诉你吧，
你既然是我家人了，
你就得听我摆弄，
要信命吧。
今个婆婆我不能再瞒着了，
是仙是佛总得露真容。
你来，跟我去看
你嫁给的你的那位畏根，

俩人该相识了，走吧！”
孟氏说着，下地穿上她的绣花鞋，
头前引路，出了前庭，
走过一个长廊，
进入后庭一个内室，
有两个嬷嬷迎了出来，
迎接主子进屋。
里面屋子很大，
中间有一个宽敞的大炕，
没有铺被褥，
而是一片藤席，
只见藤席上坐着一个
光头光膀、仅穿个小裤衩的人，
长得四肢非常不对称，
头大、体小，上肢、大腿又细又小，
一动一蹭，不能走，
看脸面足有十几岁，
看身板也就是七八岁的样子。
他在炕上见到了孟氏，便大声地嚷：
“妈，妈，妈来，来，
孩儿我，炕尿，尿——”
指着下身在哭叫。
几个嬷嬷跑过去，拿小盆接尿，
哪知尿早已流了一藤席。
嬷嬷们给擦着，不知哪个嬷嬷，
手一动碰到了他的脸，
立即更哭闹起来了：
“妈，妈，嬷坏，
嬷打我，打我——”。
孟氏将众嬷嬷痛骂了一阵，
走到炕跟前，
屋里一阵阵骚臭气，
差点把她薰倒。

这一切可把莉坤珠惊呆了，
她头嗡地一下涨得老大。
这是从来没有想到的事啊，
莉坤珠，莉坤珠的额姆以及死去的阿玛，
还有忠义侯玛发爷爷，
都不知道有这桩秘密，
所说的亲家竟是如此的狰狞、残酷、吓人，
是完完全全被隐瞒着，被欺骗了！
莉坤珠气得要疯了，
这是谁能接受的事实啊！
莉坤珠这时简直变成了另一个人，
散开长长的，
扎着蝴蝶结红头绳的齐腰长的大辫子，
蹦得老高，冲着孟氏大吼起来：
“你们这是欺侮我们，
看我们现在没有能耐，
就想任你们掐、任你们熊，休想！
我莉坤珠不认这个账，
我现在就回穆克敦噶珊，
与你们一刀两断！
休想唬住我！”
说着，返身就想闯出去，
逃脱这魔鬼一般的地方。
孟氏先命众嬷嬷把吓得
在藤席上又哭又闹的二公子快快抱进内室，
然后仍稳坐在大高椅子上，
冷笑着一字一腔地说道：
“莉坤珠呀，你想走啊，
就尽可迈步走吧！
你就是走到天边海角，
你也得乖乖给我回来！
你到我家来，
这不是我绑你来的！

这是你玛发忠义侯，
你阿玛忠义伯，
你妈妈——昨天的大福晋，
高高兴兴跟我孟家画的押，
有担保共订下的契约。
在你还没到人世间，
我家用七箱子彩礼买下的！
你早就是我家人了，
我让你今儿个到我府，
做什么差使，做什么事，
是苦啊，是累啊，
是受气抹泪啊，
我们说了算！
没你莉坤珠挑肥捡瘦的地场！
实话告诉你吧，
你有卖身契，
有大清国律条卡着你！
往哪跑？你跑得了么？
你就是跑到天边，
大清兵都能把你
给我逮回来！跑呀！”
莉坤珠茫然无主，
早没有了眼泪。
快气死了，魂飞天外，
一屁股瘫在地上，
张嘴仰脸傻哭，傻喊：
“爷爷玛发，爹爹阿玛耶，
莉坤珠怎么什么事都摊上啊？
噢依噢——”
惊天动地地哭嚎不止。

这功夫，可吓坏了满屋的众家人和奴婢们，大家心想，主子真要把新媳妇莉坤珠，气得变成个女疯子，可够孟氏喝一壶的了。那莉坤珠家也不是吃干饭的，那可是忠义侯的世家，她姑姑和姑父可都是当朝皇上的宠臣。谁知，站在屋中的孟氏，双手叉着老母猪的腰，嘴快撇到天上去啦，照样是洋洋自得、满不在乎的架式。她还真有老猪腰子，摆出一个大大方方样儿，都不稀罕看莉坤珠一眼，晃扭着身板，不大工夫，从后屋提出一个用铜花镶嵌的红漆木小匣，打开小匣取出十几册文书档案。果不然，老奸巨滑的孟氏早有准备。

孟氏甩甩个大屁股，走到莉坤珠跟前，把匣子中的物件一一取出来，一边狠狠地紧盯着莉坤珠，一边小心地远远摆好桌案子上的文书。孟氏怕莉坤珠抢啊，小心翼翼地一边防范着，一边又一篇篇地翻开看，特意想气气莉坤珠。于是回过头来，拉着长声向莉坤珠大声念叨，然后又假慈悲地冲着莉坤珠说道："莉坤珠，唉，娘的好闺女，你再穷闹腾也是个不懂事的孩子，是我的好儿媳，一定要放聪明些。凡事都得讲理，不是瞎哭瞎闹就行啦。你竖起耳朵听着，我给你好好念叨念叨，这可是你我两家订好的画押文书啊！孟氏说完，郑重其事地念起文书来，大声说道：

"今兹有

大清国崇德七年八月吉旦，

穆克敦噶珊穆里突里哈喇亚钦勒富与锦州城瓜尔佳哈喇色齐联姻，兄弟情深，约定指腹为婚。

亚钦勒富福晋生女，与色齐联姻，永结连理。

福晋诞男，色齐义子，亦情同骨肉也。

双方自愿，空口无凭，立据为证，以昭示耳。

满洲正白旗旗务衙门四品管案师爷伊楞额监察

画押，

中鉴人　　忠义侯等叁大人　　画押，

中保人　　正黄旗四品佐领　　巴布泰　　画押，

正黄旗参领　　伟吉　　画押，

正白旗副都统　　德昆额　　画押，

正白旗参领　　武七十三　　画押，

文书官　　九品笔帖式　　来保　　强顺　　画押。"

孟氏恭恭敬敬，重声重语地念完这张墨笔楷书写成的毛头纸文书契约之后，又认真朗读下面的行文：

“此契约一式叁份，除旗衙门入档壹份外，立约双方各执壹份，永世有效。”

孟氏这才收好铜花镶嵌的红漆木小匣，
来到莉坤珠身前，
双手抚摸着莉坤珠长辫子，
温情地说：“孩子啊，
你的大辫子这么美哟，
都让你给哭乱啦。
孩啊，我心疼你啊，
我总算是你的娘，
别让妈伤心难过了。
这契约，
你家那里肯定收藏壹份，
两家相识几十年，
都是罕王爷手下的勇将，
几代和好。
你到我家，
也是老天安排的几世缘分，
认命吧！认命吧！
娘我不会亏待你。
娘这么大岁数了，
老二是我最惦记的，
唉，说来谁不希望有个好儿子，
弯弓盘马，驰骋疆场，
祖上也荣耀，
做母亲的也觉得
没白一把屎一把尿地拉扯大，
也光彩啊，
谁知，孩子后来
突然得了痿症，
四肢不用，

头脑呆痴。
请遍郎中，
什么方子都不灵，
一天天见重，
成了如今的可怜相。
当娘的真比刀割还痛苦啊！
孩子，娘我也不愿
摊上这操心的事啊，
你怨我，我怨谁啊，
都是苦命啊，
既然摊上了，
都别怨天怨地了，
老老实实地往前熬吧。
孩子，放宽心吧，
好在有娘呢，
吃喝花销不用你愁，
你就给我伺候好、陪伴好我二的，
就感激你莉坤珠不尽了！”
孟氏假腥腥掉了几滴泪，
将好话说了千千万，
就是让莉坤珠死了心，
吃下这个苦果，
忍一辈子！
莉坤珠倔强不低头的耿劲，
更不听孟氏忽软忽硬的威胁，
说：“你们从一开始就是大骗子，
我家人心太好了，
没有看穿你们的黑心肝。
对你们的婚约
我一概不承认，
我要走，走到哪儿，
把这事讲到哪儿。
讲你们害我骗我，

我不吃你们这一套，
我不承认这个假婚姻！”
说着又要往外走。
谁知，孟氏大声一咳嗽，
从门外进来护院的
陈大总管和两个嬷嬷。
这回个个都翻了脸，
七手八脚把莉坤珠
给绑上了，吊了起来。
孟氏说：“莉坤珠，
吊你三天你就得服软，
看你再敢豪横！”
说完，命陈总管把
莉坤珠抱出她的后屋，
吊在一个小黑屋里，
从外边把门一扣，
咣当一声就走了。
黑屋只剩莉坤珠一个人，
被吊在高处，
只能在空中悠动。
可急坏了莉坤珠，
大声喊也无人理，
喊得嗓子沙哑了，
都喊不出声来。
可是莉坤珠不认输，
就是不说软话，
也不要吃的、喝的，
至死也不服。
清醒过来后，
就改变了主意，
不能当哑吧，
要大声喊，大声骂，
揭她家骗人的老底。

于是，大声地骂，大声喊，
讲他们几代人
怎么受骗，
几代人怎么把老关家
都认为是正人君子，
结果是道貌岸然、
欺男霸女的大奸贼，
私设公堂，
关押多少受苦人。
大清国饶不了他们，
作损作孽终不得好报。
莉坤珠嗓子尖，
尽管被关在一个小黑屋，
声音也传出老远。
孟氏也怕丑闻外传，
老这么关押也不是个办法，
就又雇来几个年轻的打手，
进入黑屋，
对莉坤珠就是一顿暴打。
莉坤珠就是不服软，
越打越骂声越大。
陈总管见势不好，
悄悄告诉孟氏，
这个丫头铁心了，
怎么打也不服，
这样下去会出人命，
对老爷名声不利。
孟氏点点头，
又命把莉坤珠放下，
就锁在她二小的屋里，
让她和二小子住一个屋。
陈总管说："主子，
你心不要急，

心急吃不了热豆腐，
慢慢磨吧，
再犟的铁蛋子时间长了，
也得让二小子
这个傻小子磨成软蛋了。
孟氏就依陈总管的话，
把莉坤珠紧锁在二小子屋里。
二小子光着屁股，
拉屎撒尿都得她来收拾，
同在一炕上睡，
不收拾满屋里味儿，
呛也呛死莉坤珠。
就这样，
把莉坤珠和二小子关在一起，
对外就讲是二小子新媳妇，
不得出去，也出不去，
门反锁着，
只有一个小窗眼，
外面的女奴们往里送饭水，
往回端空碗空盘子，
一天三遍，
谁都没有心思
跟窗里头的小二和新媳妇说话。
时间一长，就像往屋里送食物，
喂小猫、小狗等哑巴牲口一样。
这样下去，
孟氏觉得时间太长了，
就命众嬷嬷和陈总管背着二小子，
拉着莉坤珠到月牙河口的柳树通里，
那里安静，水不深，
都是河卵石，
可以在河里洗个澡儿。
四面看守的人很多，

莉坤珠根本逃不了。
莉坤珠是个心肠软善良的人，
虽然身体被打得遍体鳞伤，
腿都被打骨折了，
靠自己慢慢养着痊愈的。
可是她一见
这个二小子不会说话，
什么都往嘴里塞，
猫屎、黄土块，
拿什么嚼什么，
觉得也是个人，太可怜了，
原来是不看，不理，
可是时间一长，
看他那个痛苦劲，
又不忍心看下去，
就渐渐给管起来，
主动给收拾屋子，
什么小石头子儿、黄土块、刀子、剪子
她都给收拾起来，
尽量少出奇怪的声响，
免得小二惊恐不安，
到处乱爬，摔倒。
孟氏虽然雇些嬷嬷，
谁愿意真的服侍小二啊，
都是穷糊弄。
孟氏自己也嫌屋内太脏，
臭味大，从不久呆。
所以，二小子自从莉坤珠来了以后，
才真正享了点福，
吃饭莉坤珠还一口一口地喂。
莉坤珠这些举动，
没想到却有人在暗中监视着，
莉坤珠一天每个时辰都干什么，

在寻思什么，
与小二有什么交往，
都有人记得十分仔细清楚，
都一事一时不落地
原原本本禀告给孟氏。
燕雀安知鸿鹄之志，
孟氏甚为高兴，大喜，
以为是莉坤珠
被磨得回心转意了，
对待自己的小二格外好，
十分庆幸，了解准确之后，
孟氏告诉陈总管和众嬷嬷，
不要对莉坤珠管得太严太死了，
她回心了，不会跑了。
莉坤珠很聪明，
觉得总这么僵持下去，
对自己不利。
关家势力大，有靠山，
自己的家如今是
衰败的凤凰不如鸡，
没人能帮助自己，
只有自己想办法挣出去，
才是唯一出路。
若这样被困下去，
只能对孟氏有利，
必须改变招法，
争取主动。
首先是自己得有
自主活动的机会和权力，
才能把孟氏一家
欺骗人的诡计揭穿。
他二小子早就是傻子，
不外露其病症而骗婚，

这种卑劣勾当，
瞒我们全家，
从爷爷起到我爹娘，
甚至我大姑至今未知原委，
欺骗了世人十几年。
现在还在仗势欺人，
害我莉坤珠
当她家奴才一辈子，
手段十分歹毒可恶。
我必须走出去，
把事实讲出去，
让世人知道孟氏的
丑恶嘴脸和害人之心。
我才能治服恶人，
为社会除邪。
为此，我得设法让孟氏
能放松对我的监管，
允许我行动自由。
于是，她从关心二小子
天天的吃、住做起，
结果非常有效，
如愿以偿。
孟氏完全按照
莉坤珠的道眼在转，
还自以为是，
兴高采烈，
眼睛眉毛都快乐到一起啦，
当众人一再夸奖
莉坤珠这丫头是好心肠，菩萨心，
没白让婆婆疼啊！
莉坤珠越做越像，
越来越使孟氏喜欢。
莉坤珠常常自己

背着二小子去月牙河看野鸭子，
捡鸭蛋，玩蟋蟀，
抓蝈蝈，抓马莲蝴蝶。
二小子也真比以前懂事不少，
嘴里蹦出来的单字很清晰，
别人能听懂不少，
可把孟氏高兴得直打佛揖，阿弥陀佛。
这样一来，孟氏也就不太管莉坤珠了。
莉坤珠能够自己一个人
在府内府外走动了，
没有人监视了，随便多了。
她心里实在郁闷时，
就带着二小子到处走走。
人就是这样，越处越熟，
往常孟氏委派
那么多家人、老嬷嬷、
小丫环、男女奴仆伺候，
谁都在孟氏面前
笑脸相迎，小心伺候。
冲着二小子喊“贝儿、贝儿”，
这是二小子最能听懂、
认为是最敬重他的好话。
可是，孟氏不在跟前，
二小子怎么哭闹，
谁也不愿靠前，互相推诿，
气愤大了
还偷着狠狠掐他屁股，
拧一下他的大腿肉。
二小子疼得噢噢怪叫，
哭喊，话也说不清楚，
就胡说“二孩猫咬”
“二孩肚子疼”，
说不清，道不明的。

孟氏也弄不明白
二儿子为啥哭闹，
以为还是自己独生子
傻和娇惯坏了，在找妈妈。
二小子之所以在表情上能看出来，
凡是除见了自己娘孟氏之外，
见谁就怕就叫就惊慌失措。
孟氏说她儿子有“魔症病”，
其实都是众佣人奴才们暗中鼓捣的。
可是，莉坤珠再不高兴自己的处境，
从内心里恨婆婆孟氏，
对傻呆痴昏的二小子，
再呕心，但她不是恨，
而是可怜，想他天生一个人，
怎么生下来就遭这么大的罪，
这不怪二小子，
他本来就够不幸和可怜的了。
所以，不想背地里
对二小子使坏，向他撒气，
如对这样的人使坏，
那算什么德行？
有能耐有劲儿向他妈孟氏使去，
这才是最聪明的呢。
所以这样一来，
二小子也能感到这个“妈妈”好——
二小子大嘴一咧，
从来就这么称呼莉坤珠。
莉坤珠打他，他也笑嘻嘻地这么喊妈妈，
跟她在一块不“猫咬”，“不肚子疼”，
也就听莉坤珠的话。
有时不用背，也能拉他的手，
斜斜歪歪地慢慢往前挪动罗圈小步，
莉坤珠省不少劲儿，

到府院东边的月牙河小柳毛子通，
一片砂石滩上坐一坐，散散心。
这时，二小子抠石子玩，
往河里甩石子，
找石头底下的蟋蟀和湿地上的蝼蛄，
二小子不怕，他生着吃蚂蚱，
吃蝼蛄，直喊“香”，“香”。
这功夫，莉坤珠坐在大石头上可以凝思，
可以想自己的亲额姆，现在在做什么？
是不是还在哭泣？
是不是也在想我莉坤珠。
想着想着莉坤珠就泪水盈眶，哽咽起来，
多不幸啊，这可恶可悲的日子
怎么都压到我莉坤珠身上了？
额姆啊，莉坤珠真是想您啊！
这个阎王债，我莉坤珠啥时候能还清啊？
这时，月牙河上飞来几只大雁，
老雁领着一群小雁在水中嬉戏，
那么欢快，那么自由，
嘎嘎嘎叫得多美啊，多甜啊。
都比我莉坤珠活得开心自如，
莉坤珠我若是这群小雁多好呀，
到妈妈地方去，到姑姑地方去，
到我想去的任何地方去，那该多美啊。
唉，又一想，自己是在做美梦，
自己连个小雁都不如。
想着，想着，眼泪又模糊了自己眼睛。
这时，莉坤珠又瞧见河边树丛小道上，
丫环小桃手提着棒槌，
夹着一大盆主子孟氏的衣裳，
来月牙河洗衣裳。
她见到莉坤珠
很关心地轻声提醒她：

“不早了，主子又着急了，
你在河边的时辰不少啦，
快带二小儿回去吧。”
莉坤珠感到小桃提醒得非常好，
上几次她领二小到月牙河来，
可能时辰长点，孟氏便恼怒了，
命老嬷嬷和陈总管来叫她，
传达了孟氏主子的不快。
心想，自己还真得注意，
一旦不慎，又恼翻了孟氏，
以后连到月牙河都不好来啦。
于是，便背起玩得正在兴头上的二小儿，
无声地回家了。
说句心里话，
莉坤珠哪天夜里能睡得实成啊，
夜里月光透过小窗棂照了进来，
外面天上的星星都看得格外清晰，
一道道流星满天划过，
像有多少小人在天上滑冰，
跑得那么飞快，真有意思。
若是我莉坤珠该多好啊！
我也能自由自在地驰骋飞翔。
莉坤珠是个刚强的小姑娘，
她从不想去找大姑，
向她们讨点银子，
为自己补这个无底洞，
把自己从关家牢笼中救出去。
为啥给人家添担子，
自己的罪自己受，
自己的梦自己去圆。
我莉坤珠也有胳膊
也有善蹦善跳的双腿，
我为啥不能像

星星自由地在天空中滑行奔跑？
我为啥不能像
那群雁儿到处嬉戏飞翔？
我完全能，完全有这个毅力和决心。
不，我要冲出去，
我要自己走出去，
这个关家的债
是他们强加给我们家的！
我们事先根本不知道这码子事，
一切孽障和罪恶都是孟氏他们一手造成的！
我玛发、我阿玛、额姆和我，
都是受害者，是无罪的。
我不该懦弱、认命、服软，
乖乖地死陪着傻儿二小子，
害了自己一生。
我这样做老天知道也会高兴的，
高兴莉坤珠很刚强，
很懂事，不是糊涂傻子，
是要做人，争取不当奴才的权利！
莉坤珠想到这些，心就动了，
总想逃出这个“胡突巴那”①，
可是怎么才能逃出去呢？
“嘎思哈格热顿达”②。

正在莉坤珠的少年心里仔细琢磨、设计一次对她人生最关键的出逃计划时，事不凑巧，天下变了。一天，陈总管突然到各屋、各支传达老爷和孟氏主子的话，大清八旗兵已经打败把明宫抢掠火烧得一塌糊涂的闯王李自成，逃向潼关，睿亲王多尔衮和郑亲王济尔哈郎统领的八旗劲旅已进入燕京城，正在明宫武英殿理事，大明崇祯年号已经寿终正寝。当年已是大清国顺治元年甲申九月，顺治皇爷已经由盛京迁都燕京北

① 胡突巴那：满语，鬼地方。
② 嘎思哈格热顿达：满语，像鸟那样自由飞翔。

京，车驾大概正行进在通州附近，快要进京城了。咱们老爷早率兵随睿亲王多尔衮大将军进入燕京，驻守在北京城里，特令阖家搬出锦州，要住进北京城。后来又飞马传书，老爷的兵马初驻守北京内城朝阳门正白旗防地。后被分拨至北京北居庸关南口，东至怀柔、密云一线。老爷的府邸设在昌平九里街，新拨下原明庆王爷打牲外宅大院，也非常讲究，青砖石狮门楼，起拱的正堂，有后花园和雕刻花鸟的迎客长廊，比锦州老院阔气百倍。所有的汉家佣人如数收为奴才。咱主子已带十几个丫环、嬷嬷先行坐大娇车去北京城，修饰新府去啦。这不派我快快着手清理物件，安排大小车辆，三五天后，主子让咱们平平安安赶到昌平新府。咱们要把事办得利索，别让她老人家挂念着。现在阖府搬迁，事情最多。麻烦最大的就是莉坤珠和傻儿二小子了。陈总管几乎把所有的嬷嬷、能干的年轻的佣人和奴才都派到二小子的屋里。二小子用的东西上百件，有铺盖类、器皿类、洗盥类、医药类、穿用类、玩具类、鼓号类、游泳类、食品类、车具类、推独轮车类等等，足足装满了六大马车。为照顾好二小子，陈总管派来了得力的嬷嬷十位，随时背傻儿的壮小伙子十位。傻儿还非常骄气，又不爱坐轿车，一坐就大哭大闹。孟氏主子就逼迫奴才无论走几十里、百里，说："轮流给我背二少爷，不准让他哭，要想方设法让他笑，谁让他笑，主子就赏他二百吊。"这次搬迁，最让孟氏提心吊胆的是，怕莉坤珠趁乱逃跑。所以，孟氏临走前对陈总管下了死命令，"千事万事再忙再重，你也得给我盯住莉坤珠，出了半点闪失，我可活扒你的皮！搬家事完之后一切顺当，我另赏你一房十三岁小妾和一幢青砖瓦房。"

各位阿哥、色夫们，
朱伯西我唱述了前段故事，
众位可能都看透了孟氏的丑恶心态。
听听这优厚的赏赐，能不让陈总管眼红么？
可以说，孟氏为达到自己目的，
真是使尽了全部心机。
可是，她以为有钱就能使鬼推磨，
那陈总管虽受命于孟氏主子，
可有自己的人生信条。
主子的事要办好，

但也绝不干缺德事。
陈总管办得奇巧，
表面上他不敢忽视和马虎，
尽心尽意完成主子交给的搬家差使。
按主子之意，一定把莉坤珠
平平安安、毫发无损护送到新关府。
一路上既要护理好傻儿二少爷，
暗里又要实实在在保护好可怜的莉坤珠，
既不能让她像只野鸡扇呼起翅膀飞啦，
又不能让她一路上遭罪。
陈总管深知孟氏心胸小忌妒人，
可不能露出半点对莉坤珠的同情心，
那样反而害死了莉坤珠。
但对莉坤珠，
要表现出一副菩萨心肠，
关照莉坤珠的生活起居，
否则莉坤珠对自己不熟，处处疏远，
无法接近，更不易保护。
陈总管为莉坤珠也费尽了心思，
他思前想后，凡事做得适度为好，
太亲近不可，不亲近也不行。
设法让莉坤珠久受刺激的心，
对孟氏的一腔激愤先平静下来，
否则她真会疯了的。
陈总管让众嬷嬷和奴仆们，
都不准暗里欺侮莉坤珠，
若让他见到必不留情。
还让众嬷嬷向莉坤珠学说，
因长时间陪伴二公子，
够辛苦啦，主子挺满意，
让她趁这次搬家机会好好歇歇。
陈总管又让众嬷嬷、众奴才多多操劳点吧，
特派小桃着天脚跟脚陪莉坤珠形影不离，

就连吃饭去茅厕都一时也不离开。
莉坤珠乍对陈总管的好意，
并不领情，心里明白，
这可能都是孟氏的鬼花招。
她一点也不在乎这些，
任凭陈总管脸上是阴是阳，
反正我莉坤珠心里有小九九，
即使把我带到天涯海角我也逃。
不管你们府上搬到哪儿，
到哪儿天都是蓝的，水都是清的，
都有我莉坤珠的活路。
俗话说得好，
天无绝人之路，好心人总有好报。
莉坤珠真不知道，一年多来，
在她身边的孟氏小丫环小桃是个
稳重善良的有心人。
小桃自己心中，
也埋藏着一个大秘密。
这个小桃不一般，大有来历：
她虽是孟氏的贴身丫环，
可待她像自己亲姑娘一样。
孟氏贴身的奴婢不胜数，
真正能让睡在她自己身边，
吃住在一起的，还就是小桃。
孟氏为啥信任陈总管，
为啥亲热倍爱小桃呢？

说起来那还是十来年前一段往事。天聪八年是不平凡的年月，罕王爷努尔哈赤寿终正寝，也就是清太祖皇帝驾崩，皇太极承继后金罕位，不久便建立大清国。皇太极利用八年时光，八旗军已进入山海关以内，早已冲破大明的重兵防卫的藩篱，兵进山东、河北，进入京畿四周，直逼大明的京师。闹得崇祯皇帝坐卧不安，常常突然发旨，急兵回京，保卫京师。在太宗皇太极的指挥下，大清八旗军兵威四方，声震明廷。清太宗皇太极靠的统兵虎将除他的儿子肃亲王豪格统辖的正黄镶黄大军外，更依仗正白镶白两旗的自己亲弟弟睿亲王多尔衮、豫亲王多铎、英亲王阿济格，这三兄弟都是乌拉部阿巴亥所生，勇猛善战，其中多尔衮更是英名盖世，有勇有谋，皇太极对他极为敬佩和信赖。除此，还有二哥礼亲王统领两红旗的代善，以及郑亲王济尔哈朗，他们手下战将如云，在清太宗统帅下，全部冲向大明朝的心脏——燕京京师。皇太极采取突击之势，靠强悍的骑兵马队千里驰骋，以迅雷不及掩耳之势，突破防线，八方开花，不以占领城镇为主，而以歼灭大明有生力量为宗旨，抢掠人口牲畜财产，席卷一空胜利而归。打得明廷守兵溃败，落花流水。前书所讲八旗虎将重要人物，有围困和后来镇守山海关一带的安禄，有镇守锦州一带的瓜尔佳氏统领大人，均由多尔衮、阿济格统帅，合军参与重兵袭攻大明京畿之役。在英亲王率领之下，以声东击西的战术，全是马队，风驰电掣，霎时从蒙古草原冲入山西，再返向东南，所向披靡。天聪八年七月，大军突进延庆，直逼北京京师北域，大使明廷惊慌失措。接着，八旗兵南下居庸关，直取昌平城。京师吃紧，清军一路俘获的明朝官员兵士有两千余人。在攻昌平城前，让这些人在城下大喊："我们从满洲兵手下逃出来了，救命啊，开城啊！"城上的明官信以为真，大开城门，清军像洪水一般冲入昌平，明将主帅不堪突击，狼狈投降，对不少明将、明官宁死不降者一律斩杀。然后，清军又冲向京畿的房山、良乡，直接危及京师的西直门。那西直门是京师内城九大古城门之一，非常宏伟壮观，是京师重要的内外通行的隘口。西直门危在旦夕，吓得明崇祯皇帝急召兵马援军抵御满洲八旗兵。

哪知，满洲旗兵只是恐吓，
涣散明朝的军心民心，
然后八旗兵迅速撤走，不知去向。
这完全打乱了明朝的京畿防卫计划，
使形势越加岌岌可危。
就在这次昌平大难之役，
满洲正白旗统领安禄和瓜尔佳两人，
进入昌平，
在缴掠明城中户部主事王桂时，
王主事大义凛然，誓死不降。

八旗军冲进府门，
王桂刀砍夫人，
安禄急忙冲上去救人，
但已经晚了，夫人死在刀下。
王桂又刀砍
蹲在桌下正哭叫的两个小女儿，
安禄见势上前一脚将刀踢飞，
安禄与瓜尔佳将军统领迅即抱起两个小女，
交于众巴雅喇，使两个小姑娘没遭杀害，
而王桂趁势头撞门柱，
脑浆崩裂而死。
阿济格、安禄、瓜尔佳将军，
以义臣将王桂厚葬于昌平西山坡。
王桂留下的双胞胎小女，
当年才三岁，
俩统领各收下一个女孩。
瓜尔佳将军因自己小儿子呆痴，
大妻正日夜愁闷，
便给她带回一个战利品——小女孩，
孟氏见了由衷喜欢，
取名小桃，留在身边。
瓜尔佳将军很钦佩小桃之父王桂，
是位忠臣义士，
不忍将小桃收为己女，
仍保留其王姓，
但并未告知其身世。
孟氏尊重丈夫之意，
便将小桃视为自己亲生女儿一样。
小桃在瓜尔佳将军家中
已成长到十一岁了。
孩子很聪明，
其父是大明朝进士出身，
有严父的聪慧血统，

喜好文字书砚。
瓜尔佳将军和孟氏
从小教授文墨，
延请名师传授满汉文字，
小桃天聪如神，
深得瓜尔佳将军喜爱。
一日，瓜尔佳将军在书房看书写字，
小桃常依偎在身边，
瓜尔佳将军也不厌烦。
小桃真像瓜尔佳将军的开心娃娃，
又会跳，又会唱，活泼可爱。
瓜尔佳将军对她就像自己女儿一样，
视为掌上明珠，
把自己独有的刀术传给她。
瓜尔佳将军有拿手的武术，
无论是在马上，
还是在地上，
只要他的刀一出手，
不过五招，刀必饮血，
故有“快五刀”之称。
经瓜尔佳将军的传授，
这个绝招小桃也学会了，
麻溜利索快，
别看她人小，个矮，
耍起大刀来，
就是一只下山虎，窜山豹，
瓜尔佳将军能不喜欢吗？
单说有一天，
瓜尔佳将军外出公干，
小桃帮助将军整理书房，清洗笔砚，
突然发现一册瓜尔佳将军的书札笔记，
因将军有记写词话的习惯，
这正是瓜尔佳将军的日录笔记。

小桃便翻开看了起来，
使她惊讶的是
记录有瓜尔佳将军《昌平攻伐》一章，
提到得到一个小女孩收养家中，取名小桃。
小桃从此知道了自己的身世，
也知道生身父母节烈之举。
小桃是个懂事的小丫头，
虽然年岁小，
但心里很能装事。
她发现瓜尔佳大将军的书札上
明明写着一共有两个小丫头，
另一个小丫头由安禄将军抱走。
这说明自己还有一个同胞姐妹，
那个姐妹在安禄将军那里。
安禄是谁？在哪里呢？
我那位小姐妹在哪里呢？
我一定要找到她。
小桃回忆，自打自己到瓜尔佳大将军家，
孟主子像亲妈一样对待自己，
十年来没受过气，
没有挨过骂挨过打，
比那个傻小哥都享透了福，应该满足。
关家瓜尔佳大将军对我不薄，
我应满意。
他们不告诉我实情，
一定事出有因。
我不能把这事说出去，
只好将计就计，先走着瞧，
遇到机会，我一定找到
我的那位同胞小姐妹不可。
小桃又想到嫁到关家来的莉坤珠姐姐多苦啊，
她听孟氏和瓜尔佳大将军在一起谈过，
莉坤珠的家原来也是满洲旗人名门，

可惜出事败落了，
现在全家一败涂地。
莉坤珠还有一个妈，
孤苦伶仃，自己在受着苦。
小桃想到这儿，很同情莉坤珠。
孟氏逼她硬嫁给傻子，
让奴仆们日夜看守，
她活像坠入了死牢，
人生太不公平、太不幸啦！
小桃嘴里不说，
但心里从不想欺侮和耻笑莉坤珠，
总是和颜善语，默默在关心她。
小桃自那天在大将军的书房
偶然见到日记书札之后，
变得更成熟了，
好像变成了一个大姑娘。
她想再细细看一看那本书札，
可是后来她再也没有见到，
而且大将军和孟氏比以前管得更严了，
一般没事不叫小桃一个人
随便在大将军书房里逗留。
小桃心中领会，
上次的事儿，
一准被察觉了，
书札收藏起来了。
小桃低头正在沉思时，
不知瓜尔佳大将军
何时竟站在她背后，
拍拍她脑袋，说：
“桃啊，你是不是看了什么？”
小桃一惊，仰头一看，
瓜尔佳大将军正低头看她。
那么平和，并没生气，

小桃马上眼泪涌出眼眶，说：
“我看啦，我想我那位没见过面的同胞姐妹，
能告诉我她在谁家吗?”
瓜尔佳大将军说：
“好，沙里甘居，不撒谎，是好孩子，
我一定让你见到你的姊妹。”
小桃哭了，说：
“我以为我也成了莉坤珠，
早早晚晚也让你们送到谁家去，
也跟傻子睡一起去呐!”
瓜尔佳将军说：
“你跟莉坤珠不一样，
她是出嫁的媳妇，
天经地义，
嫁鸡随鸡，
嫁狗随狗。
如今，小二闹得厉害，
俩人天天坐着不行啦!
一定吵吵要脱衣裳睡，哭着闹，
你主子为这事正犯愁呐!
莉坤珠怎么能够随了小二的心?
桃啊，你们都是女孩儿家，
替我和你主子帮着跟莉坤珠说说去。”
小桃平时寡言少语，
大将军这么一讲，
她马上接过话茬说：
“我不干这缺德事儿!”
小桃的突然举动，
使瓜尔佳将军大吃一惊，
没想到这话出自小桃这孩子的口，
说道：“不去，不去我就不让你见到
你那个没见面的姊妹!”
小桃性格也很倔强，

反身出门回自己房间去了。
瓜尔佳将军错误估计小桃了，
小桃也是天不怕地不怕的人。
她往日不知自己的秘密，弱如蝼蚁，
现在知道自己身世了，
反而更刚强了。
往日与莉坤珠只是井水不犯河水，
我不欺侮她，
不跟孟氏主子那些人站在一起。
现在她完全变了，
决定去找莉坤珠，
与莉坤珠站在一起了。

［推车调］推呀，推呀，推走黑暗迎光明，
推呀，推呀，推走辛酸迎笑容，
推车全凭浑身劲，迎新要靠毅力坚，
魔高三尺道高三丈，天赐福祉事竟成。

再说莉坤珠，此刻正被孟氏痛打一顿，重又关进迁居新府里一幢仓库之中。因为何事挨打？原来就是因为二小子。这二小子随着年龄增长，她想干男女之事。也可能是府中佣人们平时说话动作太荒唐了，让二小子看见了。二小子平时光着个腚，有的小佣人就掐他小鸡鸡，说些男女那些事儿的词，唠这些事儿的嗑，二小子听到后，天天也吵叫着要起来。吓得老嬷嬷都躲起来，小女佣人们捂着眼睛不敢看他，马上猫起来。这二小子越这样，越光着腚，小鸡鸡顶着到处追人，把小猫、小狗、小鸡都追得不消停。那天，偏巧二小子吵叫声太大，把孟氏从屋中给吵叫出来。她吓坏了，以为是宝贝儿子出大事了，慌慌张张往二小子房里奔。心中不由得纳闷，那么多佣人、奴才咋都没影儿啦？莉坤珠这丫头呐？想着想着便迈进屋，屋里空荡荡的，正要返身出门，突然一个很重很胖的一团肉砸到了身上。孟氏大叫“咳哟，妈哟”，便仰脸倒在地上。这时，才睁眼看清趴在她身上的正是二小子，光着大屁股，搂着孟氏不放，口里一个劲儿声声大喊：“往哪躲，往哪藏，干哪、干哪、干哪……”压得孟氏喘不过气来，气得她扬起大巴掌，一边狠打二小子大嘴巴子，一边嚎叫不停地喊嚷：“干他妈你娘，活抽抽啦！打死你个畜生！”越说越气，双手开弓，含着泪，哭叫着打二小子。二小子可能认出是妈了，咧开大嘴，双手捂着脸大声嚎叫。陈总管慌忙跑进来，把二小子抱起来。众嬷嬷、女佣人们，从桌子下、柜子后头，从另一间屋里匆匆跑出来，惊魂传报：“主子来啦，主子疯了，这可惹大乱子啦！”

孟氏被陈总管搀起，
这时，孟氏也清醒了，

大声问："你们都猫哪儿去了？
扔下我儿子都不管？
说，莉坤珠呢？
都给我跪下！
跪一宿，明天都不许给饭吃！"
孟氏一再追问莉坤珠，
大家四处寻找。
原来莉坤珠自迁到昌平，
躲过众人眼目，
也躲过二小子纠缠，
在一片松林中正悄悄享受凉风，
散散终日憋得喘不过气的郁闷心。
在群奴的呼喊声中，
知道自己可真惹出天大的祸，
她想肯定是孟氏不答应了。
孟氏那个没长善心眼，
一肚子缺德带冒烟的黑肠子，
怎么越变越黑，
越变越疯了。
几天几夜不敢在那个
让人心惊肉跳鳖屋子躺一会儿，
只要困得我一迷糊睡过去，
二小子准就悄声地蹭过来，
给我扒衣裳，
要，要，要那个，
唉呀，阿布卡恩都力[1]，
莉坤珠都说不出口来，
恨得我真想坐起来
用两手一掐他细长的脖子
让他伸腿瞪眼丸，
省得在世上闹得多少人不得安宁。

① 阿布卡恩都力：满语，即天神。

可是啊，莉坤珠又下不去手，
那也是可怜的一个人啊，
真是无法应付。
就在趁陈总管和众小佣人们忙碌，
眼睛没盯住我才溜了出来，
准是二小子又闹吵那个事，
哭着、喊着、叫着，
闹着在找莉坤珠呐！
全仗她在一片松树林子里，
外边不少人喊，
一时看不到。
莉坤珠可没法子了，
她知道，孟氏为她宝贝儿子
只是天上星星摘不下来，
活人肝她都敢给。
二小子要那个，我是媳妇，
哪能躲出去？
孟氏必然让那些女奴
摁住我扒光衣裳，
我莉坤珠可怎么还能再呆在世上，
这不是逼我投河上吊么？
这可咋办好？
莉坤珠跪在地上，
满脸流泪，口里喊出
“玛发、玛发，萨克达玛发”，
“爷爷、爷爷、老爷爷”，
想到家里早年正堂上
挂着的一幅绢子上画的
忠义侯爷爷全副铠甲衣胄、头戴缨盔的画像，
爷爷目光锐亮，
那么慈祥，那么威武。
莉坤珠虽然没见过爷爷的面，
可是那幅爷爷画像刻心中，

猛然想到爷爷快来救您的小孙女吧！
真是爷爷在天之灵也疼爱怜悯孙女了。
莉坤珠正哭中，
没有想到，
突然小桃从松林中跑了出来。
可把莉坤珠吓坏了，
她以为是孟氏派来抓她的人，
小桃可是关家最吃香的小丫环啊。
莉坤珠见此情况，
转身就往松林深处钻，
小桃在后边紧追，
追出松林很远很远，
前边是小鸭子浮水的一湾河塘，
莉坤珠不顾命想跳河塘一死了之，
也算完全解脱了。
正在这时，
年岁小、身子轻，
像小燕子似的小桃，
猛然蹿过来一下子抱住莉坤珠，
俩人一起倒在河塘边的草坪上，
滚了老远。
俩人大眼瞪小眼对坐在一起了。
小桃说："你跑啥？"
莉坤珠说："你追啥？"
两个小姊妹这时都会心地笑了。
都互相知道，对方不是敌人，
不是孟氏的人，心都是红的，
不是长霉变黑了的心。
小桃说："我叫你一声姐姐吧！
你一定把我当成坏人了。
我跟你一样命苦，
也是没爹妈的苦孩子！
莉坤珠姐，

我告诉你实话吧，
老爷和孟氏他们下狠心了，
让你真正成为他们儿媳妇，
不能像以前那么过了，
傻子闹得厉害，
要祸害你啊！
你赶紧逃吧！
咱们一块儿逃吧！”
莉坤珠非常感激小桃仗义救她，说：
“小桃，我咋没想到你也这么不喜欢关府？
他们对你不是很好么？”
小桃说：“现在顾不上这个，以后告诉你，
我要出去找我的亲姐妹，
走，你跟我逃出去，
你不能再在这熬苦日子啦，
你要大祸临头啦！”
这时，松林外的喊叫声、脚步声越来越近了。
在这紧急关头，
莉坤珠真蒙了，
不知往哪跑，
刚搬到昌平来，
还没出过门，
两眼一抹黑，
往哪逃，往哪躲啊？
便说：“小桃，走，咱俩快走，
可是往哪走啊？
四面都是他们的人。”
小桃立即站起来，
话没说半句，
赶忙拉住莉坤珠的手，
她看了看松林的方向，
听听外边脚步声，
便顺着松林深处

有一条细长的脚印踏出的小路，
沿着小路迅速跑出去。
小路很长，直通向一条小河，
河边有个小木房，
四周有不少小船。
小桃开门进入小木房，
里面坐着一位白胡子白发的老人，
身穿皮板衣，
脚蹬大皮靴，
正在屋里洗鱼。
小桃进来就说：
“财爷爷，快救我们，陈总管来抓我们了。”
这财爷爷看来非常熟悉小桃，
也真听小桃的话，
赶忙起身，
把两个姑娘手拉手领进内屋，
内屋有鱼篓和堆着一些没清洗的鱼，
因鱼篓堆得很高，
下边有个小桌子，便说：
“快，你们俩躲到桌子底下去。”
小桃拉着莉坤珠
钻进鱼篓下的桌子底下。
财爷爷又在桌子上重新堆起一些鱼篓，
忙说：“蹲在里边，别说话。”
就在这时，寻找莉坤珠的人们
陆续来到河边小木屋，
为首进来的人正是陈总管，
边走边大声喊道：
“老财头，你看见有个姑娘跑过来没有？”
陈总管说完四处打量，
里外屋看个遍，
感到很奇怪，
嘴里不住地叨咕：

“这可怪啦，都说在松林里，
怎么一转眼就飞啦？”
老财头边收拾着鱼，
往抬筐里装鱼，
边好奇地问：
“什么姑娘啊，
我这儿从早到如今，
就是这些鱼，
没见到有人来啊？”
陈总管也相信老财头，
他是老爷身边十多年的厨房采购人，
专为瓜尔佳将军家宅
一日三餐菜蔬之事忙碌着。
为人忠厚，从不惹事，
人缘挺好，深得老爷和孟氏信任。
陈总管心想，
这小木屋里不可能有莉坤珠，
莉坤珠也根本不认识这个老财头。
陈总管心中有数，
便带着跟来的几个老嬷嬷走了。
等陈总管一帮人走出好长一段时辰，
财爷爷才返身进里边小屋，
把鱼篓一个个搬开，
露出桌下的小桃和莉坤珠，
说：“孩子，快出来吧，
怎么，桃啊，你自己惹事
还拐来一个给你垫背的？
啥事啊？这么急星火燎的？”
小桃和莉坤珠俩人钻出桌子，
拍了拍身子说：
“财爷爷，我给你介绍一下，
这就是我跟你说过的，
那个可怜的傻子媳妇。

现在傻子越闹越不像样子，
一定让莉坤珠陪着睡觉。
我一生气，就干脆把她领到您老这里。
财爷爷，快想法子，
让她远走高飞吧！
再说，我也知道自己的秘密了，
爷爷，您老猜的真准，
我也是捡来的丫头，
我是双生姐妹，
还有一个不知落到哪里。
爷爷，您老得把好事帮到底，
也帮我找到我那个亲生姐妹，
我们要永远在一起。”
财爷爷听后笑了，
捋捋长胡子，说：
“你知道了自己的底细，
这可是大喜事，
祝贺你小桃子。
可是，莉坤珠这孩子，
跟老关家有婚姻关系，
跑到哪儿，
人家告到官衙门
都照样抓回来受罪啊！
逃出去是一条生路，
可往哪跑呢？
你们上哪去呢？”
老财头可犯了寻思，
低头转悠一气儿，
说道：“这事可不能拖，
我这小地方不是久留之地，
你们必须马上走。
这事让我摊上也受不起孟氏那个刁劲，
最终也得把你们抠出来！

孟氏心肠比毒蝎还毒，
小桃你跟她作对，
抓到后不整死你们。”
财爷爷还真是有办法，
眼睛一亮，
一拍大腿，笑了，
说道：“天无绝人之路，
我马上送你们去一个地场。”

说做就做，财爷马上把鱼筐放好，领她们出了小木屋，反身把小木屋锁上，来到一只小船跟前。他们上了船，这船还有个小席棚子，财爷划船，让莉坤珠和小桃在席棚里老实坐着，不要出来。财爷迅速划船，顺小河子而下。这河是有名的温余河，河源来自天寿山麓，每到春秋河水甚旺，产大鲶鱼，重者有百斤。所以，昌平大鲶鱼在京师都有名，明朝不少王公大臣，专用重银来买昌平大鲶鱼，鱼尾甚是肥美，油性大，确是一方名肴。财爷在这河上划船，水量足，船行得很快，又是下水，在河道中拐来拐去，到一个林荫之处，露出一片小茅舍，河岸上一群看江狗，见有船来，吠了几声，可能是这里的习惯。从一个茅草屋里，蹒跚地走出一位老妪，看来足有八十多岁，虽然满口没牙了，但很精神，眼神中能看出是财爷来了，便说：“小程子，你来啦！”莉坤珠、小桃一听都很吃惊，把财爷爷叫成“小程子”，真新鲜，还很亲切。只见财爷没多说话，在老太太耳边大声喊着说：“娘，把她们交给您啦，有啥活计就让她们干吧！您也该歇一歇了，我给您老带来两个孙女，您就认她们是您的孙女吧！”老太太笑得合不拢嘴，眯缝着慈祥的双眼说：“唉，我哪有那份福气呦！瞧这姑娘们一个个多俊气呦！快进屋吧！”于是，把小桃和莉坤珠拉进屋里，财爷就向小桃莉坤珠嘱咐一句话：“你们就跟我娘过吧，别出去，这里安静，不用怕。”说着，将船顺过头，猛力一划，小船逆水上行，又回他的小木屋去了。

各位阿哥、玛发，
朱伯西我可得说几句，
向各位介绍介绍这位财爷了。
财爷，大号刘财宝，

河北东花园人氏。
他家在永定河上游，
幼年发大水，
那正是大明朝万历十七年，
财宝六岁，
洪水中父母双亡，
小财宝被水冲上岸，
那地方叫狼头屿，
被几个人贩子拐走，
带到康家庄。
人贩子姓刘，
绰号刘（留）财宝，
即“留财宝”，
见财宝从小就虎头虎脑，
机灵聪明，
就把小财宝当成自己亲儿子一样，
一高兴给他起名叫“刘财宝”，
跟人贩子爹是同一个名号，
期望将来像他爹一样有钱有势有声望。
万历三十年壬寅，
人贩子爹被刑部以私贩人质罪案牵累，
押赴刑场秋决。
刘财宝逃跑到房山，
四处流浪。
他啥活都能干，
给丧家挖坟坑、
送葬抬灵棺、
盖房抬木料、
修府门当力工，
后来被高度山镇“济生堂”老掌柜
雇为看仓库伙计，
管五把大锁，
库里全是南七北六十三省的名贵药材，

还兼管药材及时通风、晾晒、
防止虫蚀、鼠嗑，糟蹋各类名药。
当时财宝已年近三十，
办事认真，一丝不苟，
深得老掌柜信任。
后来老掌柜续弦，
又娶进一位妙龄中年少妇。
少妇本是名门之秀，
初嫁一位尚书的公子，
夫妻恩爱，但年寿不永，
早年离开人世。
少妇生性浮华，
餐餐选名家饭店佳肴为乐。
尚书子亡，
苦无金银之源，
因常吃名贵补药，
结识“济生堂”。
少妇颇有姿色，
老掌柜又只有老妇守房，
两相情愿，结成连理，
收少妇为妾。
财宝甚讨老掌柜欢心，
毛遂自荐，自掌小灶，
专为老掌柜和少妇做一日三餐之宴席，
从不重复，深得少妇赞美。
一来二去，财宝在房山一带成为名厨，
常被京中明臣显胄请去烹饪。
曾于崇祯三年
入宫为朱由俭庖制“乳猪宴”，
以此名传燕京。
崇祯七年，满洲八旗军在英亲王率领下，
曾秘密冲进京畿，
横扫房山、良乡一带，

掠无数人畜而归。
事亦甚巧，被掠人畜之中就有刘财宝，
为瓜尔佳将军收入府中，
正因为有厨灶之艺，
深得瓜尔佳将军与孟氏青睐。
从此成为心腹家丁。
凡家宅之蔬菜肉食类，
皆由刘财宝亲自采购选用。
府宅迁入关内昌平，
仍由刘财宝来办，从未更改。
财宝随主子在关外锦州数年后，
又一同跟随主子回到关内，
使他兴奋不已。
他在京师呆些日子后
回到昌平城九里街。
这地方过去没到过，
但昌平他熟悉啊，
他凭着自己的回忆，
利用出外购买蔬菜、联络商家之机，
认识不少新主家。
如今昌平府城已是正白旗管地，
皇上有旨，这一大片田产土地
皆由正白旗、镶白旗掌管，
还有一部分土产最先由正黄镶黄旗占据。
凡是明朝原产，都归满洲八旗官兵占用，
原有之民，皆随产田成为新主子奴仆，
不同意者可自己迁出，
不过多数都愿意随旗，
因为满洲的声望在京师香得很，
多少人盼这事都盼不到呢。
所以，那时是主奴共欢同喜，
重新构成新家，鞭炮齐鸣。
不过，即使在一起，

主奴分明，再想分开，
便受大清律法不容，
视为“逃人”，必受重罚。
刘财宝还算是当地人，
现在回家乡了，
瓜尔佳将军多靠
财宝与当地官衙地保疏通，
人熟为宝，许多事都好办。
因为财宝在瓜尔佳将军府上颇有影响，
孟氏等都另眼看待他。
正因如此，府中所有佣人奴才
见主子对财宝这么好，
谁都奉承，听他的话。
就连陈总管都对他处处客气，恭敬三分。
瓜尔佳将军是地方八旗军的统领，
昌平府下各县镇村保都受管制，
特别是八旗圈地，
不少房舍田产已归八旗官兵所有，
为稳定治安，
皆按原盛京时的规矩，
建立噶珊制。
噶珊头领为庄头，
即庄达，尊称庄达老爷。
刘财宝因是瓜尔佳将军府上的人，
又有一定威望，
被旗衙门委任为一名庄头，
管理附近地域内
二千多户人口、商业与治安，
所有迁入迁出、入旗、
随旗、婚姻等事，
均由一地庄头统管，
权力很大呐！
刘财宝从户籍卷档中，

突然查到锣鼓巷西头、
杨树崴子有一家老女人，
仔细打听，家中就她一人，
在小河边上，无正当营生，
采药、卖药，
还捡人家丢弃物品糊口，
变卖点银两，混日子，生活艰难。
财宝见此老女人，心中一震，
多像他在二十多岁时，
救济过他的那个妈妈啊！
但又一想，时过境迁，
多少年啦，
妈妈可能早回阴间享福去啦！
别胡思乱想了。
可是，心里说什么也平静不下来，
自己身为庄头，
在自己的属地，
本应去看望一下老人的生活状况，
如今是大清国天下，
改朝换代啦，
可要细心点，
该帮就帮一把，
扶弱济贫么！
于是，他很早吃完饭，
把府里的杂事早早办完，
便到小河边划着他那单棚小威呼[1]，
去西山杨树崴子看望那个老女人去了。
刘财宝上了岸，
一群小狗向他叫，
叫声中从茅草房出来个老妇人，
见来人不认识，

① 威呼：满语，即船。

忙让进屋里，
给倒一碗白水，
说："没茶，喝白水吧，
您是庄里当官的吗？
我老婆子有啥犯法事啦，
多关照一下吧，
俺如今八十六啦，没几年熬头啦！"
老太太说着，
自己坐在炕沿儿边上，
盘着腿，面色紧张，
看样子，必受过不少人欺侮，
瞧那架式又准备听训呐！
刘财宝心疼地打量半天，
缓步走过去，
特意留心看老人家两个耳朵，
看耳垂上扎没扎耳朵眼？
看得挺仔细，突然惊喜说道：
"您老右耳朵垂上有个小豁口儿，
是不是那年老人家出嫁，
不小心您一动，让娘家妈剪子给扎的？
当时，你妈和你一阵哭，
众亲家都来说和解愁，
齐说这可是大喜之兆啊！"
这老太婆一听这话，
赶忙跳下了地，
仔仔细细看刘财宝，
上打量，下打量，
然后急忙说道：
"孩子啊，孩子，
我这当年的事儿你咋知道呀？"
刘财宝当即痛哭起来，
扑通跪地，
拉住老太婆说：

"妈，妈，妈呀，
我就是您的小程子啊！
我好苦啊，到处找您，找不着，
心想见不着妈您啦！
您老还活着，老天保佑啊，
程子给您老磕头啦！
这回好了，咱们再不分开，
永远在一起啦！"
老太婆一听是小程子，
也惊喜万状，
抱着财宝，
搂在怀里，
痛哭起来。
刘财宝哭着说：
"妈啊，您记得不，
那还是年轻时，我刚有二十岁，
见您右耳朵有个小豁口，
挺好奇，
总想摸。
您说，别摸，
那是妈出嫁时留的记性。
为这个妈还觉得不好看，
哭过多少场。
这次程子我见面认亲人，
您年岁再大，再变老，
这个右耳朵小豁口我永远记在心上，
做梦想您，也想这个小豁口。"
财宝又问妈妈怎么到这里的？
老太婆坐下，
拉着财宝的手说：
"说来话可长了，
简短截说吧，
记得大概那是万历三十年头吧，

你那人贩子干爹太歹毒，
狠心扔下了你。
我当时天天捡破烂换钱，
咱们凑到了一起，
还有几个穷小子认我这个干妈。
我做饭、缝衣裳，穷帮穷，
后来你被八旗军给捡走，
我们从此分散了。
我在当地呆不下去，
天天兵荒马乱的，
就讨饭到了北京城，
蹲庙台，钻草棚，
挨着王府石狮子腿儿睡觉，
城门洞子也住过，
捡什么只要能吃就放嘴里。
北京城除了金銮殿咱们没去过，
该猫该蹲的地方呆遍了。
崇祯皇上活着的那些年头更苦，
从壬午到甲申，三载闹荒年，
后来又逃难躲闯王，
我跟几个老姐妹跑到沙河子，
又到昌平当老妈子。
好在我在沙河药铺认识一位坐堂先生，
他跟北京'同仁堂'，
天津'济生药房'有来往，
替他们代收地产药材。
这些年，我就跑天寿山、龙泉山、
平台山、虎吉山，
什么九龙池、江涧沟、
七度河、双塔河、
一亩泉、温馀河到处采药忙。
二月采柴胡，
三五月采艾叶，

四五月份别忘了采覆盆子，
杜仲嫩芽可以吃，
一年可采皮。
平肝息风靠天麻，
解痈散结选前胡。
昌平柿子甜又大，
白霜润心肺，散瘀血。
老太婆我自会熬药半个医啊，
昌平真是宝地方，
老妪我暮年福气大啊，
今日又见到了我的程儿你！”

老人家乐得喜泪盈眶，说完自己又让财宝讲他分别后的经历。刘财宝就把自己怎么到关外，又从关外随瓜尔佳将军回故里的经过讲了一番。老太婆非常高兴，忙说：“大清国开天辟地，才有咱们母子重相聚啊！”刘财宝在老人家屋中见到新采的、晾晒的、晒干成捆的各类草药，满室都是药香味。老人家又对财宝说，如今药商和采购人，层层剥皮，层层欺压，老人家终日攀山涧、蹚河水，满身刮伤，伤痕累累，几篓草药卖不出三两碎银，为生计又不能不进山，常与狼、狐、野熊、毒蛇争斗，是用性命换来血汗钱，再用这点钱维持生计。财宝说：“娘，您老今后别再采药了，儿从今日起就养着您了。”临别时，财宝从怀中掏出三百两银子，交给老人，因府中诸事在身，只好离去。回到府中后，刘财宝与旗衙门总管大人商定，专在老太婆住地设“京师皇家与同仁堂昌平采购坊”。从此以后，凡是老人家采集的中草药，可直接供给宫廷中药衙门和京师同仁堂，再不受中间人的盘剥牟利。后来，刘财宝常去照看老人，老人闲不住，就喜爱青山绿水。她说这是我长寿之秘：“与青山为伴儿，能高寿一百二。”前不久，刘财宝专程去老人家，送去小桃和莉坤珠，老人知道她们的身世后，甚是同情，待如亲孙女，天天领她们去北山、西山转，一同采药，回来一起晒药材。小桃和莉坤珠成了老人好帮手，带来不少乐趣。

［乐逍遥］人生贵助人，放生得长寿。
人若能放生，功德不可论。

勤勉帮役奴，寿元增一纪。
天下苦儿多，全凭心相印。
庖厨缘来米，便得生生意。
可是，好景不长，
莉坤珠又落入虎口。
事情是这样的，
那天不少佣人、奴才
围住松林抓捕莉坤珠，
硬是人影皆无。
陈总管和奴才佣人回来禀报：
“人也找了，也搜了，莉坤珠不知去向。”
孟氏和瓜尔佳将军能信吗?
就这么屁股大个地方，
一个小松林没有很多通路，
这里原来是明朝一个王爷的猎场府邸，
四处非常严密，
一侧有个通往西山的温馀河小渡口，
经过此府，渡口是由
自己的人刘财宝摘蔬菜和洗鱼的地方，
或在此划船出去买蔬菜。
就这一个通道，
其他地方根本没有路，
人怎么能走出去?
不用说了，这事一定与刘财宝有关。
瓜尔佳将军知道刘财宝是他身边的人，
就是早年从这一带掠走，
后来随了自己。
因办事稳当，
为人忠厚、听话，心中满意，
便留下来做了自己的家奴。
他这个人心眼好，
一准被莉坤珠哀告，
他一时心软就给放跑了。

孟氏也是这样猜测。
于是，便命陈总管
将刘财宝叫来，问个究竟。
孟氏嘱咐瓜尔佳将军说：
“你不管用什么招，
软的，硬的，
一定要抠出莉坤珠来。
咱们可不能让她跑了，
弄得二小子又成孤单一人，
不得闹死我呀。
再说，这些年的心计白使了，
弄得鸡飞蛋打，
将来你也甭想安稳当什么都统将军了，
你坐大牢去吧！”
瓜尔佳将军一听甚急，
频频点头，
表示一定要撬开刘财宝的口。
刘财宝一被召唤，
就猜到八九，
一准是为两个女孩子的事。
他反复琢磨来琢磨去，
自己这些年在瓜尔佳将军身边，
真把他当个人。
将军对自己不薄，
让自己掌管全府的一日三餐。
孟氏给银子，从来不问花了多少银子，
不算小账，全凭我一个人支配，
赶上个大管家了。
来到京师，
瓜尔佳将军又举荐我
当了地方的庄头，
掌管一地的大权，
相当于明朝一个有权有势的地保了。

所以，刘财宝思前想后，
还得如实讲，
不能欺骗主子。
可是又心疼这两个姑娘，
特别是莉坤珠，也真够命苦的，
羊入狼口，哪有个好啊！咋办？
于是，派个心腹小孩儿，
快跑去老太太处报信，
让她们快跑，有人去抓她们啦！
然后便大步去瓜尔佳将军处。
刘财宝进了屋，
先给将军磕了个头，
跪地说："奴才知道主子找我的原因，
当时我看小桃她们跑来，
让我救她们，苦苦哀求，痛哭流涕，
我一时心软就乘船将她们送到我的继母家去了，
她们在我继母家。我领人去找她们。"
瓜尔佳将军心中高兴，
便让他领人快去把莉坤珠找回来。
再说，刘财宝派出的小孩飞跑传信，
莉坤珠正在惊慌，抓他的人已经赶到，
知道自己跑不了啦，
便告诉小桃说：
"小桃妹妹，在京师朝阳门
有个叶赫纳喇氏安禄将军，
他是我大姑父，
求你给传个信儿。"
这时，陈总管冲进来，
小桃跑出门没影了，
莉坤珠被抓了回来。
这回，孟氏可算安心了，
很高兴，狠狠地说：
"莉坤珠，你敢跟我硬顶，

来横的，好，你能逃，
你能逃出老娘我的手心去么？
这回你给我戴锁链子吧！
看你还能跑不？”
把莉坤珠专门
关在自己住房隔壁的一个小暖阁里，
用大铁环各套在一个脚腕上，
两个铁环还用一个铁棍连在一起，
能走道，但不能迈大步。
这是孟氏让陈总管专门在铁匠炉给打的。
把莉坤珠关了半个多月，
二小子又闹，一定要莉坤珠，
见不到莉坤珠坐在炕上就大哭大闹，
水不喝，饭不吃，谁哄也不行。
孟氏也不愿被二小子缠着磨着，
一天到晚啥都干不成，
心里发慌，满嘴起大泡。
只好将莉坤珠放出，
让陈总管亲自给我看着、
盯着、跟着，
一步也不准离，
把莉坤珠重又领到二小子的小屋，
也就是莉坤珠曾与二小子同住的那个房间。
这下子，二小子可乐了。
陈总管也不愿一分一秒地盯在那屋里啊，
便到另个房屋里隔墙听着，怕莉坤珠跑了。
二小子见自己媳妇回来了，特别高兴。
别看他傻，他知道莉坤珠是自己媳妇，
是跟自己睡觉的人。
他又开始不顾一切地缠磨莉坤珠，
也不管白天晚上，
也不管屋里有没有佣人奴才，
他照样那么苦缠不止。

气得莉坤珠实在忍无可忍，
在二小子光着上身，
扑向她怀里时，
让莉坤珠猛地一推，
把二小子从炕上摔到地上，
二小子脸朝下，双手扑地，
倒在地当央。
众佣人奴才和陈总管，
只听扑通一声，
慌忙跑过来，
见二小子正趴在地上，
脸朝着地，
满嘴的牙都啃了泥。
前门牙碰掉了两颗，
嗷嗷大叫，在地上打滚耍死狗。
孟氏马上知晓，
跑过来先大骂陈总管："没用的东西"，
一边让几个奴才拿起小竹棍抽打莉坤珠，
一边安慰二小子说：
"额娘打她，打她。"
让二小子拿棍打莉坤珠。
二小子满嘴都是血，
下巴颏、肚子上都是血水，
可把孟氏心疼坏了。
她又拿起竹棍打莉坤珠，
打得莉坤珠满身伤痕，
脸上都是一道道红印记。
就这样，莉坤珠没叫出一声，
没有哭，只是抱住自己的头，
不让众奴才猛抽她的头。
这时，瓜尔佳将军听到吵闹声赶到，
才喝令住手，
让锁上门，

把莉坤珠关起来，
并命刘财宝来看管莉坤珠。
瓜尔佳将军拉着孟氏的手，
来到自己的房间，
申斥孟氏说：
“你怎么不知深浅，
还在这么狠心打莉坤珠，
你能偿命么？
莉坤珠不是没有亲人了，
她有个姑姑和姑父，
现在都在京城皇上身边，
是武英殿户部侍郎，
权位已在我之上，
深得当今太后喜爱，
连睿亲王摄政王都另眼看待，
你给我上眼药啊！”
瓜尔佳将军一怒之下，
不想让自己刁老婆再蛮干了，
可不能再由着她性子来，
到那时我可就吃不了兜着走啦！
便让刘财宝看住莉坤珠，
别让她跑了，
关起来，也别饿着她，
千万别逼出大病来。
刘财宝遵命领走莉坤珠，
按照将军之意，
也别告诉孟夫人，
至于二小子，就让他闹去，
别管他，就由着他性子吧，
你怎么闹，天也不会塌下来！
可是，这样一来，
孟氏可炸庙了，
像疯子一般天天闹瓜尔佳将军，

连哭带骂，在瓜尔佳屋中耍疯，说：
“你凭什么把莉坤珠藏起来，
你这是要害死咱们的二小子啊？
你安的什么心？
二小子闹不着你，
朝天闹我、磨我，
我都快疯啦。
二小儿不是我从娘家带来的，
为啥光推给我来管，
他妈的，这个鳖门都浑①，
是你们老关家辈辈缺德换来的，
你倒装好人，
莉坤珠也保起来了。
我也不活了，要不我今儿个收拾东西回辽阳娘家去，
这个烂家和二小子都撂给你！”
说着，冲过来举巴掌又打又挠瓜尔佳将军。
瓜尔佳将军让孟氏给熊住了，
真不知所措，
干脆冲出房门逃之夭夭。
孟氏紧跟追上去。
这可倒好，
在府中院子里，
将军在前，
夫人在后，
像走马灯似地又吵又叫，
惊得众佣人都悄悄躲在自己屋中，
连气都不敢出。
都怕让母夜叉孟氏看见了，
见你在观景、看热闹，
还不撕破你的嘴，
非把你赶出府去不可。

---

① 鳖门都浑：满语，傻瓜。

晚上，孟氏闹累了，睡着了，
瓜尔佳将军才回到自己的房屋。
财宝给打来热水，
让将军好好洗洗脸，
又给沏上热茶，
想让主子上床歇一会儿。
瓜尔佳将军哪有心思睡觉啊，
孟氏、二小儿、莉坤珠三人把他闹得无所适从，
不知该怎么办是好？
哪方面都得罪不起，
越捂越乱，无法排遣。
俗话说得好，
当事者迷，可愁死大将军了。
刘财宝心疼将军，
那也是指挥千军万马，
驰骋疆场的名将，
可在家事面前就一筹莫展了。
刘财宝费尽心思，
想出不少话劝慰说：
“主子，小的我思前想后，
还是跟主子说几句，
老这么下去，也不行啊！
您老兵营事多，巡视各地，
带兵一走就是多少天。
府里孟主子一手大拿，
手又黑，嘴又狠，
事事都看不顺眼。
她心疼二少爷，娇惯惯啦，
着天若是锁着莉坤珠，
说打就打，没头没脑，
府上死在她手下的奴才还少么？
这样长此下去必出人命。
莉坤珠也是从小由大家庭养大的，

娇养惯了，性格改不了。
再说莉坤珠从小也入过武学堂，
手脚也挺厉害，
一旦逼急了，
她也不会任你欺侮她。
俗话说，兔子急了还咬人呐，
她若硬拼，
孟主子和陈总管谁也不是她的个儿。
可是老爷您又不时常在家，
若闹出事来可咋整呐！”
财宝说的话，句句在理，
不少话瓜尔佳将军也不是没想过，
财宝这么一提啊，
他反而惧怕起来，
自己的府上好像要有塌天大难似的，
立即站起来，在屋中走来走去，在想主意。
这时，财宝见将军有些心动，
便趁热打铁，就势说道：
“主子，您老想啊，
孟主子想给二少爷娶个媳妇，
这是一厢情愿的事儿。
二少爷病挺重，
郎中一再告诫，
二少爷要务求静养，
少受刺激，宜睡少动，
心智能有所复元，越刺激无度，
心智越紊乱无章，精神恍忽，
心智游走，不仅痴迷难愈，
甚至殃及寿命。
为父母者求儿康复，
必应多遵郎中之嘱。
依我观察，自从娶来莉坤珠，
二少爷病比以前更加沉重，

连孟主子不时哭闹，
也更加疯癫起来。”
财宝说的这些话，
并没让瓜尔佳将军发怒，
觉得说到他心坎上去了。
他也觉得自从莉坤珠进府中以来，
自己的爱妻、自己的傻小子都越发疯傻起来。
这个莉坤珠是丧门星，
给我瓜尔佳门庭带来了晦气，
莉坤珠就是不吉祥的根苗！
想到这些，他并没有斥责财宝，
他一向认为财宝想事周到稳重，
这也是他将财宝留在府中，
留在身边的原因。
瓜尔佳将军想到这儿，
就斩钉截铁地跟财宝说：
“财宝啊，你说的话说到我心上去啦，
这事啊就由你妥善办吧，
你会办好的，
别给我留乱子就行。
从今天起，我再也不过问莉坤珠，
你也不用跟夫人讲这事儿，
让这事慢慢平息下来。”
财宝说：“主子，奴才明白。”
当晚，财宝来到自己庄头衙门，
想悄悄将莉坤珠接来，
让她住在庄头衙门里，
给换了装束，女扮男妆，
扮成庄头的小力巴，
给庄头衙门扫地倒水，
做传信函的差使，
这样不会引起人们的注意。
财宝讨来了瓜尔佳将军的口旨，

心中甚喜，决定马上就办，
将军再要变卦，
也不赶趟了，我都办了。
所以，财宝回到自己住处，
就先想到莉坤珠，
往日他领陈总管从继母处把莉坤珠抓回来，
这回他有权重新放鱼儿归大海、
放小雀回山林了。

[穷帮穷] 你若延生听我语，凡事惺惺须恕己。
多为他人想，笼中困鸟翔天际。
循环真道理，他若死时你救他，你若死时天救你。
延生千载无它方，戒杀救困而已矣。

刘财宝见到莉坤珠后从心里痛快，叫她跟他走。莉坤珠不知咋回事，还直愣愣着站着。刘财宝领她走到大街上，路过一个十字路口，说道："莉坤珠，你不要回头瞅我，你快走吧，远走高飞，快！快！"莉坤珠明白了，刘财宝放了她，救她出火坑。她感激的目光望着刘财宝，财宝只是用手往远处指，暗示她快逃出这是非之地，越远越好。然后，财宝一言不吭返身自己走了。只剩下莉坤珠自己，她知道附近就是孟氏的府上，必须赶快离开，可不能让孟氏和府上的任何人瞧见，她便低着头大步流星地往南走去，走出了昌平，又路过沙河，一直向南走去。莉坤珠没有目标，反正已经逃出牢笼，孟氏再也找不着自己了。她再也不想看到二小儿这个令她同情又令她作呕的傻子男人，与他一刀两断。

如今，莉坤珠真正感到快乐，
前进的路再艰难困苦，
再有多少坎坷畏途也不怕了。
她就像从笼中飞出的小鸟，
全身轻松极了，畅快极了，
就连空气她也觉得那么宁静柔和，
满身都爽快无比。
这时她才发现，

身上连一文碎银都没有。
走了五十多里路，
肚子太空，
腿一点劲儿都没有，
四处是树林、庄稼地，
她实在饿极了，
走进了萝卜地，
拔了根白萝卜，
不管有没有土，
用手捋一下，
就咔叭咔叭吃起来。
可是没吃够，
又到地里薅了一根白萝卜，
刚要往嘴里放，
没看到有一个老太太和两个姑娘正在地边割草。
老太太见这个陌生人，
跑进地里就拔萝卜，
吃得这么香，
就说道："姑娘，慢慢吃，
你是哪地方人啊？
来坐下吧，这是我家的地，没事儿。"
老太太说话，
把莉坤珠吓了一大跳，自己饿了，
光顾拔萝卜，吃萝卜了，
就没看见地边有人。
一听有人说话声，
反而把莉坤珠惊动了，
忙站住，也不知该怎么回答是好。
心想，可不能说漏了底，
好不容易逃出来，
便把萝卜放在地边，想赶紧走，
却让老太太给拉住了，
说道："这姑娘，

我不说了么，
这是我家的地，我的萝卜，
你吃了没事儿，坐下来，
看你满头大汗，忙什么呐？”
莉坤珠说：“老奶奶，
我是逃难之人，
家早已失散，无家可去。
行路又饥又渴，
吃了您家萝卜，
实在不好意思。”
说着，要给老奶奶跪下磕头。
老太太心肠好，
把莉坤珠一把拉住，
说：“多可怜啊，
这年头兵荒马乱的，
你个姑娘家往哪走啊？
不如到我家暂时躲一躲吧！”
老太太见莉坤珠犹豫不走，
又说：“我家没别人，
我还有个儿子，跑大车的，
家里只有两个孙丫头，
就这两个，跟我来割地。”
莉坤珠心想，
眼下真没有可去的地方，
还是走一步看一步吧。
老人家能收留就去住些日子，
看情况再定吧，便说：
“老奶奶，您老真行好，
就给您老添麻烦了！”
就这样莉坤珠跟老太太带着她两个孙女回到家里。
老太太家住在不太远的村舍小院，
老太太走在最前头，
两个小孙女紧跟在莉坤珠左右，

还紧紧搀着莉坤珠，
怕莉坤珠摔着。
莉坤珠紧跟着急步走在前头的老太太，
可老太太连头都不回。
莉坤珠看前头那个老太太走路的姿式怎么这样眼熟，
这时使她想到一个人，
非常像她到孟氏府上时，
那个在她之前侍奉傻子的四嬷嬷。
此时，她越看越像四嬷嬷。
再左右细看两边的小姑娘，
个个都不愿抬头，
只是紧紧贴靠着自己，
拉着自己撵前边的老太太。
莉坤珠警醒了，
她突然冷不丁喊了一声："四嬷嬷！"
前边的老太太很自然地一愣，
站住，一回头，
莉坤珠明白了。
孟氏的魔爪又伸过来了，
猛一甩身边的两个小姑娘，
她知道，这两个小姑娘是扮演小孙女，
肯定是孟氏派来的女佣人。
浑身不知立即生出多大的力气，
把拉她双臂的两个小姑娘猛力一甩，
一个大箭步，飞身一跳，
从沟沿边纵出大老远，
反身向南边的大道拼命跑去。
这时，走在前头的那个老太太，
也变脸大声叫着说：
"莉坤珠，往哪跑？
我们来抓你来了！
快随我们回去！"
又大声喊叫那两个愣愣站着不动的小姑娘说：

“你们是死人啊！快去追莉坤珠啊！
可不能让她跑啦，
谁抓住莉坤珠主子就赏谁银子！”
老太太，即四嬷嬷也边喊边追了过去，
跑在两个小佣人的前头，
拼命想抓住莉坤珠。
这莉坤珠跑得可真快呀，
像箭似地冲向前方，
把四嬷嬷和两个小佣人拉得很远，
一个个气喘吁吁，
跟头把势地往前撵。
四嬷嬷边追莉坤珠边拼命地喊：
“大家帮忙啊，抓逃犯啊，
可不能让她跑了啊！
谁帮助抓，俺家主子说了，
一定都给金银奖赏啊！
快啊，抓啊，抓贼啊！”
这时，这条通向京师的铁车旱路上，
可真热闹喽！
前头一个姑娘飞似地跑，
后边三个女人拼命地追。
不少路上人都在瞧热闹，
都感到非常奇怪，
到底出什么事了？
那年月，逃人很多，
一些行路人也很同情他们。
知道凡是逃人，都是受不了主子欺凌，
为了活命从主子手中挣脱出来。
人都有同情心，
多数人都同情前边逃跑的那个人。
都十分憎恨后边穷追的人，
不由得产生帮助前边逃跑者，
人都有救助弱者之心么！

就在老太太拼命追赶时，
不知从何处飞过来几块硬土块，
啪啪正好打在她的两个下腿骨上，
腿一软，身子一瘫，
就立刻坐在地上，
双腿抽起筋来，
痛得妈呀妈呀滚地大叫。
两个小佣人见领头的嬷嬷出事了，
都返回身来看嬷嬷。
老太太抹着鼻涕眼泪骂道：
“你们糊涂啊，我是莉坤珠吗？
你们不去抓莉坤珠，
孟主子今天能饶了你俩和我吗？
唉呀，我的天呦……”
此时，莉坤珠早已跑得无影无踪了。
山回路转，前边一片小树林，
来来往往的过路客，
推车的、挑担的、骑马的，
凡是过路的人都笑着看这三个人，
蹲坐在地上，一片哀丧的样子……
再说莉坤珠这一顿飞跑，
甩下了孟府四嬷嬷和两个女佣人，
跑了半天，后边没有喊声了，
她还觉得挺奇怪，
很吃惊自己怎么跑得这么快呢？
这时，一个推独轮车，
车上装着土坯的青年人走过来，
说：“别跑啦，
她们三个都让我给打趴下啦，
追不上你了。”
莉坤珠这才知道后边没有人追，
是遇到好人救了自己，从内心感激。
这个年轻人这么仗义，很有同情心，

由衷地产生无限敬佩的心情，世上还是好人多啊！

[将军令] 人间终是好人多，历尽坎坷暖心窝。
古人有诗应记住，空亭千古对江波，
野渡斜阳独客过，莫怪无人留一饭，
报恩人少受恩多。
莉坤珠忙向这位青年人说：
“太感谢你这位大哥哥了。”
这时，
莉坤珠才发现自己太累了，
腿都不听使唤了，
眼睛一发黑，
立刻坐在地上，
就觉得大地在七上八下地转动。
这个年轻人忙放下独轮车，
走过来搀住莉坤珠说：
“小妹妹，你方才跑得太急啦，
唉呀，脚上有血，别动。”
莉坤珠低头看到
自己的右脚趾和脚掌上被石头磨破了，
满脚是血，还在淌，
地上都是血。
这时，觉得十分疼痛。
这个年轻人从自己的衣襟上
扯下一块布给莉坤珠包扎了右脚，
问道：“小妹妹，你家在哪？
我送你回家。”
莉坤珠一听年轻人说：
“送你回家”四个字，
心中感到一阵阵酸痛，
又觉得亲切，
两眼热泪再也止不住了，
刷刷地掉下来。

这个年轻小伙同情地说：
“小妹妹别哭，
有啥难事我帮你，
不要紧，我有独轮车，能送你。”
莉坤珠见这位好心哥哥这么真诚热心，
自己长这么大，
除额姆之外，
还真没有得到别人
对自己半点的温暖、关怀和疼爱。
听了这位好心哥哥的话，
觉得这么暖人心。
便不隐瞒地大胆地把自己身世全说了：
“大哥哥，我没有家了，
我是被抵债到了一家，
给个小傻子当媳妇，
我不忍凌辱逃出来，
得到你的救助啊。”
说着悲痛地呜呜大哭起来。
年轻小伙劝莉坤珠不要哭，
说：“你现在脚上有伤，
我推着你到我家去吧，
等脚好了再说。”
莉坤珠从心里就对这个年轻人产生好感，
便顺从地由他搀扶着坐在放土坯的独轮车上，
由他推车，去了他的住处。
看来，这个年轻人推独车还推得挺稳当麻溜，
说明他干推车活计的时间不短了。
莉坤珠坐在小独轮车上，
哗哗哗，跑得很快。
她迎着暖风满脸红晕，
享受着从未有的幸福，
真觉得不好意思，
总想跳下车自己慢慢走。

这个年轻小伙就是不答应，
说道："快老实坐着，
脚上出那么多血，
还想下地走，
不行。我不累，
快到啦，快到啦，
离家不远啦。
说来怪有意思，
我又接来一位新朋友，
我们是个大家大户，
已有二十几个小兄弟啦，
有男有女，
有京城的，
也有别地方的，
南北哪个省的都有，
大家一见如故，
互相可抱团儿了，亲得很！"
莉坤珠听了很感到稀奇，
这可是什么家呀？
怎么这么多孩子？
没等莉坤珠开口问，
年轻小伙又说话啦，
只听他说："你可别笑话，
这可是大清国刚成立时不允的，
后来听说是皇太后下旨让皇上办起济世堂，
大明朝一灭，社会大乱，
闯王到京城又是掠又是杀，
街巷上不少孤儿，
早都有，没人管。
皇太后很痛心，
让管起这帮没爹没娘没人管的孩子，
使京师安宁，百姓乐业。
从此，我们也再不是狗不理的小丐帮了。"

莉坤珠一听吃惊地说："丐帮？"
年轻人说："丐帮，
丐帮怎么的？不偷不抢，
我们专门扶老爱幼，
仗义扶危，济世救人，
这不我见到你被人欺侮，
后边有人喊抓你，
当时路上那么多人看热闹，
我弄清后，知道那三个人
准是哪个主子派她们抓你的。
于是，我从怀里掏出我的泥球子三粒，
嗖嗖嗖甩出去，
就让她们一个个趴下瘪茄子啦，
让她们再也不能干坏事了。"
莉坤珠听他说泥球子，
让他拿出来给自己看看。
年轻人从怀里拿出几个给她。
莉坤珠将泥球拿在手上，
一看是小圆泥球，
很沉实，佩服他打得真准，
比弓箭还厉害。
推车的年轻人告诉她：
"这是我从小练的，
百发百中。
你愿意，将来我教你。
我们那块儿的小兄弟，
各个都有专长。
我今天去前庄取土坯，
我们邻居是个瞎眼老奶奶，
哈什塌了，
我们户达是位可敬的仁慈妈妈，
她让我们去拉土坯的，
路上才遇上了你！"

莉坤珠听说后，
对这个大户人家一点也不反感，
倒想早点去，
加入这个丐帮大伙之中，
不知人家要不要？
莉坤珠这个心眼，
让年轻人看透了，
便说："不要怕，
我们的户达，
原名是德胜门济世堂第一仓，
还有五六个仓这样的济世堂，
大清国出银子，
这位管事的妈妈心可好啦，
看你这个遭遇，
无依无靠，管保会收留。
我老家本是山西曲沃人，
我爹我叔都进了闯王的大顺军，
在山海关被清军打散了，
至今没有下落。
我领我弟弟找我爹到了京城，
已经是大清国了，
我与弟弟也被流寇冲散了，
成了孤儿，到处要饭吃，抢饭吃，
到朝阳门、东直门、西直门，
都吃遍了，闹遍了。
后来，大清国在德胜门地方办起济世堂，
专招收无家的流浪儿，
有吃有住还给发衣裳，还有活干。
管堂室的妈妈心肠挺好，
我跟妈妈说一说，
准保能收留你。"
莉坤珠听了很高兴，
这回有家了。

心想，我好好跟妈妈说说自己的苦情，
会收下我的。
我相信世上还是好心人多。

莉坤珠自从逃出孟氏毒手，就怕没人敢收留，就怕再遇上孟氏那样黑心肝的人。她突然想起一件事，说道："唉呀，我是女的，我也不能跟你们小子在一起，我不愿跟女孩子在一起，都非常生的，我就愿意跟你在一起，行吗？"年轻人高兴了，说道："那好啊，咱们前世有缘。我也打心里愿意咱们在一起，没事。如今天下很乱，丐帮中有不少女扮男装的，丐帮讲义气，讲仗义，讲为兄弟两肋插刀在所不惜，男女都一样，一旦遇到歹徒，也以男的身份出现令歹徒胆颤心惊，更不敢有非分之想。好啊，我给你找衣裳，你把脸抹黑了，人家辨不出来。"俩人商量妥，很顺利，一拍即合。他们临到济世堂门口，年轻人叫莉坤珠在小树林里先躲着，"我把土坯送去，再找几件我们的衣衫，马上就回来。"不大工夫，年轻人回来，拿来几件临时衣裳，让莉坤珠换上，头上戴着有黑绒球的燕青英雄帽，正好兜住长发。年轻人领她来到院里烟筒处，抓了一大把炕筒子灰，让莉坤珠打扮一下。莉坤珠也不会，就胡乱地抓在手上满脸到处抹，除了眼珠子是白的，牙是白的，满脸都是黑，真像个猛张飞了，他俩也没在意。这时，年轻人郑重其事地说："咱们还没报姓名称呼呢！我今年十七啦，叫佟小儿，绰号'自来熟'。到我们小子人堆里，一定要记住，不能抹眼泪，流眼泪那是孬种窝囊废。刀剜胳膊不眨眼，大难临头顶风上。肯为弱者挡风，誓为受害者申冤。不图银，不求报，兄弟在世撼手足，到死也要站着生。要记住，这些办不到，可别混到我们堆儿里来。说说吧，你咋样？"莉坤珠说："我年方十四，你这些嗑儿我可背不下来，不过不欺侮人、祸害人，我都能做！可我若是变男的，我该叫啥名呢？"年轻人佟小儿说："我看你还真有装男子汉的样儿，就姓贾吧！唉，你原来姓啥？"莉坤珠说："我是旗人，复姓叶赫纳喇氏。"佟小儿说："好啦，叶和月，你就叫贾月吧，谐音挺好听的。记住啊，叫贾月。"

佟小儿领着贾月进了济世堂，
先去见妈妈达，
即管堂事的妈妈。

她是已有五十多岁的满洲夫人，
穿着旗妆，
梳着两把头，
上身穿蝴蝶小坎肩，
里边套着百叶鸣蝉的蓝衫长旗袍，
非常朴素美观。
见佟小儿进来笑容可掬地说：
“小儿，你推回来的土坯很及时，
能早点帮瞎奶奶搭好仓房哈什，
省得淋雨啊！”
见佟小儿还带来一个小男孩，
知道一定是在街上捡来的，
说道：“怎么，
又领来一位新伙伴？
好呀，欢迎。”
说完，妈妈上下打量这孩子，
说道：“唉呀，
怎么闹的？
你们钻炕洞子啦，
满脸都是灰。
快领他去洗洗脸，
等一会儿就要吃饭啦！
先去账房师父那块儿给这个孩子上档子，
以后就是咱堂里的人啦！”
妈妈又问贾月的情况，
佟小儿都事先与莉坤珠商量好了，
对答如流，妈妈很满意。
莉坤珠就这样以贾月的名义开始了新的生活。
此情此景感动得莉坤珠热泪成行，
全仗遇上佟小儿有情郎，
自己有住处，有吃穿，
可怜的名门秀女总算逃出虎口，
有了舒心窝。

佟小儿知疼知热，
俩人从此像一对小鸟共同架巢做窝，
莉坤珠过上了新生活。
有诗为证：
世人最苦是饥荒，
童养媳妇泪万行。
婆母傻夫催人死，
救出苦海感上苍。

再说瓜尔佳将军斩钉截铁地决断，
没听孟氏哭闹吵骂，
完全采纳了刘财宝的意见，
并且让财宝做主偷着放走了莉坤珠，
自己佯装不知。
瓜尔佳将军还是聪明的，
此事过去没有三天，
京师里摄政王多尔衮下谕旨，
特命户部侍郎巡视京师府州县丞
所辖地方的安宁和生计诸事。
钦命侍郎不是别人，
正是瓜尔佳将军青年时在盛京的同科武生，
原任山海关副都统，
现任户部侍郎的叶赫纳喇氏安禄统领，
来自天子身边，
受钦命巡察京畿北域要地
昌平、密云、通州、十三陵等地。
瓜尔佳将军率各州府尹、同知，
恭迎钦差大臣至昌平府衙，
禀奏完毕，并设宴款待钦差大臣。
诸事完毕之后，
安禄大人专门邀请瓜尔佳将军叙旧茶饮中，
安禄言讲受夫人丫丫之托，
询问他们侄女莉坤珠情况如何？

安禄说："此来不易，
趁机本大臣也想会见一下自己的小侄女，
只听其名，未见其人，
请召来一见。"
瓜尔佳将军吓得满头大汗，
忙说："安禄老弟，
实乃惭愧羞涩难言。
令侄女早已出走，不知去向。
我与夫人日日在焦虑忧思，
担心若有三长两短可如何是好?"
安禄大臣岂能相信瓜尔佳将军的话，
以为他是在搪塞推托，
不让莉坤珠来看姑父。
瓜尔佳将军怎么解释安禄就是不信。
瓜尔佳将军实在没办法，
便把自己夫人孟氏和身边的随从刘财宝
全都接到钦差大人的馆驿，
叩见安禄大人。
孟氏这才坦白说：
"安大人，果真如此，
后来我还派贴身的老嬷嬷去找，
可惜见到了，
又被歹人冲开，跑丢了。
从此再也没有见到，
不敢撒谎，
若有半句假话，
甘愿受大清律条惩处。"
瓜尔佳将军又命刘财宝禀报莉坤珠出走不在府上之事，
安禄大人甚是恼怒，
说道："朗朗乾坤，
人凭空就没有了，
你们也不设法追查，
身为朝廷命官，

如此草菅人命，
查证后，必将受到朝廷治以应得之罪，
尔等休想欺瞒过去。
俗话讲：‘善有善服，恶有恶报’，
终会有个结果的。
我与夫人郑重申明，
我侄女莉坤珠已嫁你家，
反言走失，安能蒙骗过去，
必须找到，活要见人，
死要见尸，
否则，清律难饶。”
钦差安禄大人恼怒中，
并不顾及瓜尔佳将军、孟氏好言解说，
转身拂袖而去，
便到另一处巡察去了。
安禄大人走后，
瓜尔佳将军府内可就乱营了，
互相激怒，吵成一团，
都惧怕来讨要莉坤珠可咋办？
孟氏反而找到理由藉口，
攻击瓜尔佳将军不该放走莉坤珠，
瓜尔佳将军攻击孟氏不手下留情，
莉坤珠真要让咱们弄死逼疯，
钦差大人面前你怎么交待。
他们从早吵到晚，
从晚吵到次日凌晨。

朱伯西我不再赘叙，
反正他们府上从此热闹起来了。
咱们回过头再说说小桃，
那天刘财宝带领陈总管来老太婆家抓莉坤珠，
在紧急关头，
莉坤珠难以逃脱，

让小桃逃走，
并告诉小桃她姑姑家在山海关的地址，
让小桃捎个信儿，
小桃答应后跳窗户逃走。
其实，刘财宝也没想抓小桃，
就一心带陈总管抓莉坤珠，
否则难以向瓜尔佳将军交代。
小桃顺利逃走后，
她真无有其他去处。
也不知自己双胞胎姊妹究竟让谁抱走了，
也未来得及问瓜尔佳将军，也不好问，
怕引起瓜尔佳将军对自己的戒备。
这样就像对莉坤珠一样，
处处看着自己。
所以，他们也不会告诉自己具体底细的。
小桃一路上反复考虑，
这回从瓜尔佳将军府上逃走，
就是为寻找到自己的同胞姐妹，
只好先去找莉坤珠的姑母家，
让他们帮忙寻找线索。
小桃走了七天多，
来到山海关，
终于找到莉坤珠的姑母家。
这是山海关颇有名望的都统府，
谁都知道。
此时，都统夫妇进京，
府中尚有几个奴婢收拾物件，
吵嚷地忙碌着。
小桃上去打听，
一问三不知，
众奴仆丫环累得要命，
谁还管主人其他事啊！
小桃在府门口来回走着，

足足有半个时辰，
仍没人理她。
就在小桃焦急不知如何是好时，
突然过来一位骑马的八旗武将，
身穿甲胄，腰挂刀，
身背大箭囊，
后边还跟随四五个马甲骑士，
拿着刀矛，
各个都精神抖擞。
为首的武将见府门前站个姑娘，
看样子心情很焦急，
便勒住战马问道：
“这位姑娘，
我看你很面熟啊，
为何在府门前停站，
莫非在等人么？
府里将军和夫人已奉调京师了，
不在这里驻守了，
要找他们只能去北京城了。”
小桃听他口气很熟悉这府中事情，
便问道：“将军，
您是府里人么？”
骑马的将军并未直接回答，
说：“噢，你有什么事吧？
可跟我说。走吧，
在这你等不着谁，
跟我走，一路上我告诉你吧，小桃！”
小桃一听很是吃惊，
这个从不相识的将领竟连
我的名字都知道，太奇怪了。
小桃用眼睛盯住他，
上下打量。
这个武将笑着说：

“我不仅知道你的名字，
你为啥到这里来，
我都知道，
你想找你的同胞姐妹不是么？
我领你去，
你今天算有运气，
真算找对人啦！”
回头向他的随从马甲说：
“快，给小桃牵过一匹马，
她马术很高明啊，
你们别瞧不起是个小姑娘，
连我都比不过他的武术啊！”
一个马甲牵来一匹红鬃走马，
交给小桃。
小桃接过缰绳，翻身上马，
非常麻利，
与那个将领并辔而行。
小桃说：“这可怪啦，
我个人的事你咋全都知道，
你是谁呀？”
将领说：“那你怎么不问问瓜尔佳将军呐？
小桃真挺后悔，
往日没有详细打听其他武将的名字。
这个将领说：“我是瓜尔佳氏振魁，
关振魁，睿亲王摄政王多尔衮王爷
驾前二等侍卫，
京旗副都统世职。
现随摄政王管理巡查绥靖事务，
受摄政王之命，
回盛京传谕统领盛京将军事务的何洛会大人，
命其安排好辽东军务后速回京师，
带兵西征平定陕西民乱。
我传命之后，到盛京、辽阳、

锦州、绥中、山海关一路巡视民情靖安诸事。
今日正好诸事完毕，
路过叶府原址，
正巧碰见你。
我就要返回京师去了，
你就跟我一同去吧。
你要见叶府上下人等都能让你见到，
更吉祥如意地是还能与
你们襁褓时的一对姊妹相逢呢！
这是大快人心之事啊！
小桃，祝贺你呀！”
听了关振魁一席话，
小桃如梦方醒，
从到关府就知道瓜尔佳将军和孟氏生有两个儿子，
大儿子很有出息，
在七岁时，因很聪明、伶俐，
拜九王爷为干爹，
成为多尔衮的义子，
长时期生活在睿亲王府中，很少回来。
孟氏若想儿子，就进王爷府看看他。
儿子在王爷府也真出息，
习文学武全由睿亲王安排。
睿亲王多尔衮为人很特别，
他自己没有儿子，
九个夫人也都不给他生儿育女。
他见哪个将军儿女有出息，
他就接到府中对其教育、培训、代养着。
多尔衮给好几个将军的家里代培子弟，
摄政王的干儿子真挺多的。
这振魁就是摄政王的骄子，
武功超群，勇悍好斗，
艺压群雄，颇像多尔衮。
所以，年岁轻轻，

升迁很快，二十的年纪已是二等侍卫，
副都统，从二品衔了。
而且为人很好，
又不像多尔衮那么霸气，
显得文静谦和，
在朝中很有声誉。
小桃在关府只知其名，
未见其人。
关府上下人等都知道他，
可没有见过他。
都说他大儿子那是王爷府的人，地位显贵。
小桃今日荣幸见到瓜尔佳将军和孟氏引以为荣的大儿子，
从内心中十分敬慕喜爱，
从才艺、待人、言谈举止处处都显得非同一般，
受过王爷府中的多方熏陶教育。
这时，关振魁说：
“小桃啊，你也真任性，
你不跟家里告别，
就这么走出来了，
我阿玛可伤心了，
他老人家对你多好，
待你胜过亲女儿，
你的武术都是我阿玛传给你的，
你的马术功夫也是我阿玛亲自带你练出来的。
小桃，我阿玛很后悔没有及早把你身世告诉你，
他说他也有责任。
我阿玛天天在想你呐，
你应该回去看看，
别跟我阿玛耍小性子行不？”
小桃说：“谁让他们不告诉我的出生真相啦？
把我气坏了，就走出来了。
再有，我也很可怜莉坤珠姐姐，
你额姆心太狠，太坏了，

一心向着她那傻儿子，
不顾莉坤珠人家能不能受得了，
更可气地是，
听莉坤珠姐姐告诉我，
她二小有病之事，
一直瞒着莉坤珠的爷爷、爸爸和妈妈，
这不是骗子是什么？
所以，我一气之下，
就跟莉坤珠逃出来啦！”
振魁说：“你怎么跟莉坤珠一样呢？
她是什么人？
你是什么？
我阿玛和我额姆待你绝对不一样啊！
听我话，不要气我阿玛了，
他也是你的师傅啊！
弟子怎么能这样对待师傅啊！”
小桃不出声了，
她从心里很崇拜振魁的，
心开始变软了。
当晚，他们路经滦河，
住在滦河畔的“滦河老店”。

滦河可是好地方，滦河水直接流入渤海。两岸土地肥沃，良田千顷。滦河源远流长，支流遍布，是古代冀州东域一方重要水系。地域山脉纵横，猎业丰盈。是山海关内外相联的交通要衢和咽喉，早年所有输运财帛物资的镖车都得必经此地。一旦遇有朝代变迁，这里必是各方势力血肉争杀、拼死争夺之地。明亡清兴，这一带又是最不安宁之地。和硕睿亲王摄政王多尔衮率他的八旗劲旅就几经争杀，从清入关到入关后若干年来，都派重兵驻守，是兵家极为关注之地。盛京是满洲后勤基地和故乡，这滦河正是盛京通向北京京师的主要通道，一时一刻都要保障其平安通畅，不能有半点“掐脖子”的故障。所以多尔衮从清初一直到死，都为此地费尽了心机和智慧，投入了强大的力量。顺治初年，出现一股小匪贼盗常趁机作乱、劫抢，给新建立的大清王朝带来诸多不便和祸乱。当年，这股匪多来自被打散的唐通残部，也就是一伙李自成的残兵败将。李自成西逃，他们却东溃，窃据雾灵山、半避山、五指山、山耳崖、军都山、碣石山等地，以此为据点，东躲西藏，与清军对峙，屡生危机，令人不得安生。关振魁由京来时，就在滦河与一绺贼人征战，可惜贼人逃脱，本想等返回京师时再全歼此股顽寇。摄政王在数月前，严令锦州、山海关等地八旗将士入京师戍守，事实上多数都是巡视此地。因这伙贼寇对这片土地十分熟悉，一直与京师北域相联，通过长城古北口西进，进入北京、密云、怀柔、昌平，威胁京畿安危。为此，北京驻防八旗的正黄、镶黄、正白、镶白四旗，常出师北进巡察古北口、兴隆、遵化、滦县、卢龙，直至秦皇岛，成为兵家巡察必到的防线。这股流寇虽不同于江南反清的南明政权，但遥相呼应，制造混乱，使社会不安。当年，郑亲王济尔哈朗与睿亲王多尔衮双方长时争论不休，济尔哈朗向皇太后、皇上告发摄政王保存实力，养精蓄锐，把两白旗兵力放在滦河地方，不投入江南对南明的作战。睿亲王多尔衮则强调，我胞弟豫亲王的兵力全部在江南各地歼灭南明反清力量，我要积蓄部分力量，巩固后方，这是定鼎中原最安全可靠的保障。最后皇太后、皇上还是同意摄政王多尔衮的部署，在永平地方始终保存实力。这次关振魁路经滦河，就是出于摄政王这种深谋远虑的考虑。振魁这样做果真是对的，在滦河、昌黎、卢龙三地形成一个三角形，外线东对山海关外的辽东，三角形内线直接联系着河北大平原，北向丰润、遵化、兴隆，西进密云、怀柔、昌平，南线直接走乡间小道，经青各庄、虹桥，直奔蓟县、平谷。说来，这个当年秘密的军力布防，恰是和硕睿亲王多尔衮入京后的燕京北的八旗布防安排，以正黄、镶黄，正白、镶白四军为主力，后来皆由多尔衮所把持的两白旗为主。这一带的清初圈地、招旗、驻防、设立新的官庄，皆由多尔衮直接过问，以保京师东、北两方面的安定。也正因此，一些流寇明朝残败势力纠集力量，直接渗入进来，妄图制造事端，使京师不稳。

这伙贼寇以明朝崇祯年间
一个兵部侍郎柳东旭为首，
清初时他曾降李自成，
后又脱开李自成，
自己在雾灵山一带树反清大旗，

自立为王，手下有部将柳金，
绰号快手柳一刀，
善使一口大砍刀，
勇不可当。
还有一位绰号踏雪无痕点水飞燕柳三娘，
也是柳家人，柳东旭之三妹，
都是武林高手。
曾在崇祯中期在河北蓟县设擂收徒，
为“蓟县武师义堂”堂主。
还有柳三娘之夫，
绰号飞烟一绺醉闫罗张雷。
当时，这自称“柳家军”声名赫赫，
威震一时。
这柳家军武功甚好，
又多会轻功，
行动迅捷，实难剿灭，
给顺治初年制造不少无头案，
凡有降清者必被杀掉，
尸体不全。
首级被掠走，
成为无头大案，
使民心惶惶。
摄政王多尔衮便将自己的亲信
吴拜、博尔惠两员大将
统帅两白旗驻扎昌平、怀柔、密云一带，
镇守和总理京师的安危。
为巩固兵力，
多尔衮特下谕令
将镇守山海关、锦州之亲信将领
叶赫纳喇氏安禄和瓜尔佳氏大将军调进京师，
镇守在昌平、怀柔、密云一线，
直接发兵对付和追剿反清之柳东旭“柳家军”。
关振魁所以到山海关巡视，

现又重返滦河故地，
就是为了追踪详察柳家军的踪影，
以便弄清反清势力的准确布局、
兵力安排及主要巢穴所在地，
将所获的秘报直接回奏摄政王。
摄政王多尔衮已下决心，
决不可让敌焰助长，
必须以重军围剿，
犹如捕灭山火，
在其火势初起，
光焰危及不大时，
集中力量灭火，
使社稷安定，百姓乐业。
顺治元年六月，
多尔衮亲自率军进剿古北口，
以十万大军包围柳东旭。
柳东旭被俘，
当即凌迟处死，
所有家眷二十九人，
男女老少及婢女都没有幸免，
一律活埋。
九月，柳三娘在天寿山被瓜尔佳将军擒拿，
柳三娘骂而不降，
燃干柴以火焚之。
现在柳家军已经溃不成军，
安禄、瓜尔佳两军合围，
匪兵各自逃散。
现在唯有快手柳一刀和飞烟一绺醉闫罗张雷
尚不知逃匿何处，
绘像张贴各地，全力抓捕。
关振魁曾在滦河老店见过柳一刀的踪影，
可惜让他跑掉。
如今他又来到滦河老店，

心想这里肯定是匪徒老巢，
要详细侦察蛛丝马迹，
一定要擒住柳一刀一伙匪徒。
瓜尔佳振魁心中非常坦然，
总认为几个匪徒已是穷途末路，
成不了大气候，
他们是秋天的蚂蚱，
蹦达不了几天了。
为此，总有一个不在意的心理，
这点与和硕睿亲王对他的叮嘱大相径庭。
一再告诉他，
“一个苍蝇能坏一锅汤。
可不要小觑流寇，
恰如行舟，
小浪也能翻船的”。

单说这一天，
振魁和小桃吃完了早饭，
闲来无事，
就坐在中堂一个大长条桌边喝着茶，
边卖呆，看“滦河老店”老掌柜
在忙着应答来往客商的问候。
那么殷勤，
那么对答如流，
笑脸相迎。
怪不得滦河老店生意兴隆，
热情招待八方来客，
给人宾至如归之感。
就在这时，突然进来七八个大汉，
其中有两人肩上还抬着一个獐子。
小香獐已被绑着腰，
头已低下，没有动静，
看来是新猎得的香獐子，

不过已经死了。
为首的那个壮汉，
招着手让围上来的人给让开一条道，
大声喊着说："快让开，快让开，
我们是专给滦河老店送来的新鲜野牲。
滦河老店好啊，招人爱住，
常能尝到雾灵山一带送来的名贵野牲。"
这个人这一大声喊叫，
反而招来更多的围众，
都争着抢着来看新猎的香獐子。
这个人一看人越来越多了，
便更大声地讲起来：
"看，这可是个公的，
你们看他肚子下头那个香囊多大多厚实，
毛绒绒的，这可是成熟的
有五岁多的大公香獐子，
不用说肉多么美多么香了，
光这个香囊就值不少银子啦！
能猎得实在不易啊！"
他这么一吹嘘，
人围得越来越多了。
这时，滦河老店的老掌柜过来解了围，
赶紧让伙计把抬来的獐子抬进后院，
可不能在柜台前摆着，
弄得围观的人水泄不通，
进店居住都不容易了。
只见滦河老店老掌柜的从抽屉里取出一把碎银，
给那个说话的壮汉，
说："谢谢兄弟了，
不用数啦，
多几块银子就是我赏的啦！"
看得很清楚，
滦河老店老掌柜的意思是，

快点把他们打发走了，
省得在店里闹吵吵的。
可是这几个壮汉并不走，
其中一个汉子说道：
“老掌柜的，
我们给您老打了两只香獐子，
半路上碰着一个身背大砍刀的人，
让他给要走了一只，
啥银子也没给我们。
我们一见他那后身背着的明煌煌的大刀
就不敢与他说理了！
真丧气，白白丢了一个獐子！”
这人说的话，
让坐在长条桌边正喝茶的振魁注意了，
忙放下茶杯，走了过去，
向这几个送獐子的壮汉问道：
“你们说路遇一个身背大砍刀的人，
这是什么时候的事？
那个人后来到什么地方去了？
你们有印象么？”
这几个壮汉一听有人追问那个身背大砍刀的人，
都来劲儿了，
七嘴八舌地都争着抢着告诉说：
“不远，不远，我们认得清楚，
大高的个子，黑脸膛，
留着连鬓胡子，
人长得挺凶呐！”
振魁忙问：“是不是大伙传讲的快手柳一刀啊！”
众壮汉个个摇头，
说：“快手柳一刀我们不认识，没听说过。”
又有一个人说：“那个人正在山里转悠，
我知道他走的小道，我能带路找到他。”
振魁一听高兴了，

说："那好，我可以给你一些赏银。"
那人说："何足挂齿，愿为您效劳。"
于是，振魁与那些壮汉说定，
立即起身，去寻找那个背大砍刀的人。
这时，小桃把振魁拉到一边，
说："大哥，这事可仔细琢磨一下，这里是否有诈？
他们咋这么热心给你带路啊？
这些人都是什么人？"
振魁不在意地说：
"你过虑了，这是一帮打猎的人，
就为多贪几个银子，
愿意帮我办点儿事。"
小桃的话，
振魁一点儿也未有仔细考虑，
便决定立即跟随这伙人进山去寻找背大砍刀的人，
也就是去捉拿快手柳一刀。
振魁以为这是好机会，
踏破铁鞋无觅处，得来全不费工夫！
便回房打点衣物，
准备马上上路，
还说："小桃，你跟我一起去吧，
咱们共同办这件大事，
你也立个大功，
这是千载难逢的好机会啊！"
小桃说："我还有些事，
不跟你去啦，
后会有期。"
说完小桃返身进屋去了。
振魁看小桃懒散的样，
很是看不起，
心想，我真把小桃看错了，
以为她在我阿玛跟前学习武术，
一定是个巾帼女杰，

原来不过如此，
也是胆小怕事，
没多大出息！
自己也不去找小桃，
马上收拾行囊，
整理兵刃，一心想跟随这几个壮汉，
赶快找到快手柳一刀，捉贼要紧！
振魁不听小桃的劝阻，
不仔细思索，
跟这几个壮汉很快走出滦河老店，
直接沿着滦河北上，
往遵化方向奔去。
这些人还不走街镇，
专在林中河上穿行，行走如飞。
振魁虽然武功甚好，
但追赶这伙人，
也累得气喘吁吁。
这些人也不停脚，
也不与振魁搭话，
各走各的路。
这些人都背些干粮，
边走边互相传递着干粮，
边吃边走，可就是不管振魁吃没吃什么。
其实，振魁也带着口粮几个饽饽，
只是为了早点能见到那个背大砍刀的人，
顾不上吃而已。
这伙人把振魁引入一片榆树林中。
这榆树林子面积很大，
进入林中见不到周围的环境，
只觉得里边闷得很，
仰望天空，
也只是见到零零散散的天空，
像一个个网洞一样，

全被树枝和绿叶盖着。
这一路，此时振魁方觉得奇怪，
怎么进入这里了，
这里怎么有背大砍刀的人呢？
他一阵阵觉得迷惑不解，
还没想到这伙人这样做是不安好心的，
还一个劲儿地拨开密林中的树枝费力地往前赶众人。
就在这时，
突然从振魁头上的大古榆树上纵下一人，
手举钢刀，直向下纵来，
想把振魁立即压在胯下，
手中钢刀顺势砍向振魁。
振魁见势不好，
忙就地一滚，
蹿出两丈多远，
树上跳下来的人正好踏在振魁原来所站之地。
这时，振魁方知上当了，
忙从腰间取出双把牛耳大匕首，
每只手各掐一把。
这在林中短兵相接，
互相搏斗最为方便。
大声喝道："大胆狂徒，
竟敢欺瞒本将军，你们在找死！
我是大清国二等带刀侍卫，
我要一个一个宰掉你们的脑袋！"
这些人根本不在意振魁呼喊。
个个施展武术，挥起刀、棍，
凶猛地向振魁头上砍来。
只听有人在喊：
"痛痛快快跪地求饶，
我们还放你这个大清国二等带刀侍卫的一条狗命。"
"我们早就看出你狗仗人势，
你连真假人都分辨不出来，

我们一唬你就上当，
你还算什么二等带刀侍卫，
你纯粹是一个酒囊饭袋吃屎的货！”
这伙人不仅攻击振魁，
嘴还不闲着，尽力讥讽他，气他。
可把关振魁气得哇呀哇呀怪叫，
他恨自己，
一世英风竟栽在这等匪徒之手？
恨自己头脑太热，
不能冷静下来，
这些匪贼骂自己也真骂得对，
自作自受！
不过，关振魁那也是一员骁将，
根本不惧怕这几个歹徒的武术，
再有这么多人也不是他的对手。
关振魁心中有数，
我必须找其破绽，
先宰他一两个人，
给他们一点颜色看看，
他们就知道我马王爷长几只眼了。
于是，关振魁抡起自己的双匕首，
顿时全身上下、左右处处闪着刀光。
这匕首在振魁全身显现出十把、百把、千把来，
全身飞舞，一片刀光，
围住了振魁。
群贼无法进身伤害和擒拿振魁，
群寇真正看出了关振魁确有万夫难挡之武功。
可群狼也真有鬼招，
只听这伙人中有一匪首突然喊出：“快逃啊！”
这一嗓子，
众寇都纷纷跳出跤斗场，
向四面散去，
然后都纷纷向林中窜逃。

振魁一看这伙贼匪被自己的卷刀术给击败，
要四处逃跑，
他能答应吗？
他怎能放这些匪徒呢，
自己好不容易追剿这些日子，
终于在滦河老店相遇，
现在匪徒想败走逃散，
绝对不行，一定要就地擒拿除灭，
铲除滦河一带的匪患。
所以，他也不深入思索便放开脚步拼命追了过去。
他边跑边舞起双匕，
想刺死几个逃敌，
震慑群贼。
就在这紧要关头，
突然从逃散的匪徒两侧，
忽啦啦地从左方飞出一个黑色的大网，
正在林中空隙之间落下。
振魁只顾往前跑追逃寇，
根本没有考虑群寇溃败是一计，
所以也没有防备，
这大网正好罩在他头上。
等他醒过劲儿，
往回缩退身子时，
已经来不及了，
两侧的匪徒早已紧收大网的缰绳，
网已紧紧锢住振魁，
全身不能动弹，
越锢越紧，
就像网绳已经刻进振魁全身的肉里，
疼痛难忍。
众匪徒这时见关振魁已被擒拿，
都哈哈大笑，
其中一个贼首喊一声“收网吧！”

众贼便都返身回来，
一同到关振魁被擒的大网跟前，
众贼人此时个个都拿出自己的凶器，
刀、棍、鎚，齐声喊叫："宰了他，宰了他，
这个满洲八旗兵，
可是多尔衮的心腹干将，
割下他的头，
挂到多尔衮在北京的武英殿上去！"
这时，众匪个个欢喜，
人人手舞足蹈，
速获大胜，
都冲过来想亲自动手，
向捆在网中的关振魁开刀，
割他头，剜他肉，
让他全身都是血淋淋。
群寇兴奋得大喊大叫，
非常得意，
有的贼还大声唱起小调来。
正在这时，
有的贼正低头举刀往网中被擒的关振魁跟前奔时，
还没到跟前，
不知怎么的，
全身、满脸上都崩上了血水点子，
全身衣服都染红了。
这可怪啦，
哪来的血呢？
群贼扭头一看，
可吓坏了，
这血正是自己伙伴被一个黑影闪来闪去，
就在黑影闪动中自己伙伴的脑袋搬家了，
有的全身被劈成两半，
有的贼寇还未知发生什么事情时，
只觉脖子一热，

自己就不省人事了。
有的匪徒吓坏了，
想逃跑，已经来不及了。
这黑影行踪如风，
匪徒刚一迈步，
脖子一热，
就不知人事了。
就这样，这帮匪徒
在糊里糊涂、迷茫之中一个个丧了命。
剩下两个匪徒是被黑影点了一下，
他们的腿就被砍掉一只，
不能逃跑，躺在地上，
疼昏了过去。
这时，黑影才从树上跳下，
用手中刀划开大网，
关振魁立即站了起来，
只见林中躺着被杀的匪徒面前站着的人，
正是他原来瞧不起的小桃。
振魁十分羞愧地说道：
“小桃，是你救我，太感谢了。
我有眼不识泰山，
请你原谅，
你是怎么赶到这里的？”
小桃说：“在你与这伙匪徒走出滦河老店，
我就悄悄地暗中跟随，
我早就看出这伙人绝不是一般的狩猎人。
看他们贼眉鼠眼的样子，
互相总是在打着暗语，
递着眼色，
就知道必有所图。
你是一心要抓贼，
听不进去我的良言相告，
我能够理解。

可我不能跟你们走，
那样就无法脱身了，
全进他们的罗网了，
我便佯装说有事，
没跟你同行。
我就想将计就计，
你跟随他们去，
我另有安排。
就这样，我偷偷在后边跟踪，
随时观察贼人的行动。
果然看见众贼突然施计，
佯装逃散，
引你入瓮。
就在群寇认为得意之时，
我从高树上纵下，
施展“旋子功”，
立即刀劈群寇。
这伙匪徒只顾网中的你，
哪想到“螳螂捕蝉，黄雀在后”，
立刻成了刀下鬼。”
振魁听了小桃的话，
真是钦佩得五体投地，
自己阿玛培育的女杰，
真不可小看。
振魁便认真地向小桃作揖致谢，
说道：“你是我的救命恩人，
我一定在阿玛面前为你请功。”
小桃并不在意，
说道：“此地不可久留，
咱们一定要找到匪巢。”
这时，小桃与振魁
来到两个被砍伤的贼人面前，
他们各剩一条腿，

现在已经苏醒过来，
躺在地上呻吟着。
小桃指着两个贼说道：
“我不杀你俩，
知道原因么？
你们在引振魁将军进树林时，
是你们先喊‘杀死皇家二等侍卫’、‘快逃吧’，
这说明你俩是这伙匪徒的头领，
快快交代你们是什么人？
柳一刀他现在在哪里？
要是胡说，
我活活割你们身上的肉，
一片一片地割，
一直让你们疼死！
你们若是领我们找到快手柳一刀，
立了功，
就把你们收入八旗兵甲，
给你们前程，
光宗耀祖。”
小桃说得非常明白，
给他们摆了两条路，
让各自挑选。
两个匪徒都是明白人，
谁不希望未来有个好前程啊！
便都争着说：
“爷爷，奶奶，我们一定学好，
绝不说谎话。
我俩都是个小拐子，
就是个小头头，
从小无爹无娘，也没有个大名。
快手柳一刀是我家大当家的，
醉闫罗张雷是二当家的，
醉闫罗张雷老婆会用‘乌头烟’，

顺风燃起乌头烟，
必能迷幻人马，
你们可要小心啊！
打仗要顺风走，
别顶风上，
可以回避乌头毒烟。”
这两个贼人讲的话还真挺重要，
振魁知道，
他阿玛瓜尔佳将军率兵万人，
现在密云一带，
说不定正与快手柳一刀等周旋、征战。
真得防备他的乌头毒烟，
小心伤害兵勇。
小桃说：“振魁大哥，
我看你速去密云，
找匹快马，
一两日可以赶到那里，
传告此事。
我带这两个贼人到他的贼穴查看一下，
如果没有快手柳一刀和醉闫罗张雷，
就赶到密云与你们相会。”
振魁担心小桃一人去寻匪巢，
恐遭敌人伤害，执意同去。
可是小桃一再叮嘱振魁去见瓜尔佳将军要紧，
自己有能力对付匪徒，
不必为她担心。
这样，关振魁便与小桃分手，
迅速北上了。
小桃将两个贼人扶起，
让他俩互相搀扶着走，
进入一个小屯之后，
小桃用银子买了一匹马，
让他俩骑着马带她同去遵化西沟石头河秦家祠堂。

这里便是快手柳一刀在滦河一带的密营据点。
结果密营已经荒芜，
柳一刀并不在这里。
他们当即又向密云赶去，
终于与关振魁相聚并见到了瓜尔佳将军。
瓜尔佳大将军对小桃始终有好感，
喜欢小桃聪明、悟性高，
学什么都领悟快。
前不久，小桃一怒离开他，
他不但不生气，
反而天天想念这个倔强的小丫头，
恨自己未能好好向她解释清楚，
引起小桃不满，
觉得小桃出走，
责任完全在自己。
这次被摄政王调进京郊驻扎在昌平、怀柔、密云一带，
见到大儿子振魁，
更得知小桃的下落，十分兴奋，
就盼着能早日见到小桃。
话说今日果真见到小桃了，
老将军能不乐开怀么？
瓜尔佳将军问小桃：
“找到了你的同胞姊妹了么？”
小桃很生气地告诉老将军，
一切都未有如愿，
半路出事安禄大人已调入京师，
自己姊妹未见到不说，
连莉坤珠姐姐也走丢了，
正痛苦中遇上了振魁哥哥，
又与振魁打败了群匪，
才来到此地见到了大将军。
瓜尔佳将军说：
“小桃可不要再离开我了，

帮我一同剿匪，
这是大清国的要务。
我一定向摄政王、向皇上禀奏你的功劳，
使你成为国家栋梁之才。
我相信，你们姊妹一定会相逢的，
安禄大人正在户部任职，
他若见到你，
也会喜欢你，
会让你见到你的亲姊妹的。
不用着急。”
可是，小桃就是一个倔丫头，
瓜尔佳将军对她的好感和对她武功的栽培，
并不领情，
说道：“大将军，
我最牵挂的还是莉坤珠姐姐，
现在不知她在哪里？
是不是又在流泪受苦，
我一定要找到莉坤珠，
大将军你放了她吧，
这可是天理良心啊！”
小桃的话，
惹恼了瓜尔佳将军，
说道：“你怎么这么罗嗦，
多管闲事。
莉坤珠是我家的事，
是我府上的媳妇，
这有旗衙门的一纸文书，
有中介人，都签字画押，
合乎大清国的律条，
不是抢人，
我家理应如此。”
小桃想争执，
还是振魁进来忙给岔了过去。

振魁说："阿玛统帅，
我已侦察详实，
柳一刀和张雷率生死弟兄百余人，
正聚集在怀柔白岗山南麓林莽之中，
我们的色克见到他们做晚餐的篝火炊烟，
不能让他们再逃窜出去，
否则鱼归大海不可搜寻。"
瓜尔佳将军说：
"知道了，多日来就因为
柳一刀和张雷率领百余人东窜西逃，
我八旗军派兵近数万，
而匪徒化整为零，
像大海中的泥鳅和乌龟，
藏匿一地甚难发觉，
真是大巴掌拍不到一只小苍蝇，
大军无用武之地。
你与小桃赶来真是天助我军，
你们速速乔装，
携带短小兵刃，
直捣其巢穴。
本将军也带三五人乔装参与，
左右夹攻，
以迅雷不及掩耳之势活擒柳一刀和张雷两贼，
早早凯旋班师。
摄政王正在武英殿中坐等我们将流寇押解京中校场，
昭告天下，枭首正法。"
瓜尔佳将军、振魁侍卫和小桃三人合议，
作了详细分工，据色克探子侦报，
快手柳一刀与飞烟一绺醉闫罗张雷
和残匪百余人缩居在怀柔白岗山。
这白岗山是个不大的小山，
奇峰怪石甚多，并有栖身洞窟，
蛇蝎甚多，寻查十分不易。

瓜尔佳将军素喜小桃的智勇和多谋，
便问小桃："小桃还是你先说说，
如何巧破白岗山，
不费一兵一卒，
就顺当擒拿住柳一刀和张雷，
早早了却这次东剿顽匪的使命。"
小桃早知道大将军必会求问于她，
她卖关子地说："大将军，
你也知道，
我并非属于大清国摄政王谕令中剿寇一员，
我的职责是寻找瓜尔佳府中逃丢的童养媳莉坤珠姐姐，
您不是也在焦急么？
户部大人安禄也在追查莉坤珠，
我得到京师继续寻到莉坤珠的下落啊？
大将军，我若帮你们擒拿匪贼，
你们能同我一起去寻找莉坤珠么？"
瓜尔佳将军思忖片刻，
便说："可以，你先与我擒拿顽贼，
然后我随你去找莉坤珠。"
小桃说："大将军说话要算数，
我小桃那就毛遂自荐，
杀鸡焉用牛刀，
白岗山的地势我已经暗探过，
已在心中有数，
确不宜出现众多人马，
人多生乱，
更易惊动隐藏的鼠辈，
我意我赴白岗山，
人不知鬼不晓，
单剑会柳一刀，
只要柳一刀威风被削掉，
醉闫罗就是秋后的蚂蚱蹦达不起来啦，
此事就交给本姑娘吧。

明日午夜时分大将军夜审柳一刀和张雷，
我必献上二贼交差是了。”
小桃说得斩钉截铁，
很有信心。
瓜尔佳将军就喜欢
小桃这样办事干脆利索的小女杰，
揖手称快。
身边站着的振魁忙说：
“阿玛，我愿同小桃一起去白岗山，
多一个人多一个帮手，
要不小桃去，我心里也惦记着。”
小桃说：“好，就让振魁哥哥也同去，
他的剑法也高超，
这就成了，双剑对一刀，
柳一刀可真要倒霉带冒烟喽！”
瓜尔佳将军当然同意，
就这样快当安排了白岗山之战。
小桃与振魁俩人告别将军来到自己的大帐之内，
重新乔装。
俩人装扮成何人为妥，
出现了争执。
小桃执意自己单闯白岗山，
振魁执著反对。
告诉小桃，
他与柳一刀打交道已快两年了，
屡捉屡被柳一刀逃脱。
他说：“小桃，你没对付过柳一刀，
他可是个惊弓之鸟，
狡猾得很。
他绝不会在白岗山静静藏匿，
我觉得他已狡兔三窟，
不知隐藏何处？
我们要迅速捉拿这个顽匪，

必须智取，不宜强攻。”
小桃一听也觉有理，
问道：“如何智取？”
振魁说：“咱们两个扮成小夫妻，我……”
振魁还要说，被小桃打断，
她满脸羞红，生气地说：
“大哥哥，你怎么也不着调了？
说这种话，
还在这个紧要关头开起啥玩笑来！”
振魁一脸正经地说：
“小桃，我在正经说事，
请你仔细听。
做啥事都讲究出其不意，
那柳一刀经的事太多了，
他最怕世上高人，
认为大清国要擒拿他必招募天下能人来捉拿他。
他必有一切防范措施。
我们就反其道而行之。
咱们两个扮成了小夫妻，
以上娘家串门为名，
我赶小驴车，
你坐在轿车上，
观看怀柔、密云一带的风景。
小两口串门拜亲家天天都有，
司空见惯，
一定不会引起藏匿的柳一刀注意。
我们只要接触上柳一刀，
凭咱们合力的本事，
柳一刀就是柳三刀也是我们囊中之物了！”
小桃一听，觉得振魁久经沙场，
还是足智多谋，
有心计，心中很佩服。
便不再争执，

点头答应了。
于是振魁去外面张罗一辆小轿车，
弄来一头小毛驴，
这在京郊一带，
这种灰色大耳朵白嘴白蹄的小叫驴有的是，
可精神招人喜爱了。
小蹄跑起来可快了，
它一旦有气，
或遇到生人就大声叫唤不停。
声音特别震人，
所以人们都管它叫“叫驴”。
个头虽小，但吃的草料不少，
乡间的小户人家都愿意饲养小叫驴。
振魁这位满洲年轻将军，
进入燕京一带，
很快融入汉人行列。
学穿汉服，学说汉话，
跟京郊许多汉人后生吃住、打闹在一起，弄得很熟。
他穿上汉人大宽袍子，
腰系大宽布带子，
还真像是一新婚不久的英俊庄户人。
小桃自小就生在汉人家，
进入瓜尔佳将军府第，
瓜尔佳将军也不挡她汉家小丫头的装束，
所以扮了农家新媳妇，
挺惟妙惟肖的，
俊俏得不少人都想多看她几眼。
他俩秘密通过白岗山的小榆树林和一个莲花泡子，
过两个小石砬子，
小驴车便停下了。
小桃下了车，
她早把袖箭藏在衣袖里，
软钢弹簧短剑紧系在花旗衫内，

佯装要寻个僻静地场解个小溲。
她蹲在细草棵子中，
四周观瞧，
一片静悄悄的，
根本无有人迹。
他们又过一个山峪，
在一个大点的山洞中发现铺在地上的干柴碎草，
还有几个使用过的大海碗，
说明此地曾有一伙人住过，
看地上拢的火灰，
已经冷却，
说明在两三天前已经离开此地。
小桃迅速从白岗山走出来，
告诉赶小驴车的振魁：
“白岗山匪徒已经转移。”
振魁觉得很奇怪，
怎么转移如此神速？
从这些日子派出的几名色克探马侦察，
这伙贼寇不会转移太远，
外界没有反映，
证明他们应该还在此地图谋不轨。
必须尽快找到蛛丝马迹不可。
小桃、振魁两个人的判断果然不错。
这醉闫罗张雷和柳一刀确实来到一个集上，
不过，他们早已乔装改扮，
干起别人想不到的营生。
当年，在京郊和滦河、蓟县一带兴起一种游走小生意，
也是方便各方人士和庄户，
干什么？叫卖发面锅饼，
吃起来又脆又香，
表皮没有油迹，
买回来放哪儿都成。
不着油，干净，

不污染衣裳和包裹，
携带方便。
而且，因是发面的，
里边非常煊软，
好消化，存放时间耐久。
因而，谁都喜欢称几个带着，
方便得很。
烙大锅饼，可是手艺活儿，
要使好碱，发好面，
最要紧是烙大锅饼，
必须有足够的耐性。
火候要掌握得一定分寸，
火燎屁股急性子的人可干不了这种活计，
温火翻来翻去，
一直烙得内熟外硬，
烙得花纹美观硬脆适口，
才从锅上取出来，
一股特有的面香味飘满街巷，
谁闻到谁都想买，品尝品尝。
这两个人就干这个营生，
走街串巷，推个小独轮车，
装着大锅烙子、面盆、油盐等。
车上有个白布帘子，
防有灰尘，也蔽风雨。
两人头戴白布抽成的瓜皮帽，
上身穿白布汗衫，
下身系个大白布围裙，
脸上都罩一个很大的白细纱布口罩，
只能听他们憨厚地
叫卖“脆皮大锅饼”、“脆皮喷香的大锅饼”，
可就是瞧不见他们的脸。
他们把自己真面目藏得严严实实，
一个屯一个屯地走，

一个屯一个屯地站一站，卖一卖，
然后再推车往前走。
他们这么做，
在干什么呢？
他们一是防备有清兵巡动哨抓住他们，
又可以随时观察动静，
了解世情，
便于随机应变，
总是处在身形自如，
可逃可匿可攻可防的自由态势之中。
他们尽量往京师附近移动，
躲过一切耳目，
想与京师、怀柔一带的同伙会聚一起，
再商量防范清兵围剿的措施。
这两个贼也够狡猾的了，
果然使他们顺利潜藏。
这天他们来到了蓟县镇郊一个大屯落，
又叫卖“大锅饼”。
因他们的锅饼烙得好，
众人争着购买，
这个称一斤，
那个称八两，
生意还很兴隆。
凑巧，从街东边走来了
一个推独轮车的青年人，
独轮车上还坐一个老太太，
还有一个女人和一个小孩子
跟着独轮车，走得很急。
他们走到卖锅饼车跟前，
推独轮车的那个青年闻到了锅饼的香味儿，
便把车停下，
过来要给老太太称一块大锅饼，
说道：“卖大锅饼的，

要几吊银两，
给我切半块锅饼”。
说着把独轮车推到卖锅饼的罩有白布帘的车跟前。
卖锅饼的两个满身罩着洁白大衫的师傅，
仔细打量这个行走匆匆的
年轻推车人和车上坐着的老太太，
地上跟着年轻人和小孩，
非常显眼，很特别。
年轻人满头大汗，
一看便知推车走得很累。
车上坐着个
蓬头垢面、衣衫褴褛的七十多岁的老太婆，
还是个小脚山东女人，
车上还放一根破拐杖。
随车跟着个小女孩梳着小长辫子，
全身也是破衣罗嗦，
穿个大傻鞋，也不跟脚。
一个头裹蓝布包头、身穿蓝衫的女人，
一手帮助推车，
一手紧拉着满脸脏黑的小女孩。
一见就知道，这是一家人，
好像是往哪儿送这个老太太和小闺女。
一个卖锅饼的老师傅露出同情的样子，
问道：“这大冷的天儿，
要到哪儿啊？”
边问边给切大半个锅饼，
切好后放在盘子上，
表示友好，又用大长片刀
在锅饼上片下一片儿饼，
放在盘子半块锅饼上面，
说道：“吃吧，不够我再给片一块，
瞧你们这样，也不容易，
不要银子啦，管够让你们吃个饱再上路吧！”

这话让推车人格外感激，
一再连连点头致谢，说：
“太谢谢二位好心人啦，
说来我也是个好管事的人，
在半道上捡来的这一老一小呢！”
推车人这么一说，
倒引起两个卖大锅饼的人的好奇，
话就更多起来，点头称赞道：
“亏你们这些好心肠的人了，
如今这京城内外不少地界，
穷人要饭的，没人管的老头老太太太多了。
房子和庄田都让东来的八旗兵占了，
划入庄头属下，年轻人投靠新主子，
丢下一些老的，这世道可真是让人愁啊！”
年轻推车人听了马上订正说：
“不，不，您这可说得不对劲儿，
人家八旗来了，都是按质趸批买进，
给足银两，哪有白白占的？
老人也都管，如今昌黎、蓟县、
通州、天津、京师德胜门一带，
都有鳏寡孤独积善坊、济世堂、
收养堂啥名都有，
就是安插这些八旗兵
占房占地变卖易主、田产闹出来的乱事，
我们就是送这位老奶奶和小孙女
要去德胜门的！”
说着，还将锅饼从秤盘上拿下来，
把大的一块给车上的老太太，说：
“大妈啊，你吃吧！”
然后又从小罐里倒出一碗水，递给老太太。
老太太并不客气，将锅饼接在手上，
又接过一碗水，边吃边喝，
看来，是挺饿了。

年轻推车人把另一块锅饼交给小丫头，
小丫头偎在老太太身边吃起来。
推车人和另一女子并未吃，
只是站着看他们吃锅饼的情景，
不时地给他们擦擦汗。
年轻推车人又倒一碗水，
递给推车女子让她喝。
这两个卖锅饼的人，
很是好奇，
紧紧盯着这推车的一男一女，
仔细在琢磨、在打量，
也想探着话儿。
这时，另一个卖锅饼的人搭腔了，
而且完全是应和年轻推车人的话，
狠劲儿批驳另一个卖锅饼人的话，
大声申斥，说道：
“你不知道就别硬充大眼汉，
你瞧见京城四圈儿有哪处是八旗兵硬占，
不给银子，没人管老头老太太啦？
哪家的儿女不要自己老人啦？
你咋竟胡说呢！这个推车的人说得真对，
我也听说有不少是摄政王发帑银
专门建不少收容堂，
做了不少积德行善的事呢！”
这个卖锅饼的一说，
又把年轻推车人的兴致引了起来，
说道：“这位大哥说得对，
实话告诉你们吧，
我们俩都是德胜门的，
帮助朝廷办点事儿，
收拢闲杂无依无靠的老少人等，
接这俩一老一少到我们那里去，有吃有住。
唉呀，出来两天啦，

走了三百多里路，腿都走疼啦！”
年轻的推车人还要兴致勃勃地说下去，
好久没有说话的帮助推车的女子，
这时候催促地说道：
“时候不早啦，
你竟说些没用的话，快走吧！”
说完还用眼睛瞪了一下年轻人。
两个卖锅饼的人，
早就仔细端详这个女子，
只因她头上包个蓝花头布，
又总是低个头，
看不着脸。
方才女子说话，
一抬头看清楚了，
唉哟，眉清目秀，
大眼睛，长睫毛，长得真俊呐！
年轻推车人因女子这么一催促，
便忙抬起车扶手，
扶手上挂着的一条黑布袋挎在右肩膀子上，
车辕抬起，大声说：
“老大妈，坐住啦，
小丫头，你也走累啦，
一块上车吧，咱们得赶路啊！”
小推车轮子一转，
离开了两个卖锅饼的。

单说，年轻人推车，
那个女子帮助推，
俩人很快就走出很远。
拐过前边的杨树林子，
转弯到另一个方向时，
这两个卖锅饼的人，
也立即收拾起锅饼烙子、碗、盆等，

互相使了一下眼色，
也把小推车一推，
另一个卖锅饼的把车上的白布帘摘下来，
迅速将小推车和烙锅饼烙子等物件
全推到道边的草棵之中。
俩人摘下白布围裙，
这时才露出自己本来身份。
他俩正是隐匿多时，
振魁、小桃寻找的
柳一刀和醉闫罗张雷。
他俩原来隐藏洞中，
觉得外头风声小点，
也不能长久在此躲避，
必须快快脱身走出去，
想方设法找到大清国操办的慈善坊，
烧把火，抢走慈善坊的一些人，
好看的就霸占着，
同时还要血洗朝廷发给他们的银两，
杀一儆百，让朝廷办不成好事。
他俩就怀揣这个歹毒的计谋偷偷溜出山洞，
而且摇身一变，
化装成河北一带人们常见的卖锅饼的走乡货郎，
沿途吆喝，既受到欢迎又不引人注意。
在卖锅饼的同时，
天天能接触各地的乡民，
最容易打听到各地的情况，
弥补这些日子蹲在山洞中
耳聋眼瞎听不到任何信儿的不足。
他俩也真高兴，
柳一刀的招法就是高，
刚卖了半块多锅饼，
就听到了德胜门那边的信儿，
从这个年轻的一男一女推车可以断定，

他们可能是德胜门外
大清国户部安禄侍郎力主旗衙门创办的济世堂，
看来听到的信儿挺准。
俩人边走边核计，
决定就悄悄跟随推小车的人，
找到德胜门济世堂，
痛痛快快、干净利索办好这件事，
杀、烧、抢一起来！
他俩在后边跟随，
走了一段路，
醉闫罗突然有了新道眼，
便跟柳一刀说：
“柳哥，咱们何苦一定要去德胜门，
还有好长的旱路要走，
何况夜长梦多，
那里情况不清，
不如就地吃现成的饭，
就在眼皮底下，
何必舍近求远呢？”
醉闫罗这么一说，
也真启发了快手柳一刀，
心想，张雷提醒得对，
不知德胜门那里有多少清兵，
能不能顺当下手，很难说。
德胜门已经在大清国摄政王和皇上眼皮底下，
那八旗兵能少了么？
咱们就两个人，
再有能耐也是飞蛾扑火，
往火里边跳，不上算。
又一细想，方才瞧见那个
包蓝花头布的那个女子，
还真有几分姿色，
不如就抢她，

杀掉年轻推车人，
老太太和小丫头就放了她们，
饶她们两条命，
爱到哪去就随她们的便吧！
想到这里，便说道：
“对，张雷，咱们就地下条子①！”
醉闫罗张雷一听柳一刀说这话，
一肚子不痛快，
他妈的，柳一刀你净想吃独食，
让我去下条子，你去寻好事。
没等张雷说出口，
快手柳一刀回过头说道：
“快着麻溜地，怎么腿不听使唤啦？
小心我的砍刀剁了你！”
醉闫罗张雷根本不是柳一刀的对手，
柳一刀这么一吓唬，
张雷不敢怠慢，
便迈开大步，
窜入路旁的蒿草棵子之中。
快手柳一刀见张雷纵入蒿草之中，
自己也飞身纵入道边的一棵大杨树之上。
他们俩各自隐入林莽之中，
从树林、蒿草中向前疾行，
很快就撵上了前边推小车的年轻人。
这时，他俩分别由两侧纵上道边树丛中，
趁推车的年轻人没有察觉之际，
各自迅速攀上高树之上，
从树上纵跃而进，
从头顶上监视推车的年轻人和包头的女人的行动，
随时寻找机会分头纵下，
将两个猎物扯入荒草之中，

① 就地下条子：黑话，即就地动手。

以迅雷不及掩耳之势办完自己分工的事。
柳一刀素有云中燕之称，
在树上穿行一点声音都没有，
在风声中完全与树叶响声混在一起，
使路上行走的人
根本想不到树上有人在暗中盯着自己。
柳一刀突然看清有一棵大杨树的粗树干，
一直伸向道路之上，
正是好时机。
柳一刀便抓住这个有利的独木桥，
身子向前一伸，
脚尖在粗树干上一点，
来了一个倒卷簾，
双脚勾住树干，
头朝下来个猿猴探海，
双手随着一摇，
正巧碰上路上走过来的
推车的年轻人和蓝布包头的女子。
柳一刀将包头的女子双肩一掐，
顺势一滚，
从树干上悠下，
手掐住女子，
力如千钧，
呜地一下子，
一同跃入道旁的柳树林子之中。
要知道，这动作十分迅猛，
是转瞬之间出现的事。
头包蓝布的女子在惊恐之中，
还不知怎么回事，
就被一阵风推进了树林，
都没有来得及喊出声来
就成了陌生人手中的猎物。
也就在这时，

惊动了推车的年轻人，
他突然觉得头上有个人飞来，
正在惊讶之时，
转身又见这个随自己的人
一同滚进道边的树林之中。
他扔下车去救人，
突然又来一人向他猛扑过来，
手中拿着一把短刀正向他刺来。
好在年轻人手疾眼快，躲过了短刀，
拼命地去救被抓走的伙伴。
他后背可能挨了一刀，
只觉后身像有虎爪挠了一下，
全身发凉疼痛，
有血水在流，
也顾不得，
拼命向树林中跑去，
口中大声喊道：
“可恶的强盗，
光天化日之下敢来抢人，
救命啊！救命啊，
有强盗，有歹人！
强盗休跑，
我的贾月啊，
我佟小儿来救你来啦！”
就在这生命关头上，
只听柳林中早已有人打到一起了，
佟小儿还真不知咋回事。
回头一看，自己身后那个手拿短刀来追刺自己的，
不知何时躺在地上，
头已被人砍下，
从脖子里正往外喷着气和血。
这时方觉自己后腰后背又疼又痒，
用手一摸，唉呀，满手是血。

佟小儿不顾疼痛，
因惦记贾月，
就往林子里跑。
这时，才见到林子中
有一女子手使利剑正与
一个手使长刀的男子打在一起。
那男子看样子招架不住，
想要逃跑，
可女子丝毫不让他得到半点空隙，
根本挣脱不了。
就在那个男子虚砍一刀，
回身要跳出圈子逃跑时，
那女子的利剑早已寒光闪烁，
只听咔嚓一声，男子人头落地。
由于利剑非常快，
使那男子逃跑的姿势许久未变，
竖立在那里，
眨眼片刻，
才倒在树林中。
这个自吹自擂、作恶多端的快手柳一刀，
可真出个“快”劲儿，
就这么一眨眼之间
脑袋搬家，回他老家去啦！
那个自吹飞烟一绺醉闫罗张雷，
声名显赫，威震一时的人，
也在女子利剑下，
真正化为飞烟一绺，
去找闫罗王报到去了。
这个身穿红衣斗篷的女子，
并非别人，
就是小桃，
她与振魁俩寻找追赶贼寇柳一刀和张雷，
追查到山洞中，

只见些狼狈的食物残渣，
人已无影无踪。
小桃与振魁心中有数，
这两个贼人不会跑得太远，
也不会藏匿到最远的地方，
便分头仔细搜查，
决不让这两个贼人再逃脱出去，
继续作恶生事。
俗话说得好，
作恶人到头来必有报，
这就是恶贯满盈。
柳一刀和醉闫罗，
再精明岂能逃出小桃和振魁之手。
结果真让小桃给盯上了！
那天，小桃与振魁
在饭馆简单要了碗牛肉泡面，
心中有事也吃不下去，
振魁说：“小桃，咱们快去怀柔，
瓜尔佳大将军正在行辕等我，
你就跟我去见阿玛吧。”
小桃自那日与瓜尔佳将军分手，
对他对待莉坤珠的狠心劲儿，
心中总是耿耿于怀，
不想去见瓜尔佳将军，
便说：“你去吧，我还惦记那两个贼人.
我估计他们不会跑得太远，
等我帮你收拾了这俩贼，
我会见瓜尔佳将军的。
我还要向他讨个公道，
为莉坤珠姐姐鸣冤，
让他立即写字据，
休了儿媳妇的文凭，
还莉坤珠姐姐一个清白身子呢！”

就这样，俩人分手各奔东西。
小桃出了小店，
便向直奔京城的平坦大道走去。
小桃边走边想，
反正这一带我已经踅摸遍了，
唯有往前行走，
顺路打听这两个贼人，
他们都不是当地人，
再怎么伪装，
人们也知道是陌生人。
我勤打听，
他们也隐藏不住的！
小桃走着走着，
眼睛很尖，
见有的行人边走边吃大锅饼，嚼得很香。
小桃好奇，见大锅饼，
白白的，厚厚的，
外边烤出两层大“嘎渣儿”，
又香又脆，挺招人馋，
不妨也称一块，
边吃边寻人，也省得闷得慌。
于是，小桃问对面过路的行人，
在哪能买到这么好吃的大锅饼？
那个行人说：“有两个人推车卖锅饼的，
围着大白围裙，上面罩着白布小帘的小推车，
你往前快走，也许就能碰上呢！”
小桃听后，便急赶几步，
去追卖锅饼的人。
要知道，卖锅饼，
连吆喝，带推车走得不快，
而小桃那是有轻功的人，
双脚又轻又快，
像个活泼的小丫头，

连跑带蹿，
一口气就走出十余里地。
这时正是晚秋时分，
天色渐凉，
小桃快走满身是汗，
路上行人寥寥，
半天也没瞧见前头卖锅饼的人。
她觉得甚奇，
怎么不是在前头么，
难道比我走路还快？
如果是那样，此人也是有武功的人了！
小桃甚感奇怪，暗暗称赞，
就想会会这两个卖锅饼的人。
这么一想，全身更增加了力量，
行走如飞，
想尽快追上前边卖锅饼的小车。
小桃急赶慢赶，
一连过了两个小桥，
转过一个弯路，
前边出现一片柳树林。
小桃正张望，
前边路上没有人，
这可奇怪了，
可是她眼睛往路边的柳树林地上一瞅，
令她大吃一惊，
非常显眼的卖锅饼的小推车扔在那里，
地上还扔着碗盆和烙锅饼的大铁烙子。
这是怎么了？
小桃立即想到，
此事必有缘由.
不像是有歹人破坏，
分明是卖锅饼的人自己扔在这里的.
为何将好端端的东西扔在这里？

一定是发生了意外，
卖锅饼的人去办什么事去了，
把自己贵重的锅烙子和推车都扔掉，
说明他们原本不是当地以卖锅饼为谋生的人，
而是另有所谋。
小桃一细想，
对了！这两个家伙说不定
正是我追查的那两个歹徒！
可不能马虎大意。
看这铁烙子和小推车扔的时辰不会太长，
他们可能就在不远的地方，
必须找到弄个水落石出。
小桃没有半点犹豫，
立即从林中纵到路上，径直赶路。
说来也真是天网恢恢，疏而不漏。
该着柳一刀、张雷死期到来。
就在这时，
柳一刀、张雷正在想杀掉佟小儿，
抢走贾月的万分紧急之时，
小桃突然听到
佟小儿大声呼喊“救命”！“有歹人”之声，
柳林中出现一片险情。
小桃早有准备，
利剑紧握在手，
向前猛蹿一步，
先刺死张雷，并削去头颅，
接着纵身一跃，
早到了正抢住贾月的柳一刀面前，
二话没说，挥剑砍去。
柳一刀甩下贾月，举刀招架。
柳一刀自认为自己刀法无人敌，
对小桃的出现毫不介意，
沉着用自己的柳叶飞刀一迎，

拔开剑，然后刺向小桃。
哪知小桃剑伸过来是虚招，
立即手腕子一反，
利剑来个长蛇飞卷，
躲开柳一刀飞来的锋刃，
从下方往上一挑，
剑锋寒光一闪，
罩住柳一刀.
柳一刀眼睛一眨，
就觉脖子发凉，
顿时失去知觉，
人头和身子分了家，
各奔东西了！
小桃此时见到柳林草丛中的贾月，
头正钻进草棵子里，
身和腰裙露在外边，全身发抖。
那个年轻人蹲在贾月身边双手护着贾月，
睁着大眼睛盯着小桃，惊魂未消，
嘴里还在哀告地说：
“大姐，大姐，你别杀我们啊，
要杀，你就杀我，别杀她，
留下她吧，她可是世上的苦命人！”
小桃看了看这个淳朴诚实的年轻人，
听他这么一说，
笑着走过来问道：
“你们是哪里人氏？
为啥碰上这两个歹徒？
你为何让我杀你，不能杀她？
我倒要听一听？”
年轻人见小桃说话很是和颜悦色的，
知道小桃不是坏人，
便站起来诚恳地说：
“大姐，我们是德胜门济世堂的，

我叫佟小儿，自小没爹没娘，
在济世堂已经有一年半载啦.
她叫贾月，刚到济世堂半载有余，
我们听济世堂妈妈的话，
多积德做好事，
收拢过去跟我们一样，无依无靠的人，
到济世堂朝廷给银两和衣裳，
学文习武，将来有了一技之长，
朝廷还能帮助找人家、找师傅，
有了活下去的营生和事干。
这不，我们俩出来接一个穷老太太和她小孙女，
都是在外头挨门乞讨的人，
病倒在大道上。
让老太太坐在车上，
我推车，她帮助推。
半道碰上卖锅饼的，
哪知他们不安好心，
要杀我，要抢走贾月，
多亏大姐相救，我感谢你的救命之恩！”
说着，扑腾跪地，给小桃磕头不起。
小桃把佟小儿拉起来，说：
“起来吧，我也不是你啥大姐，
也是人家的小丫环，苦命的人，
快快把她扶起来，不能在此久留，快走吧！”
小桃与佟小儿俩把贾月搀了起来，
哪知贾月突然大哭着把小桃紧紧抱住，
大喊大叫地说：
“小桃，小桃啊，
姐姐我真是命好啊，你真是我的大贵人，
你救了我，这次又是你救了我！”
小桃此时才定睛细看，
什么贾月啊，
明明是自己朝夕惦念着的莉坤珠姐姐！

真是老天的巧安排，
苦命人又相聚到一块了！
小桃与莉坤珠两人紧紧搂在一起，
她俩激动得止不住热泪，痛哭在一起。
莉坤珠哭着告诉小桃，
自从分别后，
没有寻找到姑母，
她们已搬进京师，
自己半路结识好心人佟小儿，
给自己起个假名叫贾月，
进入德胜门大清国的济世堂。
妈妈和管家对自己很好，
朝天跟佟小儿等在一起学做活，
还与佟小儿出去搜罗无依无靠的苦命人，
住进济世堂，
兄弟们可多了，
有的变成了成手，
朝廷将他们分派到
八旗军营及通州运河和馆驿去，
生活都有了营生和出路。
小桃听了很高兴。
小桃又问莉坤珠下一步该怎么办？
莉坤珠又痛哭起来，说：
“妹子，姐姐我还得往远远的地方逃，
听说瓜尔佳大将军全府已经搬到燕京附近，
早晚还得来抓我，
姐姐我真是无处躲无处藏，真不如死了好！”
小桃说：“姐姐，咋能说到死呢！
要活下去。我看你不要在济世堂躲着了，
这个佟小儿，心眼就很好.
我看他一直在护着你，
你对他怎么样？
你们就成亲，在一起过吧！

我暗里保护你，
一旦有机会，
我小桃可不是怕事的人，
我敢于面君去告瓜尔佳大将军。
别看他对我不坏，
可我心中容不下道貌岸然的伪君子！”
莉坤珠说：“小桃，你挺向着我，
处处救我，惦记我，
我一辈子忘不了你啊！
你不能与瓜尔佳将军作对，
他跟他的大夫人孟氏不一样，
你还没有出嫁，
还没有个可心的男人.
姐姐最惦记你的就是
你光想到了姐姐我的不幸和委屈，
你也得考虑你的终身大事啦！”
小桃和莉坤珠姊妹俩有说不完的贴心话。
这时佟小儿背着老太婆手拉着小丫头，
从林中蹒跚地走过来，
满头大汗，
来到小桃、莉坤珠跟前。
他把老太太放下，说：
“大妈，坐下歇歇吧！
大姐、贾月，
我把可怜的老大娘和小丫头找到了，
她们都挺幸运躲起来，
没有让歹徒伤着。
刚才她们正往前走呢，
让我一气小跑追上去，给领了回来。
她们举目无亲还得由我领着去济世堂，
给大娘找个安乐的窝儿。”
小桃挺佩服佟小儿这个人，心眼真好。
佟小儿扶着老人，

找块大石头让她坐下来。
这时佟小儿笑着说：
“大姐，你真是好心人，
你认识贾月啊？怎么那么亲近？”
佟小儿瞅了瞅贾月。
小桃考虑眼前乱事太多，
不便把真相都告诉佟小儿，忙说：
“贾月不是你喊出来的么？
我就记住了，跟你在一起的人，
一准都是你救出来的人.
你是大好人。
我看这样吧，
都跟我走，
由我保护，
一路先送你们去济世堂，
安顿完了以后，
我再去办我自个儿的事儿。”
就这样，小桃、佟小儿
把老太太、小孙女从柳林里搀上大路。
贾月站起身来，又倒在树林里。
小桃和佟小儿这时才发现，
原来柳一刀飞身抢贾月冲入道旁的柳林，
两个人身子太重摔在柳林中，
贾月的脚被扭伤，
红肿起来，不能行走。
这可急坏了小桃，
忙从怀里取出自己常备的红伤药丸，
让莉坤珠快快咽下去，
缓解疼痛，快点消肿。
佟小儿见贾月不能行走，很是心疼，
赶忙蹲下身子，急忙把自己的坎肩解开，
把内身里面的白汗衫拽出来。
小桃不知何意，

佟小儿竟把白汗衫撕下一块，
给贾月包扎红肿的右脚腕子，说：
“唉呀，多疼呀，快快包上吧！”
贾月即莉坤珠当着小桃的面，不好意思起来，
满脸通红地说：
“不，不用，把衣裳都撕坏啦，让人挺心疼。”
佟小儿忙说：“我这破衫子，
早就是人家不要的，
我捡来穿了两夏天，该坏了！”
说着，佟小儿殷勤地、慢慢地、
轻轻地把莉坤珠脚抬起来，
垫在自己大腿上，立即包扎起来。
小桃望着佟小儿和莉坤珠，
心想，这是多么好的一对啊！
打心里格外地欣慰，感到庆幸。
莉坤珠姐姐
真找到一位心眼好、知疼知热的亲人了！
没等小桃说话，
佟小儿很麻利地为莉坤珠包扎好，
也没管莉坤珠怎么固执，
他站起来就把莉坤珠背在身上。
这时，莉坤珠更是不好意思，
一直推诿，要下来。
佟小儿不答应，
也顾不得小桃瞅他们，背起来就走。
从柳林里朝大道一阵小跑而去。
到道边上把莉坤珠放到老太太身边。
佟小儿说：“丫头，也挤着坐上吧，我能推动。”
小桃说：“坐什么，坐不下了，
小丫儿跟姨走，好不？”
小丫头挺听话，说：
“我愿意跟姨走，我不累。”
小桃高兴地说：“小丫儿真乖！”

这时，小桃突然想到，
这不是自己一人随便出游，
早年都习惯了，
爱练脚功，就习惯走路。
小桃出游很少骑马，
自己擅长走路。
在瓜尔佳将军的训导下，
走路很是有名。
瓜尔佳将军虽然是马上将军，
征战、出巡，
率兵列阵都骑战马。
但瓜尔佳将军很主张勤练脚功、腿功，
练走路、练快走，
坚持十里、五十里、百里，
一阵风似地跑着走，
从不气喘吁吁，上气不接下气，
而是像平常人走路一样，
没有不舒畅的感觉。
瓜尔佳将军时常向众兵卒讲：
“这是打胜仗的起码条件，
也是在征战中永远立于不败之地，
保存自己生命，
特别是战马受伤或无有战马时，
照样如猛虎下山，
有万夫不当的功夫.
所以必须练好脚功、走路功。”
小桃按瓜尔佳将军的训导，练脚功，
所以她到哪儿去，都习惯双脚勤动，
走起路来非常轻松自如。
可是，现在不行啊，
佟小儿推个小车，
车上坐着老太太和莉坤珠，
这小丫头也就七八岁样子，

老走路小丫头也受不了啊。
虽然往日沿屯乞讨惯了，
但如今要走长路，她也走不了。
何况自己与振魁有约，
迅速赶到怀柔，
瓜尔佳将军还有要事等待，
跟着小推车慢悠悠地走，
那要到啥时辰才能到啊？
不行，想到这儿，便说道：
“佟小儿，你们先别走，
前边不是有个小屯子么，
我去弄一匹马来。”
说着，小桃把小丫头交给佟小儿，
让她们在道边等着，
自己飞快跑去。
小桃从道旁柳林中穿过去，
直奔前边不远的房舍飞跑。
不大一会儿，
小桃果然牵来了一匹白马，
把小丫头抱上马背，
自己也骑上马，
佟小儿推车赶路了。
一路上，小桃才细问佟小儿莉坤珠的名字，
佟小儿告诉小桃叫“贯月”，
还告诉小桃说：
“大姐，我真有幸能认识贯月，
说来管她叫贯月，
是我灵机一动马上想出来的，
从此就叫起来了！”
接着，佟小儿又给小桃讲起
那天在半路巧遇逃难的人莉坤珠，
是他用飞弹子救的。
因知莉坤珠逃出来，无依无靠，

就把她带到了济世堂。
从此，贾月身边有了一位知心好朋友。
俩人越处越亲，感情挺投缘，
渐渐地谁也离不开谁。
因在济世堂，
男女都是男人装束，
谁也不露自己的真实性别。
佟小儿与贾月俩人，
处处小心，处处注意。
特别是莉坤珠觉得自己有个痛苦的身世，
许多仇冤还都没有个着落，
孟氏还在到处捉自己。
她认为现在是
十只眼、百只眼都在盯着自己，
格外谨慎小心。
即使佟小儿总是
不时向她吐露深深的情意，
莉坤珠都处处佯装不解，
常用一些话给岔过去。
佟小儿一旦与莉坤珠太近太随便时，
莉坤珠都自动退缩，
想方设法离佟小儿有个距离。
佟小儿心中早就有莉坤珠，
也从心眼里爱着莉坤珠。
但莉坤珠不少做法和冷淡的表情，
常常让佟小儿心里
一阵阵伤心、不解，痛苦万分，
也不知这冷淡、疏远的心情怎么能够让她转变过来。
佟小儿的痛苦，
剃头挑子光一头热的火样的激情，
得不到回报，痛苦异常。
佟小儿今日半路上得救，
结识了这位好心的大姐，

武功又那么高强，
为人正义，真是自己的救命恩公。
他推着车往前走，
心里可就嘀咕起来，
难道今日遇上这位好心的大姐，
可能是老天有眼，
降来好心的大姐来帮助自己，
她必有好主意。
我何不把心里的一肚子苦水
和思恋之情都告诉大姐，
让大姐做我的大媒人，
让大姐跟贾月好好透透我的心思。
对，机会难得，
过这村儿就没这个店啦！
不能错过，就请大姐帮忙吧！
佟小儿想到这儿，
正巧前边出现了一个集市，
卖啥的都有，
人声嘈杂，
很是热闹，
自己推个小轮车也挺累了，
直往头额上擦汗。
小桃骑在马上，
也挂念辛苦的佟小儿。
自己骑马，
佟小儿推车，
真不公平。
心里也想不出更好的主意，
见到前边的集市，
人群熙熙攘攘，
又逢见道旁有不少挂白布帘的小门市，
打老远听到“卖粉耗子！卖粉耗子喽，
半文钱一大海碗哩”的叫卖声，挺能招徕顾客。

小桃就喊住佟小儿说：
“佟小儿，你够累的了，
停下脚歇一歇，
就在那个卖粉耗子的挂白门帘的地方停下车吧。”
佟小儿早就盼着大姐让停下车，
他好与大姐唠些悄悄话儿，
便马上把车推到挂白门帘的门市前停下来。
小桃也跳下马，
把小丫头抱下来，
又让佟小儿搀着老太太、莉坤珠，
一同坐到卖粉耗子的长桌前的长凳子上。
小桃叫老板娘，
一人给端上一大碗粉耗子，
边吃边歇气。
这粉耗子原来就是一种特制的凉粉，
放上香油、葱花、姜、蒜、黄瓜丝、香菜，
再拌上酱油、醋、辣椒面等，
格外清香可口。
当然，这银子都由小桃出了。
就在吃粉耗子之时，
佟小儿特意把小桃拉到一个僻静地方，
就把自己一肚子话毫无保留地讲给了小桃。
小桃对佟小儿对她的信任和寄以厚望，很是感动。
小桃也真诚地同情佟小儿和莉坤珠，
内心中一万个同意他俩能够百年合好.
这真是天作之合，
郎才女貌，情投意合，
是非常难找难寻的一对，
太般配了！
也希望莉坤珠姐姐逃出狼窝虎口，
过上幸福快乐自由自在的好日子！
可是，小桃心里又冷静思忖，
眼下还不能主张他俩就住到一起，

在大清国律条上，一向是旗民不交产，
就是说旗人不能与汉人通婚。
何况莉坤珠尚与瓜尔佳氏家族已订有婚约的文凭，
还未有废除，尚且有效。
所以，不能简单地支持
佟小儿与莉坤珠俩人合婚，
瞒着一时可以，
长久下去终要出事。
这可如何是好呢?
小桃也暗暗犯起愁来。
但是，又不能打消
佟小儿对莉坤珠的情意，
不给他泼冷水，怎么办呢?
小桃冷丁想到一件事，
便问佟小儿：
“佟小儿，你把你的身世告诉我，
我帮助你想办法。
我听你说，
你擅长打泥弹子，怎么练的?”
佟小儿一听小桃问这个，
兴致来啦，说道：
“我从小没爹没娘。
就记得打小生在刘各庄，
爹娘死于瘟疫霍乱，
听人们说我家是河北正定人，
做买卖过来的，
摊上瘟疫，老人都走啦，
我被扔到荒郊野外。
还是命大，
没有因瘟疫夺走我的小命，
让庄里好心人捡去，
也不知吃什么药就活过来啦。
那时前后庄子里像我一样的

没人管的孩子挺多，
像一帮野猫、野狗，
走到哪里就要饭到哪里，
有时吃得很饱，
有时饿得只能到野地里刨野花根子吃，
到财主家牛羊猪圈里与牲口抢草料、猪食吃。
为了吃饱肚子，
每天都练跳、攀登、跑步，
这样财主家佣人就抓不住，打不着我们，
像一群小家雀飞到东，飞到西，
有钱人也拿我们没有招儿。
饿得我们，逼着想出了好办法，
用泥揉成小泥蛋子，
单打小家雀。
开始打不准，
后来手可准呐，
一球打一只，
有时一球能接连打两只或三只。
有时我们还能
捉野雀、老鸹、
喜鹊、野鸭、大雁，
冬天飞弹子可打跳猫（野兔），
到湖边打鹌鹑、捡鹌鹑蛋。
这样，我的飞弹功法
也就越来越厉害，成了神弹手。”
说着，佟小儿特意
从怀中兜里拿出几粒黑泥蛋子，让小桃看。
黑泥弹子，沉实明亮，
小桃都爱不释手。
小桃问佟小儿说：
“你愿意干什么营生？
我想方设法帮你来找。”
佟小儿说：“大姐，

现在我什么营生都看不上眼，
就想当一名八旗兵，
拿刀枪上阵。
我啥都不怕，
凭我练泥弹子功法，
我当上八旗兵管保会成为巴图鲁!”
佟小儿的兴奋劲儿，天真劲儿，
把小桃逗得嘿嘿笑，说道:
“你净想美事，八旗兵?八旗兵你能配么?”
不过，佟小儿这么一说，
反倒提醒了小桃，
对呀!眼下正是用人之际，
八旗军中也有蒙古人、汉人，
干好了可以抬旗被收入八旗汉军，
照样可以成为八旗军将士。
看佟小儿这么精神、能干，
人品又好，
进入八旗军管保也不能窝囊，
说不准将来也能为国立功，
得个“巴图鲁”的封号呐!
一切事在人为。
小桃这么一想，
反而来了精神，
眼睛也亮堂了，
心里信心也足了，
觉得佟小儿还是大有前程.
我何不把他推荐给瓜尔佳将军，
让将军收留下，
这样他的前程可就无量了!
莉坤珠就暂时用贾月的名字，
瓜尔佳将军也不会引起注意。
好事多磨，
慢慢想办法，

必有希望之路。
小桃在思索中渐渐理清了思路，
心里觉得亮堂多了，
便向佟小儿说道：
“佟小儿，我现在听你这么一说，
也有办法了，
我一定帮你的，放心吧！
从现在起，你就听我的，
你和贾月不去济世堂了，
贾月也不愿意去，
你们在济世堂处处都不方便，
不如我给你们找个安顿的家，
我再帮你找个营生干，
你不是想当八旗兵么？
我给你引荐，
贾月就跟你一起过日子。
咱们已经吃完了粉耗子，也该走了。
你就一个人推车把老太太和她的小孙女，
送到济世堂去，
把老人家安顿完之后，
你就返回来。
我与贾月在这里等你，
咱们一齐去怀柔、密云，
去见一位大将军。
你就在他的手下当兵，
显显你的泥弹子绝技，
大将军看了你的为人，你的能耐，
也许还能重用你的！”
小桃的话着实令佟小儿非常高兴，
忙说：“大姐姐，我佟小儿太感激您了，
我马上送老太太和小丫头，
很快就返回来，你们就等我吧！”
佟小儿精神十足，

先向贾月说了几句话，
然后到老太太身边，
搀扶着老太太和小丫头，
让她们坐在小推车上，
小桃和贾月送他们上路了。
天进入下半夜，
小桃和贾月俩人
才等到佟小儿满身大汗地返回来。
佟小儿做事心很细，
他把小推车留给济世堂，
光手回来，还告诉贾月说：
“咱们不在济世堂了，
手推车就交给管车的达爷，
一旦遇到有伤病的人和老者，
接送就方便多了。
这个车怪让人想的，
是我换乱铁敲打而成，
帮了济世堂不少的忙呐。”
小桃说：“佟小儿，
你歇息一会儿，
天亮后，
你去药店
买包跌打损伤的药和药酒，
我给贾月揉脚，
她现在好多了，
然后咱们就赶路。”
佟小儿这时才注意到，
小桃和贾月俩人仍在白天吃粉耗子
那个店铺门市房外的长凳子上坐着，
好在这一带都成了习惯，
店铺外面支起撑杆，搭成布棚，
白天加几张桌子，
就可以临街坐下来吃粉耗子，

屋里屋外都是顾客，
生意很是兴隆。
晚上布棚不撤，
只是几张桌子拼在一起。
小桃和贾月就利用这个布棚当客房，
好在外边也不冷，
万籁俱静，星斗满天，
不知谁家一只小黑狗，
很招人喜欢，大概就是这个店铺的，
一直蹲在布棚子桌子下边，
时常跑过来亲一亲小桃和贾月，
好像在问她们：
“怎么你们跟我作伴儿，
就在这儿安歇了？”
佟小儿可能真累了，
在一条长凳子上仰面一躺，
不大工夫打着鼾声熟睡过去。
小桃和贾月俩人偎坐在一起，
互相温暖着对方，睡不着。
她们没想到去济世堂的路
足有三十多里，
来回六十多里，
佟小儿还走得很快，
回来时才到夜深时分。
他们本打算早点动身
去瓜尔佳将军的大军行辕，
也没想在这里打店歇宿。
反正天快亮了，
小桃心中有事，睡不着，
贾月莉坤珠心里更是乱糟糟的，
哪有心思睡觉呀，
她望着布棚外面的天上星斗发呆。
小桃去解手、喂马，

给添些自己买来的三捆谷草，
回来坐在莉坤珠身边，
趁机会俩人就唠起心里话。
小桃指着佟小儿说：
“姐姐，你觉得他怎么样?”
莉坤珠明白小桃的意思，
心里也着实感激佟小儿，便说：
“他心肠好，没有弯弯肠子，
对我也真心地好，是难遇到的好人。”
小桃说：“姐姐，你是苦命人，
平生能碰上这么体贴你，
和你又这么般配的人，
真是老天的恩惠啊，
我看你就跟他过吧。
白天佟小儿跟我说，
他真心实意爱你，
可你总是不冷不热，
装聋做傻地应付他，
他心里可难受啦。
他这么一个劲儿地守护你，
帮助你，体贴你，
从感情上得不到你的回报，
姐姐你究竟是咋想的?
能不能告诉我小桃。”
莉坤珠想着想着眼泪又涌出了眼眶，
半天不出声，
望着星空两手紧紧攥住小桃，
然后慢慢小声地说：
“小桃，我的心这些年就像个乱麻团，
乱得都理不出个头绪来，
哪有心思想跟谁过日子的事啊!
我成了在逃的人，
不知亲娘如今怎样了?

她身体可好？
她是不是还惦记我，
她整日疾苦成重病啊？
我的舅舅在哪？
我该咋办？
我怎么成了世上最苦最不幸的女人？
为啥偏偏到我这一代，
家园被抄，
家父遭贬，
好生生的忠义侯府门
破落到只有我在遭殃受罪。
心中解不开这个疙瘩，
也不服输，天理为何如此不公平？
瓜尔佳将军的黑心契约难道让我背到死么？
难道找不到评理之地？
杀人的老规矩要把莉坤珠活活给逼死么？
小桃，你说姐姐我哪有啥心思想什么知疼知热的男人，
那个又傻又痴又可怜的瓜尔佳二小子还背在我身上，
还没有解脱开，
锁链子已经把我禁锢得死死的，
都喘不过气来，
我还有什么人生的奔头？
有啥希望啊！”
莉坤珠说着说着就呜呜哽咽起来，
响声越来越大。
莉坤珠快哭疯了，
快哭昏过去了。
小桃怎么劝也劝不住了，
这哭声越来越高，
把小黑狗急得满地乱转悠，
仰头摇尾蹿起来，
双爪紧扶着莉坤珠，
摇头摆尾惊叫不止。

佟小儿也被哭醒了，
一下子跳起来，
跑过来就抱住莉坤珠，
说：“贯月，贯月，
别哭了，伤了身子，
有佟小儿在你身边，
没有敢熊你的，
也没有敢欺负你的，
我今生今世永远永远保护你。”
说话间，佟小儿也深情地不顾小桃在身边，
也嚎啕痛哭起来。
小桃也被这痛苦的悲情感动得流下了热泪，
说：“姐姐，你别哭了，
哭能解决啥？
小桃帮你想办法。
我就不信世上没有说理的地方？
小桃跟你一块去找，行不？
佟小儿，你别跟着哭行不行？
贯月哭是因她有天大的冤，天大的仇，
你哪知晓？
你也跟着哭，
是帮助她愁上加愁。
你从今个儿起，
像个男子汉，
有硬骨头。
要爱贯月，
就得有天不怕地不怕的劲儿，
帮她打官司，
帮她找说理的清官衙门。
你不是让我帮你么，
你就从今个开始，
仔细了解贯月的苦，
贯月的泪，

钻进贾月的心里去，
知道她在想什么，
贾月真心感激你，喜欢你，
你就一心一意帮助她吧！
你一定会成为贾月今生今世最亲爱的人，
你们永远不会分离！”
佟小儿自认为最了解贾月，
最疼爱贾月，
其实他半点也不知道贾月的身世和经历，
今夜在陌生的店铺外布棚里，
小桃、贾月与他促膝谈心，
在小桃一再催促和引导下，
贾月将心扉完全敞开，
一腔怒火、冤仇大恨，
苦难的遭遇全盘吐出，
完完全全讲给了佟小儿。
此时，佟小儿如梦方醒，
贾月原名叫莉坤珠，
是满洲忠义侯的后裔，
是八旗满洲声名显赫的家族，
并非是一般苦命的流丐，
只是因被害困于满洲另一名门瓜尔佳哈喇府第，
做了傻子的童养媳，
不愿身受折磨，逃难而出，
是个身受大灾大难的可怜美女！
而小桃也非一般世上女侠，
她原来正是莉坤珠被嫁出去的
瓜尔佳名门府第的一个夫人丫环，
其身世亦甚令人怜悯，
本是京津明朝官宦之双胞胎，
父母双双殉节，
双胞胎被满洲八旗将领分头抱养，
如今长大成人。

眼下小桃正在找自己双胞胎的另一位姊妹，
苦难深重，
一生泪水也不少于莉坤珠。
佟小儿听后，
对小桃和莉坤珠分外同情和敬重，
她们都是心怀壮志，
为自己申冤，
在苦拼苦斗之中。
联想到自己，
没爹没娘，
像野狗一样长大，
也是一个实实在在的苦命人。
原来咱们三个人都苦到一块了，
是亲兄妹啊。
佟小儿一打听，
小桃比莉坤珠还小，
便说："我佟小儿以后就叫你小桃妹妹了，
我是你们俩的大哥。
我要长志气，
一定保护你们！"
佟小儿的话儿，
把莉坤珠、小桃都逗笑了。
莉坤珠说："佟小儿哥哥，
你的心真好，
可你有啥能耐保护我们呐，
咱们还得靠小桃妹妹呐。
我的小桃妹妹，
从我进入瓜尔佳府上，
我一眼就看出她不是凡人，
很精明、能干，
讨得瓜尔佳将军喜欢，
学了一身武艺，
就连瓜尔佳府上的老妖精孟氏也给唬得团团转，

她敢吓唬府中所有奴婢人等，
就是不敢说小桃半句坏话，
小桃妹妹真有本事！”
小桃说：“姐姐，这可是我的能耐，
老母鸡啄人专啄人的眼睛，
我就专找孟氏怕丢脸的事，
挑她的不是，她就怕我。
孟氏常好显示她有皇上赐的诰命册子，
我那天帮助她往绣匣中卷装诰命册子，
我眼睛特尖啊，
盖有玉玺的诰命册子上皇上封的诰命夫人，
我仿佛看见不是孟氏的名讳，
但又没仔细辨清是写谁的名字，
我当时问一声，
夫人这里怎么没有您的名讳呢？
我这话一出，
可把孟氏吓坏了，
连忙把我的嘴堵上了，
说：‘唉呀，小祖宗，
你看见啥了，
你没有看见那上面是我的名讳，
是你没看清楚，
可不能到外头乱说啊！
听到没有？’
我当时被孟氏的失惊神态，
反而惊奇万分。
她非常重视那个诰命册子，
赶忙收藏起来，
从此我就再也没有见到这个绣匣和诰命册子，
不知孟氏藏到何处。
也就因我见过这个绣匣之后，
孟氏对我态度真是大变样了，
我一下子身价就抬起来了。

都是相同的孟氏贴身丫环，
我可变成了孟氏的亲闺女，
处处疼我、爱我，
常常赏赐“克什①”，
还常给衣衫、鞋袜什么的，
从来不申斥我。
我不仅在瓜尔佳将军面前吃香，
在孟氏身边也是很得宠的。”
小桃的无意叙述立刻引起莉坤珠的百倍注意，
她马上想到自己母亲，
即诰命夫人，
曾多次提到皇家御赐的诰命册子不知去向，
父亲在世时也为此事焦虑万分，
一再催促母亲妥善找到，
可不能弄丢失了，
那可是欺君大罪。
有了皇家御赐宝册，
州府县衙及所有京官，
都得拜倒远避，
不敢侵犯，
这是阖府荣耀和地位的护神和凭证，
极为显赫。
莉坤珠听后忙说：“小桃，
这事可帮我家大忙了，
你这事若准，
那个御赐诰命册子应该是我母亲的。
孟氏常去我家，
与我母亲亲如姊妹，
后来就丢了，
孟氏也不常去了。
我从小就被逼与他家订了婚姻契约，

① 克什：满语，即礼品。

把我也拴到他家。
后来我家出事被抄家时，
就没有找到御赐的诰命册子。
有皇上御赐诰命册子，
有皇上大御玺，
那是‘迎门杠’，
百官不敢入侵我家，
我们的府第就保住了，
我们也就不致于闹成净身出宅。
我母亲至今不知流落何处？
这孟氏心肠太歹毒了，
害得我家如此穷困地步。
我要讨债，
我要找孟氏报仇！”
小桃说：“姐姐，别莽撞，
你想法把那个诰命册子弄到手，
孟氏就完全露馅了，
你们家和你也就真正从被压的阴山下
重见到晴天啦！”
佟小儿拍手说：
“这多好啊！我也帮你们一起
去孟氏那里讨要诰命册子去！
走，咱们现在就去！”
小桃说：“佟小儿，
你去见孟氏要诰命册子，
她到死也不能承认，
你想得可真简单。
咱们得细心琢磨，
想些计谋才行。
这样吧，佟小儿，
现在天亮了，
我善于走路，
我施轻功先要赶到怀柔，

去见瓜尔佳大将军。
你们俩骑上我的那匹白马，
后赶到怀柔，
拿我的这个簪子，
打着大清国摄政王御前二等侍卫
瓜尔佳振魁的旗号，
必有巴雅喇出来接你的。
你们随他进入行辕大营，
在那里歇息等我。
我就会去见你们，
咱们就会见面了。”
小桃说着从自己头髻上取一小枚银簪子
交给佟小儿，
然后站起来，整理衣衫斗篷，
又紧紧扎了一下自己腰间的英雄壮带，
回身对莉坤珠说：“姐姐，事不宜迟，
我先去见将军，
办理一些要事。
你与佟小儿吃过早饭就按我说的路，
去怀柔快快找我，
一路要小心。”
说着起身就走了。
佟小儿追着问：
“小桃妹妹，
你吃点饭再走吧！”
小桃返身说：
“不用，明日晌午饭，
咱们在怀柔吃吧！”
说话间，佟小儿再往前看，
小桃的身影已无影无踪了。
然后佟小儿与莉坤珠
在街里用碎银子买了
一大块黄米面大发糕和萝卜咸菜，

用自己带的包袱皮包好，
牵出白马，
到集市外边一个木桩前，
先让莉坤珠上马，
然后自己上马，
离开了集市，
向怀柔的大道方向走去。
一路上，佟小儿还问莉坤珠说：
“你觉得小桃给你敷的红伤药和药酒，
有没有效果？
还疼不？”
莉坤珠说：“还真挺灵验的，
小桃的手艺就是好，
我右脚腕是摔了一下，
八成戳骨头了，
小桃用药酒一搓，
又吃下红伤药，
这阵子好多了，
一点儿也不觉着疼啦！”
佟小儿听了很乐呵，
在马上从怀里掏出包袱，
取出那块黄米面发糕，
递给莉坤珠说：
“快吃吧，你早就饿了。
别冲风吃，
倒我怀里吃吧。”
佟小儿对莉坤珠处处关心、照顾，
真是无微不至。
这些都令莉坤珠感到格外的温暖，
自从认识佟小儿后，
真如同从冰窖钻进了暖窝窝。
他俩骑在马身上，
缓步前行。

佟小儿怕路上石子儿太多，
马蹄踩石全身颤抖，
晃动大，坐不稳。
莉坤珠在自己怀里迷迷糊糊睡了一觉，
她太累了。
自从见了小桃，
她思绪万千，
激起了她的悲愤，
不知流了多少痛苦的眼泪。
话说，佟小儿和莉坤珠骑在大白马上，
穿越了一百来里的林莽和崎岖山中小路，
走了六个多时辰，
才隐约望见了怀柔城一片青砖瓦房，
一个大红门青砖围墙、双旗杆的庙宇看得最为真切。
那可是一方的标帜。
怀柔的三霄古殿很是有名的，
也很灵验，民间传说，
三霄娘娘眼观千里，
从不适闲，
精心看护，
照料八方凡夫俗子，
让恶魔远遁，
祥云永罩，喜事临门。
所以，一年四季，
香客如织。
[喜盈门] 笑，笑，笑，笑从苦中来。
磨难受尽终有报，平生幸得贵人来。
拨开乌云喜见日，艳阳一年胜一年。
昨日流莺今日蝉，起来又是艳阳天。
六龙飞辔长相促，争忍临危自著鞭。
[常记心] 孟氏办事欠思量，自认巧计瞒天下。
岂知世间唯认理，妄到头来臭自家。

早有醒世录，恭请阿哥闲来无事自品察：
堪叹人心毒似蛇，谁知天道转如车。
去年妄取东邻物，今日还归北舍家。
分外钱物汤泼雪，骗来声名水推沙。
若将狡谲为生计，恰似朝开暮落花。

佟小儿和莉坤珠按照小桃分别时的叮嘱，
一路在城中打听，
找到了插有龙旗的满洲正白旗行辕大营。
门守是四名身穿号坎的八旗马甲，
手持腰刀，耀武扬威，环视周围。
佟小儿牵马领着莉坤珠走向前去。
早有一位马甲走过来了，
忙举手挡住，不准前行，
说道："此乃大营，
请往左手路前行，便是市街，
到那儿有许多客栈的。"
佟小儿忙止步说道："请官爷细瞧，
我是特来求见摄政王
二等侍卫瓜尔佳振魁将军的。"
边说边从怀里拿出，并手举让马甲
仔细观瞧那枚小桃交给他的小银簪。
马甲笑了，说："我不认识什么小银簪，
你等着，我禀报门卫骁骑校，再告诉你。"
马甲迅忙返身走进行辕大板门，
不大工夫，大板门刷拉大开，
佟小儿一见喜出望外。
马甲引路，小桃第一个走出门，
跟着一位身穿甲胄的八旗将军走了过来。
小桃老远就大声说："佟小儿，贾月，
你们怎么才到，把我等得好苦。
来，我让你俩认识一下，
这位就是我告诉你们的瓜尔佳哈喇振魁二等侍卫，

摄政王御前的主将，可有名气了。”
佟小儿忙过去，要叩头，
振魁忙挡住免礼。
莉坤珠其实一听就知道，
他是瓜尔佳府中的大公子，
在京中摄政王御前听差。
可是，互相从来未见过，彼此都不认识。
小桃嘱咐过她，先不要与他相认，
就以贾月名义随她进行辕大营，
一切处事随机应变，
皆由小桃见机行事，
自己听令而行就行了。
莉坤珠便以贾月身份走过来，
向振魁行了个蹲礼，振魁点头还礼。
由小桃、振魁引路，
从侧门进入行辕大营。
而后，振魁因公务离开。
这样，小桃、莉坤珠、佟小儿三人又聚到一块儿。
说来，这个小桃真是一位
活泼聪明、热心肠的小丫头，
不仅文武双全，
又肯于助人为乐，
富有正义感和同情心。
她自从认识莉坤珠和近期又结识了佟小儿，
就把他们的事放在心里，
决心凭自己在瓜尔佳将军和振魁处的影响与人格魅力，
一定为莉坤珠和佟小儿帮这个忙。
关键是要在瓜尔佳将军面前举荐佟小儿，
说通瓜尔佳将军同意留下佟小儿。
只有佟小儿被留下，充军行伍，
成为八旗一员，
莉坤珠姐姐的事就好办了。
可是，佟小儿是个流丐，

瓜尔佳将军能要吗?
如今选拔八旗兵，兵源不少，
都是十里挑一，百里挑一，
真得有八旗兵尚勇的坯子，
要选中是不易的。
小桃好在有振魁帮忙，
振魁早就对小桃心中有意，
他很敬佩小桃的人品、性格和不凡的武功。
对小桃的好感，还因为多年来
父亲瓜尔佳将军向他不断的渗透。
自己见过几次面打下的烙印甚深，
相互心中都有所默契和钟情。
只因小桃是汉家女，
自己父母还未有吐口表明连理之事。
小桃心中有数，
我要说通振魁，
他必会听我小桃的。
这样瓜尔佳将军也绝不会卷我小桃的面子。
所以，她是很有把握的，
也可以说是十拿九稳玉成此事。
小桃领着莉坤珠和佟小儿，
有说有笑地穿过几个青砖瓦房，
经过一个长廊，一个假山喷泉，
眼前是一处漂亮的房子。
小桃告诉他们，这里原是明朝崇祯皇帝
一个远方侄子在京外的一幢狩猎场住地，
所以建筑非常讲究堂皇别致。
他们走了半天，
拐来拐去，
把佟小儿给绕蒙了，
心里说：
“小妹妹，你要把我们领到哪儿去啊，
我眼睛都看花了，

怎么这些漂亮馆舍，
怎么有这些人住啊?”
莉坤珠说：
“佟小儿，
少吵吵，这不是咱们济世堂地方，
那么随便，小声点，
跟着快走吧!”
佟小儿真像个少见世面的孩子，
看啥都新鲜，
特别是院中一队队健锐营的八旗军兵勇们，
正在操练，
那边方阵一色是刀斧手；
那边的方阵正在比试跤斗；
那边的方阵正有甲乙两队比武，
互不相让。
在将军督察之下，
鸣锣击鼓，
喊声阵阵，
在互相较量比试。
三丈高竿，
猿猴爬竿，
赤脚光臂，
看谁爬得最快，
中途不能掉落下来。
这还不算，
攀到竿顶后，
还得倒立发出飞箭，
箭中远方树上的红靶心。
各队人数相等，
最后看哪队人员登竿最多，
击靶最多者为魁首。
这些场面可把佟小儿迷住了，
全身发痒，

边走边哀求小桃，
也让他入队参与比试。
他认为自己的泥蛋子功夫，
绝不比那些八旗兄弟射出的飞箭逊色，
自己满有把握，
必能独占鳌头。
小桃说：
“佟小儿，你别吹，
虚心点为好，
人家个个身经百战，
才击败大明兵马。
你快跟我进屋里，
我一一告诉你们俩，
眼下真是碰到喜神爷爷降临了，
朝廷正处处扩军用人，
赶上好时候了。
佟小儿，
你拿出真本事吧！
是骡子是马拉出来遛遛吧！”
小桃把莉坤珠、佟小儿领进她住的卧室，说：
“你们俩就住这里，
姐姐跟我一屋，
佟小儿你就睡到护军营里，
就在前下屋，
等一会儿我领你过去。
先在我屋里告诉你们几件大事，
一定按我的话来做。”
莉坤珠、佟小儿俩人放下行囊，
那白马早让门卫牵走了。
他们安定地坐下，
大口喝着从井中打上来的凉水，
佟小儿大口喝了两大碗，
说：“太痛快了，

真是又凉又甜的井水，
太好了！”
小桃很郑重地对他们说：
“我已经向瓜尔佳将军禀报完了，
他因为是我带来的人，一概相信，
并命他的儿子瓜尔佳振魁收在他的麾下。
不过，振魁和将军有个条件，
要验看佟小儿的本事，
行则留，要不是那个料，
八旗兵不留废物。
佟小儿你可要给我长脸，
你拿出你的全部能耐，
就看你的造化啦！”
佟小儿拍了一下胸脯说：
“小桃妹妹，我佟小儿没事儿，
我早就盼着当八旗兵啦。
有这个机会，
我能不卖命去争吗！”
小桃也相信佟小儿，点点头，
又对莉坤珠说：“姐姐，姐姐，
你该到揭开冤仇大事的时辰了，
现在面对你的人就是瓜尔佳将军和他的长子振魁，
真是冤家路窄，都碰到一起了。
不过，你相信他们都是满洲八旗著名驰骋疆场的将领，
都很正义，敢作敢为。
他们不像孟氏那么小肚鸡肠，混淆黑白。
姐姐，这些日子你就静静住在营中，
不要露自己的身份，
不要说自己是莉坤珠，
就大大方方地说自己是
德胜门济世堂捡来的丐女，叫贾月，
随丈夫佟小儿来怀柔投军从戎，
为大清国建功立业，

其他事一概不知。
至于冤仇之事先不讲，
一切听我小桃指挥，
叫你干啥就干啥。
好在振魁见你也不知你的底细，
也不会怀疑你。
他一切都听我的话，
所以，你就放心吧！
瓜尔佳将军日日忙于军务，
现正谋划雾灵山剿贼之事，
马上要发兵，重任在肩。
我小桃也要随军出战，
所以他不会看到你，
也顾不上这些闲杂之事。
姐姐，你尽管把心放在肚子里，
在这儿好好休养一阵子，
养精蓄锐，
等到时候，
你可能还要登堂叩见御使大人，
为你家和你自己申冤昭雪，
夺回诰命册子和婚姻契约，重振家园。”
接着小桃又反复叮嘱佟小儿，
明天卯时就得去校场参考，
届时，她陪着二等侍卫振魁去校场验试佟小儿，
说不定瓜尔佳将军也可能
兴致勃勃地率嘎什哈①们，
到阵验看振魁选拔武生的实况。
佟小儿在莉坤珠的帮助下，
吃过午饭便找到演兵场，
自己练泥蛋子。
莉坤珠不怕受伤，

① 嘎什哈：满语，即护兵。

亲自给他当靶子，
拿木板、木桩、花朵、投石等靶子，
在百步、二百步、三百步之外，
让佟小儿随意甩出泥丸，
场上随时听到叮叮当当的击响声，
一直练到月上楼头，才双双回屋。
小桃早将晚饭给他们备好，
他们及时吃上香甜可口的饭菜。
次日，寅时，
佟小儿便整装出室，
随小桃直奔行辕的演武场。
路上，小桃还教佟小儿说：
“到场子里，一定沉住气，
不要慌里慌张的。
你学我，事先要做哪道身法活儿，
都先要经过脑袋仔细绺一遍，
一定想仔细了，
然后才能很好发挥自己的特长。
今个的比试，
主要看你的甩泥蛋子，
这可是你独树一帜的功法呦，
任你发挥创造，
越玄越奇越快，
别人做不了，
唯你能做，
真是百发百中，
咋打咋有理，
咋打都准，
你就赢了，
你就真正能当上你梦寐以求的八旗兵了！
所以，你一定稳住神，慢慢做。
佟小儿，你不是学过几年私塾么？
学过三字经、百家姓么，

要懂礼貌，上场先要报号，
大声喊出自己的名号，
什么地方人氏？
多大岁数？
要表演什么技艺？
甩泥蛋子，
这算啥技艺啊？”
佟小儿说：
“我这技艺，
自己早就想好了，
就叫‘百步流星神法’，
是梦里道长亲传，
五岁神授，
今年十二年了，
是十七年神功。”
莉坤珠忙说：
“佟小儿，别胡诌。”
小桃说：“姐姐，别挡他，
这样说好，
长自己志气，
让他随意说。”
他们到了校场，
振魁率将士已到校场，
布好了阵式，
不少兵卒、骁骑校、领兵牛录们，
因早听说今日校场招来特功之人表演武技，
就引来不少的人，
校场内外都站满了人。
这全都是小桃替佟小儿宣扬，
引起行辕大营的破例重视。
当然，振魁也帮助小桃，
把自己的兵马全带入校场，
长长见识，

认识一下什么奇妙的“百步流星神法”。
将士们还窃窃私语地说：
“这人可不一般，
人家是梦授，
是一位神仙道长神授而成，
太奇啦！”
大家正议论中，
铜锣尚未响，
只见有一队兵马旌旗招展地飞奔而来，
众兵卒立即闪开退后。
这队兵马中为首的正是瓜尔佳大将军的坐骥。
他端坐在红鬃烈马之上，
后边有五百将卒跟随。
振魁和小桃迎面站起身形，
急忙迎上前去，
向瓜尔佳将军施礼问安。
瓜尔佳将军的控马奴，
急忙走过来，
一手掐住红鬃烈马的铜嚼子，
勒住骏马“吁—”，
红鬃烈马站住。
又有几个嘎什哈走上前去，
护着瓜尔佳将军下了马，
众兵丁将骏马牵到校场后院的马厩喂养。
单说瓜尔佳将军走过来大声说：
“小桃啊，本将军本来对你不辞而别要震怒的，
可是，你与振魁办了件大事，
柳一刀和张雷被你斩杀，
你干得利索，快当，
帮了我一个大忙，
此乃大功一件，
朝廷已下赏令，
这里就有你小桃大功一桩，

等回京师禀奏摄政王，
再陛见皇太后、皇上，
必为你请功，
皇太后、皇上必会降旨，
在朝中必享大清绥靖女杰称号的。”
接着又说：
“我今天特意来看一看那自称
有‘百步流星神法’技能的表演，
本将军倒要看看他的神法神在什么地方，
想开开眼界。
那个报号献艺的武士何在？
让我见见，
小桃，快快引见于我。”
小桃事先没想到瓜尔佳将军一定到校场来，
而且很尊重她的迎请，
心中万分喜悦，
口中忙说：
“小桃感谢大将军在百忙之中，
来校阅校场。”
说着，手拉瓜尔佳将军来到场中央的佟小儿跟前。
此时莉坤珠早已见到瓜尔佳将军，
忙退入人群之中，
隐避自己的身影。
小桃忙叫过佟小儿说：
“佟小儿，快，快过来，
老将军看你来了，
快给将军叩头问安。”
佟小儿早记小桃事先的叮嘱，
马上跑到跟前，
扑嗵跪地，
叩了三个响头，说：
“小奴才给将军叩头，
祝将军万福金安！”

瓜尔佳将军从来就喜欢武士，
听说他有神功，
又是神授的“百步流星神法”，
必会称奇，
名称也新鲜，
转战辽东、黄河、山东、河北，
并未听到这个奇特之法，
一定想亲眼见识见识。
如今大清定鼎燕京，
国出祥瑞，
此乃国家将兴之兆。
为得奇才，
从内心中庆幸高兴！
何况又是自己爱徒小桃举荐的世上奇才。
小桃办事实诚，
不传讹没有诈，
所以就专程赶来。
瓜尔佳将军由振魁引到正面演武台，
搬过一张楠木太师椅，
请阿玛坐下，
他坐在另一张太师椅上。
小桃坐在瓜尔佳将军另一侧。
他们坐好之后，
瓜尔佳将军便问佟小儿说：
“你方才说什么？
叫什么名字来的？”
佟小儿站立一旁回声道：
“佟小儿。”
瓜尔佳将军说：
“佟小儿？
怎么叫这个名字？
汉家人怎么姓佟，
百家姓也没有个佟姓啊！”

别看佟小儿是济世堂捡来的丐童，
大清国的济世堂妈妈、玛发，
鼓励收入堂里的老少丐帮爷们，
习文练武，传授知识，
没有名讳的给起名有个大号，
没有籍贯的人，妈妈、玛发帮助寻找出生地儿，
实在没法儿知晓者，便以
何处捡到？在哪儿流离失所？便入档成籍贯。
这样做为将来帮他们找个糊口营生的名号，
人有大号马有鞍，
便利联络管理稽查。
佟小儿听瓜尔佳将军询问此事，
心中有数，
便对答如流地说：
“大将军，小的名号，
是济世堂妈妈喊出来的，
从此也就叫开了，
我也听惯了。
我姓佟的事，禀报将军，
这是管档师爷给写成的。
我从小记住祖上是蓟州人氏，
我爹姓百家姓中的‘钟徐邱骆’中的‘钟’。
我那时太小，
爹叫啥名也不知道，
爹娘叫喊我‘钟小儿，钟小儿’。
相传爹娘因瘟疫霍乱离世，
我还算命大，
被好心人从乱尸岗子捡回个还喘气的孩子，
后收入济世堂。
师爷记档问我叫啥名，
我说‘钟小儿’。
师爷可能把我说的‘钟小儿’，
听成‘佟小儿’，

钟和佟音挺相近，
就顺手写成‘佟小儿’，
入了档子。
我也不在意，
反正我是大清国济世堂养大的。
妈妈跟我说：
‘大清国老佟家很出名，
你就沾沾光吧，
将来也出个大名’。
我一听挺高兴，
就按妈妈说的，
叫起了佟小儿。
今年一十五岁，属猴的，
满洲话叫‘布钮尼亚玛’。”
佟小儿口若悬河地这么一解释，
又说了句满洲话，
反倒把瓜尔佳大将军、振魁、小桃都逗笑了。
瓜尔佳将军说：
“佟小儿，你已经是成丁，立事了，
佟小儿是乳名称号。
你入了我的八旗营，
互相呼唤方便，
你就叫佟晓吧。”
说着取过一张纸，
拿起笔点点砚中墨，
在白纸上整整齐齐写出“佟晓”两个字。
小桃高兴了，忙说：
“佟小儿快给将军叩头，
谢将军给起这么好的大号。
晓，是懂事聪明之意，
佟晓的名字好！”
佟小儿又跪地叩头，表示谢意。
佟小儿长得墩墩实实的，

小圆脸胖乎乎，很憨厚，
活泼聪敏的样子，
再加上伶俐的口齿，
早已让瓜尔佳将军喜欢备至。
将军很关心爱抚地问佟小儿，说：
“佟晓，你让本将军来，
你把你的梦授百步流星神法，
给我和我的超哈[①]们显露几手，
向你学几招儿怎样？”
佟晓非常大方地将自己的袖口往上挽了挽，
说道：“将军，
我佟晓在此献艺了，
望将军你看好啦！”
说练就练，反身来了一个倒仰，
这个鹞子翻身向后一纵，
就是十几步远，
双手向胸前一拍一摁，
当即双手高扬，
像有什么物件甩出，
速度非常之快。
这是转瞬之间，
众人都没有看清楚是怎么回事。
佟晓身后是一片场地，
五十多步远的地方是围着校场一圈的柳树林子，
林中有不少家雀，落在枝头，
叽叽喳喳鸣叫。
这时，佟晓大喝一声“唉！”，
双手中不知何时从哪儿取出的泥弹子，
早已连珠发出，
每只手发出五粒，
像流星一般飞速从佟晓正面方向甩出。

① 超哈：满语，即兵。

十粒泥弹子正巧击落身后
五十步远柳林中一群家雀中三只落地。
佟晓甩完泥弹子，昂首阔步，
对将军说：“将军，我的流星已经发出，
你让你的超哈到我身后头林中捡雀去吧，
那里准有小雀落地。”
瓜尔佳将军和振魁都感到惊奇，
在场的众将士还都没有看清是咋回事，
就听瓜尔佳将军发令，
让一个牛录去前方林中寻找击落的家雀。
那个牛录领命到林中，
不一会儿，
果然捡回三只小家雀，
交给瓜尔佳将军。
瓜尔佳将军、振魁和小桃都仔细验证，
三只小家雀身上有血迹，
是被击伤而亡。
瓜尔佳将军十分振奋，
便命振魁让兵卒取来白鸽十只。
不一会儿，几个兵卒取来白鸽笼，
笼中装有十只白鸽。
小桃说：“将军，
多好看的白鸽子，
就让佟晓打死吗？”
瓜尔佳将军说：
“就伤五只吧，
我要看看他的能耐。”
于是，命一个兵卒在他号令之下，
从笼中放飞五只白鸽，飞入空中。
白鸽在飞出校场之际，
看佟晓用百步流星神法能击落几只白鸽，
瓜尔佳将军要测试佟晓的飞弹的命中率。
白鸽飞翔很快，只要从笼中放出，

它的翅膀扇呼几下就隐入高空，
冲出校场，无影无踪。
将军想，佟晓要甩飞弹了，
必先取飞弹子，
再甩出飞弹子，
如此匆忙神速很难射准白鸽。
瓜尔佳将军要考察
佟晓的神速、抛法和他的心态及应变能力，
由此判定他掌握此技的老练程度和高超本领。
于是，瓜尔佳将军说道：
“佟晓，本将军要考考你的能耐，
让我的兵从笼中放飞五只白鸽，
你在我的兵放飞白鸽之后，
必须在我发令命你动手时，
你才能甩出你的飞流星，
看你能给本将军捉到几只白鸽。
佟晓，你听明白没有？”
佟晓站在校场中，
说道：“将军，
我听明白了，
你发令吧！”
瓜尔佳将军说：
“好，注意，
我要发令了！
嘎什哈[1]，给我放飞笼中鸽子！”
顿时，白鸽扑棱着白翅膀，
一个接一个地从笼中飞出。
扇起长翅，
都飞快地升入校场空中。
这时，又听瓜尔佳将军发令，
说：“佟晓给我抓鸽子！”

① 嘎什哈：满语，即随从。

瓜尔佳将军命令一出，
佟晓早已双手舞动，
甩出袖中的飞弹子。
飞流星像利箭射出，
明眼人若仔细盯住，
能见到由佟晓双手中蹿出的黑点子飞入空中。
白鸽高兴地从笼中飞出，钻入空中，
都拼命地向远方飞去。
有的白鸽自由翱翔鸣叫出声来，
众人都仰脖观望寻找白鸽。
就在这瞬间，白鸽不见了，
大家以为可能飞出校场。
佟晓再能甩流星，
也不过击中一二而已。
这时，几名嘎什哈跑回来，
到瓜尔佳将军前打千，
呈上死鸽。
瓜尔佳将军、
振魁、小桃和众将士细看，
有五只死鸽。
正如瓜尔佳将军所言伤了五只白鸽，
心疼得小桃拿起白鸽叹息不止。
瓜尔佳将军惊奇地问佟晓，
说："你怎么这么快就接连击落五只白鸽?"
佟晓说："没啥，练的呗，
将军让嘎什哈一连放出五只白鸽，
鸽子最先飞出，
都是互相聚在一块儿往上飞。
这期间鸽子要飞升，速度最慢，
它们疾速扑棱翅膀猛使劲儿时，
恰是我甩弹子的最好时机，
只要集中甩出，
狠劲猛力速射，

群鸽必逃不过弹子速度，
必被一一击中。
我在甩石后急做补备，
再二次紧忙补甩流星飞弹了。
这二次甩出，飞弹子像天罗网，
正巧都抛在鸽子头部，
完全罩盖住鸽子，
想漏网的鸽子已躲不及了！
将军，我的流星飞弹子，
神法贵在一快二狠。
所说狠，就是流星弹子爆发力，
力超百钧、千钧，可凿石削铁，
畜兽人等安能赢得我的流星闪电啊！”
瓜尔佳将军还有些不服，站起身，
从骁骑校手中要过两把兵器，
一手掐个长矛，
一手掐个三股叉，
双手举着走了出来，
走向校场中央。
振魁和小桃忙站起制止说：
“阿玛，不能这样做，太危险了，
一旦飞弹伤了身子，
将军那可不是小伤。”
振魁跑过去，
想把两把兵器抢下来。
瓜尔佳将军手一举，
说道：“振魁，退下，
我倒要想领教一番
佟晓的百步流星神法。
就是为了将来战场征杀，
详细切磋其功能。
全在验察我们日后
在疆场上是否有用？不要挡我。”

佟晓也在一边喊道：
“不要担心，我手上有数，
伤不着将军。”
瓜尔佳将军双手高举两兵器，
还左右转动，随之喊道：
“佟晓，我的兵器
忽高忽低，忽左忽右。
我要你的流星飞弹专打我手上铁矛。
听到声响后，验看我拿的铁矛上
是否有刻痕？听清没有？”
佟晓站在场中央另一地方大声说：
“将军，知道了！”
这时，瓜尔佳将军将手突然一举，
又左右摇动，
喊出：“佟晓，打你的飞弹子，
我要耳听泥弹子碰铁矛的声音！”
且说，瓜尔佳将军低头高举兵器原地晃动，
突然听到当、当两声，
泥弹崩碎的响声传来，
场内响起一片鼓掌和喝彩声。
瓜尔佳将军、振魁父子
仔细验看手上那把铁矛尖上有泥点子两处，
说明有两个飞弹击中了铁矛的矛尖。
瓜尔佳将军看后欣然欢喜，
频频点头称赞，说：
“佟晓你的百步流星神法果然挺神，
你是怎么练成的啊？”
瓜尔佳将军边说边拉着
佟晓走回演武台太师椅前，
又命人搬来一把太师椅，
让佟晓坐下歇一歇，与他攀谈。
佟晓说：“将军，
我练流星飞弹全为谋生。

从小四处流浪，
击飞鸟野兔谋生，
打多了也能卖几文银两。
这个技艺全靠自己苦练了，
练时间长了，熟能生巧、生神，
越练越熟，对流星泥弹就感情至亲，
后来他就成为我贴身的护身本领。
这个泥弹也是我自己长期琢磨，
将黑泥研成粉末，加上碎石粉，
揉好后在阳光下暴晒百天，
使其愈坚愈有威力，沉如铁蛋，利如锐刃。
将军，我佟晓这些能耐，
全是生计逼出来的，
说来也没什么秘密。”
瓜尔佳将军听后十分赞叹，
说道：“人生贵在切磋和苦练，
故有古人石杵成针之谚，
大块出文章，旷野生英豪，
真乃至诚之理也！
佟晓，本将军收你了。
你在本统领之下，
传授流星飞弹神法。
军中十八般武艺之外，
又增佟晓流星神法。
不日，我旗营奉旨赴雾灵山清剿明胄一些残敌，
他们隐缩山中大小蚁穴之中，
佟晓你大有可为之机为国立功。
谁言丐童均为凡庶，
你亦可当万马营中一员虎将。
凡事在人为，
本将军授你健锐营奇弩手，
随我出征，若有斩获，
本将军请旨授你健锐营牛录之职。

年俸六百石粮谷，
你可就成了一个当地的额真[①]富贵巴彦了。”
佟晓不明白啥是健锐营牛录，
小桃也不知道，
振魁说道：“牛录，
你就能自己领兵百员，
成为带兵首领，
不小于一个县官的官阶了！”
说得佟晓瞪着眼睛遐想：
“这县官又该是啥官阶呢？”
这时，小桃拍了一下佟晓的肩膀说：
“还愣啥？相当县太爷，
贾月翻身可有了本钱啦！
申冤名正言顺了！”
这话可使佟晓兴奋已极！
小桃又说：“你还不能骄傲得目空一切，
你得好好干，干好了，
才能请旨皇上赐你健锐营牛录之职。
现在，只是将军收留了你，
有吃有住有了八旗兵的美差，好好干吧！”
佟晓听后，头脑才冷静下来，
清醒多了，认识到在小桃的引荐下，
自己被瓜尔佳将军认可，
收在身边，这很不容易了！
下一步还有更难的棘手大事，
怎样让瓜尔佳将军承认
莉坤珠在他府上做儿媳妇
是他们耍的阴谋手段。
莉坤珠必须清清白白地
与他二儿子解除婚约。
公正地回到自己身边，

① 额真：满语，汉译为“主子”、“君主”。

与自己喜结良缘。
今后还有许多的坎坷路要接着走，
前程步履艰难，
还要多听小桃的话，
好事多磨。
正如佟晓所想，事生岔头，
瓜尔佳将军率军北上雾灵山，
那可是群山峭立，万里长城之外，
林莽遮天，大军全要攀援而进，
一日行进不了十几里。
瓜尔佳将军进军雾灵山，
就决意由振魁、小桃陪同，
还有刚收入麾下的百步流星神法的佟小儿。
如今大号叫佟晓，
将军一心要在征战中磨练他。
一路上让佟晓逐渐习惯八旗军旅生涯，
不能光凭甩泥弹子，
还得学习掌握其他兵刃，
如大刀、铁锤、利剑、长矛。
泥弹子固然神奇无敌，
但光靠这一手还不能适应做战的需要，
也要身佩箭囊，会开弓放箭。
总之，一个战将要学会驾驭战斗之能，
才能抵御顽敌，百战百胜，
成为将军身边健锐营强弩手。
到现在为止，
瓜尔佳将军始终以为佟晓就是孤身一人，
哪知道还有个沙里甘居贯月——莉坤珠呢？
振魁按小桃吩咐，
不准向将军吐露半句，
所以，都瞒着瓜尔佳将军。
这不，大军北进，命佟晓同行，
小桃怎么能让佟晓一个人走了，

把贾月孤零零扔在行辕大营?
何况大军转战到深山之中,
不知何时才能搬师回大营。
小桃决意不让佟晓随军北上。
小桃在瓜尔佳将军面前说:
“将军,您不是命我好好打造
这个前程不可限量的佟晓吗?
他不熟习健锐营强弩手们
的一套秘密要求和规矩,
不少暗语、手势、口技,
就得熟悉和默记不少天。
何况他对其他武器兵刃都不会使,
我正日夜传授呢!”
小桃并让振魁也帮助在将军面前细说,
终得将军的准允。
正巧,振魁收到色克[1]和传事哈番送来的急函,
这是皇父摄政王发来的秘谕,
秘密严命吴拜、苏拜跟随英亲王阿济格从居庸关去山西,
暗察大同姜瓖总兵官动向,疑有反叛之心。
故此,东线雾灵山乃全为山岭古洞、崎岖难行之地,
灭贼不可用大军推进,
劳兵伤财,难以奏效。
振魁向瓜尔佳将军传达谕旨,
说道:“速命阿玛大将军亲率大军
沿沟谷寻山清剿,
要一个一个洞窟搜贼,
切不可图快,只求严细,
一个沟一个谷地消灭藏匿的恶狼,
捉到一个杀一个,不留隐患。
阿玛,命您统帅兵马驻守雾灵山,
三个月内不准急于回师行辕大营。

① 色克:满语,即探子。

皇父摄政王对您大半年剿零星残匪，
安定京畿东域，斩获微微，
捷报少传，甚为恼火。
还是我禀奏初歼柳一刀和张雷大捷，
刚转战进入雾灵山，适遇山洪暴雨，
大军夜宿岩壁，日攀峭崖，
兵卒坠涧尸体难寻，惨不忍睹。
使朝中近日未有圣谕传来，
想皇父摄政王怜悯将军，不再斥罪。
阿玛，此番攻伐雾灵山，
犹如乱石堆里找蝼蚁，
不在于强求兵马之众，
否则更易暴露目标，使我不利。
敌在暗洞之中，以逸待劳，
而我疲于奔命，愈陷弥深。
我师被拖累穷山恶谷，
难以迅即灭敌奏捷。
故此，我不同意让佟晓之类新手参与，
反而增加包袱。
兵益精、益少，
选精干之强手，巧而为之。
不可旌旗招招，
鼓乐啸啸，
养贼遗患，
永无宁时。”
瓜尔佳将军听了振魁的一番话，
使他头脑也清醒过来，
不再想带佟晓了。
立即下令偃旗息鼓，
精选振魁与小桃为先锋统领，
遴选擅长攀援和轻功的能士，
组成五百“捉蛇队”。
其余大军后退二十里，

安营于雾灵山下西麓草塘地方，
搭棚帐坚守，形成层层包围圈。
凡有从雾灵山上下来的任何人等，
一律收容详审，对贼必斩不赦，
防止逆寇混水摸鱼，挣出罗网，
鱼龙入海，危害八方。
振魁、小桃这么安排，
佟晓却被解脱出来。
振魁与小桃随军北征，
与莉坤珠佟小儿两分离。
小桃嘱告他俩说："我走难记相会日，
若要找我们，只能去京师打听。"
莉坤珠和佟小儿留住行辕大营，
日夜在感激小桃的相助和品德。
莉坤珠说："佟小儿，咱们不能贪生偷闲，
你不知，小桃也是苦命人，
她从小被瓜尔佳将军抱回辽东盛京。
长大了才知晓，
自己也是汉家女。
明亡父母殉节，
听说她们从小就是双胞胎，
还有一个姐妹，
流落在满洲叶赫纳喇氏家族。
那也是名门贵胄，一品将军，
可能瓜尔佳将军与那家互订血约，
不将此事告诉这对被抱养的双胞胎，
即使日后她们长大对抱养者心生仇隙也不讲。
谁想到鬼使神差，
瓜尔佳将军甚是疼爱小桃，
视若亲生女，传授武功，爱如掌上明珠。
在父女相依感情日益深厚时，
瓜尔佳将军在酒醉中不慎吐出真言，
讲起曾随太宗皇帝西征大明，

巧遇大明忠臣，
自己先命贤妻自尽，
然后自己殉节，
留下襁褓中的双胞胎，带回盛京。
小桃聪明，又懂事，
便刻骨铭心，
追问瓜尔佳将军。
瓜尔佳将军死不认账，
小桃从此一怒走出瓜尔佳府第。
然而，小桃心中又有瓜尔佳将军之长子，
身在摄政王身边的二等侍卫关振魁。
振魁也视小桃为难得之女杰，
两相情笃，心照不宣，
此情纠葛，不弃不离，
才出现如今这个情况。
佟小儿，我很同情小桃的处境，
我知道小桃心中也很痛苦，
她的眼泪和酸楚决不比我少，
我们都是苦命人啊。
小桃这么仗义地帮我帮你，
心胸多么大度、乐观，
真是个小菩萨啊。
佟小儿，咱们也要将心比心，
小桃牵挂咱们，
咱们也要惦记小桃。
人家处处惦记咱们，
咱们也要事事想着小桃。”
莉坤珠这番话，可深深地感染了佟小儿。
他不知道小桃的底细，
最早知道贾月的身世，
就下决心帮助贾月，
心更亲近贾月了。
如今知道了小桃的身世，

佟小儿更是百倍同情小桃。
小桃的苦难也是自己的苦难，
小桃的心事我佟小儿就是下油锅上火海也必须帮。
可是，怎么帮呢？便问莉坤珠。
莉坤珠说：“要知道她的同胞姊妹在哪早就找到啦！
瓜尔佳将军守口如瓶，再不言及此事。
小桃出来到处走动，
其实就是为访查自己身世，
寻找自己同胞姊妹才到这来的。”
佟小儿想啊想，就是不知怎么办好。
莉坤珠又说：“佟小儿，冷静想想，
天无绝人之路，
总会找到办法的！”
佟小儿转来转去，突然大叫一声，
把莉坤珠吓了一跳，说道：
“有了，我有法子啦！
双胞胎长得都一模一样，
一准跟小桃一样。
咱们就上天入地，
再抠出一个小桃来！”
佟小儿边说边揉自己的后脑勺，
又自言自语地说：“可是上哪去抠呢？
她在哪儿呢？”
佟小儿可费思忖了，
莉坤珠说：“走，
我跟你去一个地场、一个地场地打听，
反正知道小桃这个姊妹
也落到大清国一个将军之家。
如今大清国的将军都由
盛京迁到了燕京城皇上身边，
咱们还是到皇上身边慢慢寻，慢慢找吧。
小桃事多，让瓜尔佳大将军给缠住了。
咱俩去查找此事，

帮小桃妹妹解疙瘩，
给她一个惊喜，
也算对她帮助咱们的回报!”
佟小儿与莉坤珠俩人仔细琢磨，
越想越觉得能为小桃办点事，
从心里对得起她。
佟小儿马上定下来，想立即动身，
只让莉坤珠在行辕里休养等待。
这可气坏了莉坤珠，就说：
“佟小儿，你到哪我跟到哪，
我可不跟你分开。
咱们一块去找，
两双脚，两双眼睛，
两双耳朵多有用啊，
互相在一起，
互相都不牵挂。
何况这座大兵营森严肃穆，
我的心总是不安宁。
虽没见到瓜尔佳将军，
但这里离孟氏住地准不远，
我等于在狼嘴边睡觉，
朝天提心吊胆的，
我可不在这儿等你。”
莉坤珠这么一说，
佟小儿也觉醒了。
不能马虎大意，
可不能把莉坤珠单独撂这块儿，
自己真若走了，
也会时时刻刻惦记着，
必会返回来找她的。
俩人找来找去，浪费了时辰，
也不能一心无挂地去找小桃姊妹。
俩人想到一起去了，

立刻收拾衣物，
当日便悄悄离开驻地，
走出大营侧门，
守门营卫见过他们，也未追问。

他们打听清楚由怀柔南下昌平，奔燕京而来。他们走了整整一天的路，来到昌平，离京师近了，街面也繁华得很，临街有一排排卖小吃的，有卖牛肉、驴肉、猪肉、驼肉的，也有卖各式点心果品的，还有一段地方卖熟食的，香气扑鼻。昌平滷煮鸡，一个个挂在大木钩上，油亮油亮的，又胖又肥，油珠儿叭哒叭哒滴到下面的大木盒，香气打老远就传过来，让你舍不得迈步离开。这油珠儿叭哒叭哒之声，就好像磁石吸引你必须进到店铺的长条椅子上坐下，要一只鸡大腿狠狠地咬上几口，那滋味真是不比寻常。这时，还听到好听的吆喝声，也让你心醉："吃来呗，吃来呗，滷煮鸡的香味让你心醉。当年八仙从俺昌平过，每人都落下云头品鸡味。盛赞昌平风光丽，参谒王母即归程，久住昌平一辈辈。"卖滷煮鸡的店掌柜，哼着长腔高声唱，引来不少游客争买他的滷煮鸡。莉坤珠忙拉住佟晓的手，催他快走。佟晓已让店掌柜的高腔迷住了，莉坤珠一拉他，他才猛醒从人堆里挤出来。前边又到一个新门市铺子，老板娘又在吆喝唱："画哩，画哩，君子王公小落座，瞬间尊客留下哩，不妄昌平虚此行，半分换来常相忆。"佟晓和莉坤珠俩人，听唱寻音过去观瞧，原来是个临街画铺，一个老板娘，下边有几个男女画工，手拿纸笔，专当游客面即兴作画，素写容貌妆饰，半文钱一张素画。佟晓和莉坤珠仔细观看，画得每个游客都挺像，引来被画者赞不绝口，齐说："像，真像，神啦!"受到广泛地赞誉。这画铺生意真兴旺，不次于邻居那座滷煮鸡老店。莉坤珠走上前去，老板娘笑脸相迎，忙说："哟，这位格格，我们准保能把您的美貌留在纸上，您真美啊！美如天仙，好似月宫娘娘，画一张吧，留个念想。"莉坤珠对老板娘的奉承话，漫不经心，淡淡地说道："不是，我不是画自己，画别人成么?"老板娘很惊奇，说道："别人也成，我们谁都给画，让他过来吧，我们画。"站在莉坤珠身边的佟晓也恰似这个心情，莉坤珠这么一说，完全明白了，便抢着说："掌柜的师傅，我们要画的人她没有来，你能画么?"老板娘听了听这两个人说的话，哈哈笑了，说："两位客官，我可头一遭听到你们这样的话，多新鲜。我们见人画像，不管男女老少，也不管是瘸子瘫子聋子，人在就能画像，管保又快又像。如差分毫，我们分文不取。你们说人不来，那我们以什么为模、为凭作画啊？神仙来了也办不成。去，去，我们忙着呢！别在我们小小铺子瞎扰闹。我们铺子小，本钱薄，来，给你们几文钱快走吧！”老板娘从怀里掏出一个崇祯通宝给他们。当时大清国初建，明钱还在通用。佟晓见此情，忙施礼说：“大娘，您误会了，谢谢，我们不是讨饭钱的。”莉坤珠仔细想了想，便把老板娘拉到一边儿，仔仔细细地把自己找人的事向她说了，说得非常诚恳、急切、认真。老板娘是市面上的人，也很通情理，又加上莉坤珠会说话，嘴又甜，讨得老板娘很是同情，也很高兴，便说：“那把我的一个快手徒弟叫来，你们跟她细细学说，让她按你们描述的，给你们画吧！”老板娘马上叫来一个美丽的中年女子，管她叫“画娘”。画娘立即领会，点头说：“你们细点讲讲她的长相，特征，有没有一点模子让我参考。”佟晓直言不讳地说：“她长得很美，很标致，对，你就按她的模样画吧！”莉坤珠忙说：“按我的模样画可不行，她脸庞比我瘦，纯是瓜子脸，睫毛比我的还要长，反正你往最美的样儿画吧，你想到她该多美就多美！”佟晓仔细想了想，也频频点头，说道：“对，对，就给我们往最美丽的十四五岁格格的脸儿来画吧！”

莉坤珠好言鼓励说：

“画娘啊，帮忙，帮忙
多帮忙，急用要找人。
您多要银两我们也应承。”
这位画娘善良又温存，说道：
“好妹妹，好弟弟，
你们一定是丢了自己亲人。
普天下找不着，
我能帮你们一些忙，
也是积德好事情。
我一定好好画，
我不要一文钱。
老板娘是我干妈，她疼我，
遇这难，她也不会要半文。”
就这样，莉坤珠和佟晓，

顺顺利利没花一文钱
弄到了一张仿画小桃的秀容。
他们拿着，有时举着，
去燕京，一路走，一路问，
处处打听有没有见到画上这个人，
引起不少庄屯和集镇上人的注意。

单说，这日他们俩走到沙河镇，
又遇上连绵秋雨，
真是一场秋雨一场寒，
他们本来身无多余银两，
能省就省，能少吃一顿就饿一顿。
遇到好心人家又讨要一些饭菜和碎纹银。
那天，莉坤珠和佟晓在刘家窑地方，
帮助看窑火，干了五日，挣些银两。
在包家溏帮助看水，水中养白鲢，又挣了点银两。
就这样他们节省着边打听边往前走。
偏偏老天爷总是为难这一对男女，
佟晓先病了，身子发烧，
莉坤珠边照顾他边带路往前走，
等迈进清河县城天色已晚，
莉坤珠也觉得头发晕，
眼发花，实在走不动了，
就倒在清河县城门楼子下边。
佟晓本来身子虚弱，
也有病，加上又饿又冷，
不能搀起莉坤珠，
俩人双双躺倒在城门楼子下边。
此刻暴雨如注，
倾盆而泻，
莉坤珠和佟晓俩人全都泡在雨水之中，
昏迷过去。
全仗巡城的清河护城兵卒发现他们，

立即将他们抱进城门楼里。
说来，万事也真奇巧，
好心人总有天助，
苦命人总有出头之日。
这天正巧清河县同知巡城来到此地，
清河同知是新上升的县丞，
很热心黎民百姓之事。
这些日子暴雨连绵，
冲毁不少民宅，
总为此事心焦不宁，
便命县役们随同他在雨中巡查各个城门隘口，
是否有难民被困在雨中。
清河是燕京京师北上居庸关的交通要道，
中枢重地，过往行旅甚多，
可不能到我清河遭受灾难。
清河县同知确是爱民如子的清官，
他率领众衙役来到清河城楼时，
正巧遇上莉坤珠和佟晓因暴雨受寒，
再加上腹中少食，
昏厥于城楼下雨水之中。
众兵卒发现后救了上来，
抱进守城兵丁的屋舍中。
正在灌姜汤时，
清河同知到来闻知此举，
夸赞守城兵卒的义举。
清河同知走过来，
用灯笼仔细照看板炕上并排躺着的两个年轻男女，
都紧闭双眼，还未苏醒过来。
看他们身上穿着破烂的单薄衣衫，
从一个女孩子衣衫里还露出被雨水淋得裂开的纸张，
同知亲手慢慢地取出来，
破纸都润碎了难以辨认。
他把纸慢慢取出摊平，

室内正巧有炭火炉，
让兵卒在炭火炉上烤了烤，
纸慢慢干硬了，
纸上露出了一张人物画像。
纸干燥之后，
纸张硬朗起来，
画纸上一位绝美少女展现出来。
清河同知越看越觉惊奇，
瞪大眼睛上下仔细观瞧，
不由地大声喊了出来：
“唉呀，这不是桂赫[1]格格么！
尊贵的格格，你摊啥事啦？
天呐，怎么回事？”
清河同知这么一大声喊叫，
倒把昏睡的莉坤珠和佟晓两人给叫醒了，
他们觉得有人在喊，
慌忙坐起，
不知到了何处？
满屋的兵卒一个也不认识，
地上还站着一位穿着明县丞官服的官员呐。
暂用旧官服官帽的大人站在跟前，
正仔细看他们，他们甚觉吃惊。
这时，那位大人把手中拿着的画像放在桌上，
向莉坤珠走了过来，
见了莉坤珠像疯了似的仔细上下打量，
看了看，又伸出手把莉坤珠小脸捧住，
把她让雨水冲下来的长发理了理，
让眼眉、鼻子、脸、耳朵全部显露出来，仔细辨认。
这些动作，竟把莉坤珠和佟晓弄呆了。
只听这位大人大声地说：
“丫头，莎里甘居，你认识

① 桂赫：满语，即杏。

盛京穆克顿噶珊穆克奚里哈喇忠义侯府么？”
热泪涌流，接着还要问：
“我看沙里甘居你咋这么眼熟啊！
你认识我不？
我是穆府忠义伯福晋之弟张恩昌啊，
人称外号张大胆，记得不？
你是不是莉坤珠格格，
被瓜尔佳抢走的福晋宝贝？
安巴乌勒滚①啊和你相逢！”
这位大人大哭起来，
紧紧抱住莉坤珠不放。
莉坤珠像个木头人仿佛在梦中，
多少年来，始终把自己
当成逃难人，苦难挣扎的人，
从来没有想过也没有精神准备，
能够在陌生的燕京附近见到自己的任何一位亲人。
何况在她印象中爷爷故去，阿玛已逝，
亲额姆至今不知死活，
对于亲舅舅张恩昌更是印象不深。
虽然童年时有些印象，
但那时自己是个小格格，
纳卡出②来府与爸爸妈妈攀谈，
也从未与舅舅攀谈过。
所以，如今舅舅突然在清河城出现，
一腔的痛苦、一肚子苦水、
一切的忧伤全部发泄出来，
半天才张开大嘴紧紧抱住舅舅大嚎大哭起来，说：
“舅舅、舅舅我是莉坤珠，
我是苦命的穆克奚里哈喇的沙里甘居啊！
舅舅，这不是做梦吧？

---

① 安马乌勒滚：满语，即大喜的意思。

② 纳卡出：满语，舅舅。

是不是我已经死啦，
在阴间见到你们啦？”
张恩昌哭着说：
“莉坤珠啊，这可不是阴间，
这是清河县城！
我到处声明打听找你，
听说你逃出瓜尔佳府上，
可是总无法寻找。
舅舅我几次到庙里许愿拜佛，
真是祖上有德，
把你送到我的面前啦！”
张恩昌边说边在涕泣着，
真是喜泪交加。
莉坤珠偎倚在舅舅怀里，
哭着追问道：
“纳卡出，您老怎么到清河来啦？
我额姆可好啊？”
张恩昌叹了气说道：
“孩儿呀，说来话长。
还是咱们家祖上有德，
有你爷爷忠义侯的几代虎威，
舅舅我自打你阿玛被谪贬抄家，
你母流落寒舍荒村，
而你又被讨债远嫁，
舅舅始终自认你家遭弥天冤案。
你阿玛历来傲慢得罪多方，
为官虽不精明，亦尚小心翼翼，
酿错未辱忠义侯皇封声誉。
呜呼，天降大祸，贪赃受贿入牢，
含冤而死，我至今不服。
几次闯盛京大堂明冤，
几次挨乱棍逐出。
我又泣找到你大姑求她襄助，

你大姑哀求自家畏根安禄写状援救。
终碍瓜尔佳府第显赫，
屡得摄政王袒护。
慨叹你双亲早年忒愚钝，
诚信甜言后悔迟。
孟氏手掐契约乐逍遥，
摄政王圣谕成盖棺辞：
‘两家有指腹为婚契约纸，
合法清律，休可妄行废止，
岂有王法耶！’
身为户部侍郎安禄也不敢再行辩解。
但是，舅舅我虽人微低贱，不服判语，
仍然四处鸣锣喊冤，
终日以酒慰命，
酒醉更无所忌惮，
官衙将府，城宰乡邑，见官不分大小，
我张恩昌手举诉冤状牌，
沿街叫喊，被多少巡逻虐打，
被多少门官笑骂，成了瘟贼，
人人见了不敢与我搭言。
人贵毅力和忠诚，
坚信上天必有公正之神。
黑者无法诬谓白，
白者无法诬谓黑。
是非总会辨明，
曲直终可析清，
还人以清白，
我抱定此理终不悔。
说来人世间有诸多人生难卜之事，令人惊异。
莉坤珠，舅舅我为申辩正理，
到过京师燕京，
后来扛着鸣冤牌在德胜门城门口
遇到一个四马黄幔玲珑轿车，

有前后的扈从十数人，
未有伞盖，未有迴避执事，
细打听，听护从小校说，
是一个亲王府的车轿，
轿中坐着一位贵胄公子，
年方十几岁，眉清目秀，
头戴蓝顶瓜皮小帽，
身穿杏黄色飞蝶百只翩翩起舞的小坎肩，
一身蓝衣百叶缎绣长衫，
手拿小折扇，文雅俊秀。
听侍人告诉我是什么王爷家的小王子，即小王爷。
再细追问便不言明。
这小王爷也有好几个侍卫、武士随护，
见我这个穷酸打扮，
很觉好奇，便让车轿停下。
小王爷很灵巧，自己没用侍卫搀扶，
跳下车依轿问我："缘何申冤?"
我便将老侯爷的身世，
忠义伯之大冤与阖家遭遇讲了一遍，
又讲又申冤四年有余，
朝中无人敢受理此案。
因为都惧怕摄政王麾下瓜尔佳将军，
他曾因擒拿洪承畴官运亨通。
小王爷虽年在冲龄，
对此事颇为上心，
对我甚为同情。
小王爷从腰间解下一个蝴蝶荷包，
送给我说：'听你之言，
着实令我气愤。
你拿这个蝴蝶荷包去
昌平顺天府府尹那里呈上荷包，
与府尹和府尹引见之人，
详细述说你的冤情，

是真是假皆由他来裁定。
你若诬陷好人，
你必入死牢。
你有理有据申蒙积冤，
必重睹天日，
恢复你家官位爵职。’
小王爷说完，坐上小轿向昌平而去。
乍开始我拿着小蝴蝶荷包还不以为然，
人家顺天府正堂历来收上峰的文案，
这小小蝴蝶荷包咋能震慑三品天朝官宦呢？
当时，我小看了这个小小蝴蝶荷包了，
哪知非同一般，惊动了
顺天府府尹和下属的同知，
把我恭恭敬敬接入内堂，
把蝴蝶荷包供于正堂上，
府尹、府丞、同知、
参政、判官、师爷、照磨上下人等
向蝴蝶荷包行三跪九叩大礼。
这我才知晓，
原来在市街遇到四马黄幔玲珑轿车，
乃是顺治皇上微服出巡。
上天保佑舅舅我，
将冤状直接呈给了当朝皇上，
等于我告了天状，
顺天府便完全受理下来，
让我住进顺天府西路厅昌平州内府，
专有兵马护卫，防备有歹人行凶杀害。
我好吃好喝住在内府，
一连几日让我详细陈述所有积冤怨情，
并将舅舅我由治中、通判护送，
到户部面见尚书侍郎安禄大人。
安禄正是你大姑丫丫的畏根，
在早因瓜尔佳势大不敢过问。

有了小蝴蝶荷包，
就有了皇上的圣谕，
便受理承办此案。
安禄大人为了详察瓜尔佳将军府中案情，
曾亲去瓜尔佳府中查询，
现在还在查询之中。
因有小小蝴蝶荷包，
当年圣上顺治小皇帝蒙皇太后恩准，
与皇父摄政王多尔衮议定，
查案之期命忠义伯妻弟
张恩昌复任县丞以慰流徙之苦。
故此，舅舅我便履职于顺天府下的
清河县任县丞，七品朝官。
莉坤珠呵，你尚不知悲情事，
汝母已于今春积冤含恨丧荒郊。
孩儿啊，打起精神申仇冤，
今朝你莉坤珠出现了，
对积案的裁定大有助益，
冤案可以大白天下了！”
莉坤珠把小桃曾发现孟氏窃走
自己额姆诰命夫人御赐宝册之事告诉舅舅。
张恩昌听后更是喜出望外，
问道：“小桃是谁？”
莉坤珠拿起那张画像说：
“舅舅啊，这个画像就是小桃。
说来天下事无奇不有，
还有一个小桃，她们是双胞胎。
我们就为小桃到处寻找她的双胞胎姊妹，
那也是一位美丽的少女。
我们这次路过清河县
就是为了寻找小桃的姊妹。
沿路受暴雨淋，又饥饿，
我俩双双病倒在清河城楼下。

谁想到，就是这场灾难的暴雨，
让我见到了亲人，自己的舅舅！
舅舅，我给您介绍我的好友，佟晓哥哥。”
佟晓这时一直都在激动地看着莉坤珠，
受尽千难万苦终于见到了自己的亲人舅舅，
为莉坤珠高兴，也是热泪盈眶，
为他们的幸遇而祝福。
所以，他不想插话打扰他们，
让莉坤珠与舅舅尽情地倾吐悲离之情。
莉坤珠这时把他介绍给县丞张恩昌大人，
他立刻走向前给张大人跪地说：
“小人佟晓，打心眼祝贺莉坤珠妹妹与舅舅相逢。
舅舅，我佟晓给您老人家叩头啦！”
张恩昌这时才注意观看佟晓，
心里当然明白这是莉坤珠的心上人，
便说道：“佟晓，
我很感激你这几年你对我外甥女的照顾，
你们俩多么般配啊！
我也为莉坤珠庆幸，祝福你们！”
莉坤珠深情地向舅舅介绍
佟晓对自己无微不至地救助。
又一再夸赞佟晓的百步流星神法，
在八旗军中一举夺魁，
已经是一名八旗正白旗健锐营中神弩手。
张恩昌听了更是喜悦，
一再祝贺他前程无量。
说道：“莉坤珠，佟晓啊，
我乍巡视到城楼，
见到你们满身雨水，昏迷不醒时，
我见到这张画像。
画像上这个年轻少女，
我一见就眼熟，
此人我认识，见到过。”

佟晓和莉坤珠忙说：“她是谁？
她在哪呢？快告诉我们，
我们要见到她。”
张恩昌说：“你们画得挺准，
她真是当今世上的第一美女。”
张恩昌便把那天有幸与这位
世上美女相遇之事细说给他们听。
说来，还是在去年九九重阳登高之日。
昌平府治中朱靖受同知之命，
将所有复核案卷一并呈送户部侍郎安禄，
由他审过再转呈刑部裁决。
朱靖知安禄喜于九月九日吃荷叶饼、饮莲籽酒。
同知命他备办好一同晋见安禄大人。
安禄大人有话，一定将申案人一同带去，
他一定要再细听申案人的祈愿，
然后再禀奏太后和皇上。
那忠义侯可不是寻常之人，
当年太宗迎娶庄妃，即皇太后，
都是忠义侯受太祖之命去科尔沁部迎娶的。
忠义侯与太宗、皇太后情谊甚笃。
忠义侯逝世后，其子忠义伯
所受到的一切坎坷皇太后丝毫不知。
皇太后闻知后甚为痛悼叹息，
懿旨兵部尚书洪承畴等必要详察此事：
忠义之门岂可遭此薄待，
忠义侯安可九泉之下闭目哉！
皇太后倍为注目，
皇上便更加尊重母后圣谕，
小小皇帝虽未临政亦甚为关注此案，
闹得皇父摄政王不敢怠慢和掩饰，
对身边宠臣瓜尔佳将军，
只推言“剿平残匪于冀北一带，
流贼隐于雾灵山实难搜捕，

故进兵迟缓，
不可招回京师询及此事”，
一直延误至今。
安禄深得皇太后、皇上的谕旨：
“冤案理清，早日呈朕。”
故此，安禄等不敢懈怠，催要甚急。
昌平州同知、治中、通判都怕审核有半点疏漏，
必受安禄侍郎的怒斥，
很怕出错，忐忐忑忑，
趁登高之日便备此食品以求安禄少斥责几句。
安禄办事特别认真，详阅申述折，
事事必有据证，亲听申冤人陈述，
一宗宗确凿后又必核当事者画押方止。
每件事情都不准含糊，
连我都几次遭安禄大人申斥：
“凭尔口诉岂可皆信，
必提两证以上之实情入案，
铁证凿凿，一劳永逸。”
连我张恩昌也丝毫不敢疏忽，
所以，跟随治中朱大人
真是怀抱小兔子心直跳。
反正我申冤之心已坚，
遇到铁面包公我也不惧。
忠义侯忠义伯之魂魄在护佑我，
给我勇气和果敢，
使顺天府上下官宦以及户部安禄大人等，
都诚信我张恩昌绝非惹事生非之人，
对我甚为同情、怜悯和信任。
我与朱靖大人同到安府，
不巧安禄大人已去朝内办事，尚未回府，
夫人已去济世堂忙碌救济诸事，亦不在府中，
管家让我们在客房饮茶等待大人。
安府我已经很熟了，多次来过，

安夫人与你母诰命夫人是姑嫂情谊。
我与夫人亦是很亲的亲戚关系，
到安府如同回自家舍中，
不像朱靖大人那么恭敬严谨，危坐不动。
这时，突然从内室一个房中
传出悠扬的古筝琴声，
那么诱耳轻盈。
古筝之音格外好听，
竟使我再也在室内坐不住了。
这是谁家之人弹得这么优美悦耳，
古筝吸引着我从室中漫步走出来。
朱靖大人仍然在屋内坐着，
我却走出门寻找这古筝弹奏的方位，
想当面看一看这位操古筝的高手。
古筝古称秦声，历史悠久，
古筝最早十二弦，
后来发展为十三弦，
因弦多互相交糅，
音域宽阔宏伟，缠绵跌宕，
最能表现人繁复多变的心绪。
古筝最迷人，最震撼心魄，
擅弹古筝者，
多为学识渊博、思维深邃高尚之人，
故俗有雅人爱筝之誉。
张恩昌为筝音迷醉，径直走去，
他最初以为这院子里就剩
他和朱靖及这弹古筝之人呢。
哪知府中有很多人，
都在弹筝这个辉煌的居室附近。
张恩昌刚低头匆匆走去，
不知四周涌现不少家院，都穿着宫服，
都是带刀侍卫及身着洁白青秀宫妆的众侍女，
走过来两个男侍卫，手一挡便说：

“哪里人氏，敢打扰格格弹琴，
止步，不得再向前迈步！”把张恩昌给挡住。
男侍卫非常严肃，
不客气，话语不多，
样子很是仗义的。
张恩昌便说：“我叫张恩昌，
与安大人是同乡，
故闻筝声而来。”
那两个侍卫根本不理他，
众侍女都守立在原地，
不准有闲杂之人再迈步吵扰。
正在万分尴尬之际，
突然家人传报：“安夫人回府”。
众侍卫和侍女都忙碌起来迎接安夫人。
张恩昌这时才注意到原静坐室中的朱靖治中大人，
也因侍卫挡自己可能声音大一些，
把他也惊动出来。
朱靖本意出来拉张恩昌快快进屋等府中主人，
不可随意乱闯，惹出事来。
安夫人可能因府中侍女禀告，行走匆匆，
这时已到朱靖和张恩昌跟前。
朱靖忙迎过去，施礼说：
“安夫人好，奉同知大人命，
协同张恩昌进府，送来案档，
申冤人张恩昌奉命一同带来，
备大人当面询问，
不想来早了时辰。”
安夫人笑着说：“不必见外，
恩昌我们早就熟悉，一家亲戚。
朱大人请进屋内喝茶。”
这时，张恩昌走过来，说：
“我听到古筝之音，甚为惊奇，
弹得如此美妙动人，

我还是头一次听到，
便不由自主地过来想亲眼见见这位弹筝之人。”
安大人说：“请进屋里，都是自己人，
没那么多戒备讲究，
我命侍女传呼一声，
让她过来见见你们是了。”
安夫人将朱靖、张恩昌让进屋坐好，
便让身边随身女婢去传请
“桂赫格格过来见见叔叔们”。
不大工夫，在四五个侍女的护拥之下，
进来一位风度翩翩、年轻美貌的小格格，
穿着粉红色金丝纱、银丝纱衣的美女，
笑着进来，说：“额娘，
您唤桂赫做什么呀？
俺正在练弹新学的曲调《虎啸龙吟曲》，
弹得正入神呐。”
安夫人说：“桂赫，见一见两位叔叔，
一位是顺天府昌平州同知大人属下的朱大人，
一位是额姆我的远房弟弟恩昌叔叔，
正在为额姆我娘家之事替我申冤呐。
过去见个礼，谢过朱大人和叔叔。”
安夫人这么一说，桂赫格格大大方方，
毫不忸怩地走上前行个蹲礼说：“大人叔叔好！”
然后站起，后退说：
“额娘，桂赫还要回屋里练筝去了。”
说完，就跟众侍女笑着走了。
我就是这么见到的安禄大人家的桂赫格格，
长得很是俊美，又能弹一手古筝，
飘逸若仙，令我难忘。
你们的画像，就很像她！
后来，安夫人告之，
我方知晓，
这桂赫杏格格可真有福气，

去年，被内务府宫中内大臣选中，
已做待颁宝册的秀女，
择吉入宫，因皇上尚在冲龄。
桂赫不知底细，
只是在弹演古筝中相会。
桂赫弹奏的古筝已深得
范文程、冯铨、宁完我、
陈名复等大学士赞赏，
顺治皇上甚是喜悦。
范文程大学士命宫中派来侍卫侍女，
培训桂赫通晓宫中礼仪，
所以安府中有众多宫中人陪侍桂赫，
安禄夫妇甚为感恩。
从此结下了皇亲，光耀满门，
令众臣仰慕，刮目相看，
安禄大人家飞黄腾达。
安禄大人执掌户部侍郎要职，
实际上是第二个户部尚书。
清初户部责任重大，
兼顾许多民间公案诸事，
当时大清律尚未完善，
吏部户部官员事最多，
主要是查案定案，
后来大理寺、都察院、刑部才逐渐加入，
查案职责更加分工明确。
清初职序比较混乱，
多由皇父摄政王钦定，
这瓜尔佳将军就是皇父摄政王
重要辅弼勋将，深得其器重。
安禄等亦属皇父摄政王属下爱将，
若纠查瓜尔佳将军之事
也必得皇父摄政王的谕许。
安夫人热情款待朱靖大人。

不久，安禄大人从朝中回来，
在自已书房接待治中朱靖。
朱靖呈上案卷，禀告大人：
“一应案卷均已核定完毕。
瓜尔佳将军与夫人孟氏欺瞒真相，
其子痴疾不为姻亲所悉，更落井下石，
忠义伯郁闷病故，强迫亲家送女出嫁，
演出洞房无夫的怪戏。
后来真相败露，
孟氏施阴谋肆疟儿媳，
全赖儿媳为好人相救，
逃出虎口，积冤数载不决，
孟氏逍遥自愉。
尔今一应人证、物证、旁证俱在，
缉拿孟氏伏法，不可再拖，
恐民心不服，有损天朝声威。
另，申冤人张恩昌已带大人府，
张恩昌另有新证新案呈告大人，请大人示下。”
正说着时，张恩昌大声呼喊：
“冤枉啊，大人，公理何在？
快快擒拿孟氏，
惩处察办瓜尔佳将军，
岂可仍高坐鞍马，号令三军耶？”
张恩昌，安禄早就熟悉，
张恩昌的放纵张狂，
安禄也早已知晓，又都是老乡，
还是夫人的亲戚。
张恩昌像疯子似的闹起来，
他也甚是害怕，
一时半晌安抚不了，
又不好当面申斥他。
安禄便马上说道：“恩昌，
冷静、冷静，本侍郎也心急如焚。

凡事哪那么顺利，
皆按自己想象而成？
本侍郎刚从皇父摄政王处得悉捷报，
雾灵山贼窟之顽匪已一一灭尽，
洞穴焚毁，无一处存留。
擒获崇祯朱由检殿前大法师
以下逃贼一百四十七人。
至今燕京以东完全平定无虞，
只有山西大同姜瓖总兵领地尚需用兵巡狩。
雾灵奏凯，京畿安枕，
皇太后、皇上大悦，
此皇父摄政王之功也，
瓜尔佳将军不日班师回朝，陛见受封。
此次东讨，二等侍卫瓜尔佳振魁亦首功一位，
与他荣膺者竟有一名年少的女将，
在满洲八旗中获巴图鲁称号，实属罕有。
此女奴婢小桃，剑术轻功盖世，
雾灵山均为山峰洞窟，
清军实难纵马驰骋，
唯靠单人越岭翻山，沿穴寻贼，
俗称“抠洞抓蝼蚁”，必有轻功剑术，
如入无人之境，狡寇莫逃，一一毙命。
小桃此役独擒顽匪一百一十一名。
瓜尔佳将军特向皇父摄政王呈表为其讨功。
皇父摄政王谕旨，封小桃曰：
“嘉惠女杰，
赐享英巴图鲁称号。”
瓜尔佳将军、振魁、小桃不日即返京城，
皇太后、皇上届时皆要御见颁赏。
安禄亦无能为力，
积案只待馀日再奏。”
安禄向张恩昌暗告了实情，
不过，张恩昌有幸这次喜遇莉坤珠和佟晓，

对他来说是莫大的鼓舞，
马上眼前一亮，
全身增添了无穷的力量。
张恩昌便把莉坤珠、佟晓留在清河县衙之内，
三人日日商量办法。
俗话说：三个臭皮匠，顶个诸葛亮。
佟晓也信心百倍，
大家商定，咱们速赶到京师，
见到小桃，也大闹安大人府，
一给小桃找失散多年的同胞姊妹；
二给莉坤珠申冤索回契约，赢来自由自主；
三澄清冤案，重振忠义侯家声。

各位阿哥，前途艰险，困难重重。瓜尔佳将军不甘失败，力庇夫人孟氏，死不交出立据契约。安禄夫妇坚称爱女桂赫绝非外得之女，誓与小桃绝非一家人。互相风马牛不相及，各唱各的调，大相径庭，格格不入。看这场官司作何结局？到头来，贵人出世，太阳出山，冰消雪融，春回大地，冤有头债有主，有情人终成眷属，一片锣鼓喧天，且看大团圆。

大团圆

（安巴多洛冬莫依尚吉哈）

［高高调］朱申[1]生来嗓门高，唱起高高响春潮。
惊睡东岑雪融化，撼动西海旋浪涛。
惹得南川百花绽，传遍北疆乌春[2]谣。
高调生自男和女，高调发自老和少。
调音自古心中生，调音皆赖胆气豪。
淳情能使云化雨，淳情可催百难消。

［抬花轿］抬，抬，抬花轿，
琉璃璃穗儿的盖头啊，红绒绒穗儿的帘儿。
锣鼓敲呀唢呐叫，抬轿的阿古们啊人人笑。
前拥后随的哈哈济们，足足有百十号。
你甩鞭，他放炮，争着抢着迎喜轿儿。
轿里的新娘，你呀别羞臊，
拜了堂，成了亲，你就是俺家的珊延阿沙，[3]
满人家里又多了一位生财宝儿。

顺治五年戊子旧历霜降刚过，天气霎时变得冷森森，枯叶败落，不少京师的人儿换上了夹袍子，蹬上了矮腰长靴。今个儿京城最热闹，从德胜门到街市里，不少黎民百姓闻知雾灵山的满洲正白旗八旗劲旅凯旋回师，或有可能皇父摄政王的御驾马队到德胜门亲自迎接，有幸能一睹王爷们的御驾威容。更让人们兴奋的是，在胜利之师中有一位女杰巴图鲁，那可是年龄未过二十的阿吉格赫赫[4]啊！她如今名声如雷贯耳，身挂十字披红，跨马沿街而过，人们争相瞻望她的仪容。听啊，男女老少处处传讲，都说她是大清国又一美女。听说，她还有一个双胞胎的姊

---

① 朱申：女真语，满族先世，即满洲。
② 乌春：满语，歌。
③ 珊延阿沙：满语，好嫂子。
④ 阿吉格赫赫：满语，少女。

妹，那可是刚刚新被选入宫中，是当今顺治小皇上的嫔妃呐！真是荣耀姊妹，天上的两个明月啊！真是街谈巷议，一传十，十传百，这北京城可就热闹啦，来看女杰，来迎女英雄的人群，真是熙熙攘攘，络绎不绝，把不少重要街筒子都堵满了！朱伯西我要向众位表述一番，在这笑迎凯旋人群里有几位生疏面孔，有清河县赶来的县丞张恩昌和莉坤珠、佟晓，欣喜三人为找小桃遇上了如此盛况。人群中还有更尊贵的人，那就是安大人府中安夫人，她架不住宝贝格格桂赫的耍娇缠磨，在桂赫格格的一再吵闹之下，安夫人哪敢拗着宝贝女儿，那是未来的皇家贵人，做妈妈的也是小民、臣子啊！便应合格格的心，也出来了。不过坐着专门的推车子，由两个侍卫和家人各推一辆双轮车，安夫人坐一个车，桂赫格格坐一个车，男佣女婢护拥着，来到临街路口，几个府中侍卫在前边开路。众围观的人一见这小轮车和一大帮护卫，就知道不是一般人家，都赶紧后退让路。安夫人和桂赫格格母女俩并车而坐，观看胜利之师经过。

这时，安夫人就听到四周围观的男男女女，
传讲着女杰巴图鲁的奇闻。
桂赫格格年轻，耳朵尖啊，
就仿佛听到什么“双胞胎两姊妹”，
“一个成了擒拿贼寇的巴图鲁，一个被入选宫中”。
桂赫还要细打听，安夫人吓坏了，忙说：
“管家，侍卫，是非之地，快推车走！”
桂赫格格不知发生了什么事，一再让停车。
可是，安夫人不听女儿的话，一再喊快推车。
于是，众家将把车推回安府。
命人搀桂赫格格回闺房，
桂赫格格大喊大叫，
说什么也不进自己的闺房。
还是安夫人编造瞧见了不轨歹人，
方才平息了这场危机大难。
安夫人告诉娇女说：
“我的桂赫格格呀，你没听出来么？
那些传脏话的人都是歹人，

造谣生事，皇上不是说过么，
君子听正声，你是要进宫的人，
心最干净，可听不得流言蜚语。
听那些混账的胡话，
那不是咱们女人、闺女听的，
远点离开他们好。
再说，你进宫以后，
随皇上去健锐营，
能看到多少精兵马队，
强将如云，看射箭，看马术，
看摔跤，那多过瘾啊！
好闺女，咱们不跟这伙庶人胡混。”
安夫人的话果然起了效果，
桂赫格格气消了，
可能累了，不一会儿就睡着了。

咱们再回到迎接的人群之中，
莉坤珠和佟晓两眼一直紧盯着前方，
凯旋之师是否到来？
佟晓和张恩昌始终保护着莉坤珠，嘱咐她：
“往人群里站，要谨慎，
瓜尔佳将军在马上走过来，小心别让他看见。”
莉坤珠心中有数，
自己也很注意，
尽量不露出自己的全部脸庞。
张恩昌挺有办法，他说：
“佟晓，你往前去吧，
马队一过来，你就能看到他们。
只要见到小桃，你喊她。
她听到后，必然下马来见你。
你把她领过来找我们。”
佟晓答应了，
自己钻进人群，

挤到前边，去迎接走过来的马队，去找小桃。
再说小桃，
果然如人们猜想的，
她上身十字披红，
与瓜尔佳将军、二等侍卫振魁
在马上并辔而行，
走在全队最前边。
身后全是马队，
后边有押解擒贼的囚笼。
囚车和战利品足足有二里地长，
浩浩荡荡。
朝中迎接凯旋之师的
是苏拜、吴拜、何洛会、博尔惠等众位将军，
皇父摄政王因处理朝中要事，未有前来。
瓜尔佳将军忙于应答前来迎接的众位首领。
就在此时，佟晓从人群中挤出来，
躲过一队队众将领的马队，
来到小桃骏马之前，大声招手呼喊：
“小桃，你好啊，我们接你来啦！”
小桃正与振魁说话，
听到耳熟的声音，高兴极了！
马上勒住战马，向振魁说：
“振魁，我得去看莉坤珠他们。
他们也到京城来了，
老将军那边一应之事，
就由你应付吧！
不可露出真相，记住！”
没等振魁答话，
小桃的快马已到了佟晓的跟前，
跳下马，一手牵马，一手拉住佟晓，
走出层层的人群。
由佟晓引路，很快找到了莉坤珠和张恩昌。
莉坤珠紧紧搂抱住小桃说：

“妹妹啊，你真是好样的！
给我们增光啦！
我给介绍，这是我舅舅。”
小桃忙向张恩昌施礼说：
“我认识，当年常到瓜尔佳府上去，
我当时虽小，但没有忘记，
跟你阿玛忠义伯老爷关系最为密切！”
张恩昌说：
“此处人太多，不是谈话之处，
走，骑马回我们清河县，
我要用鹿宴款待咱们的女杰巴图鲁，
又吃一次穆克奚里家族的团圆饭。”
莉坤珠、小桃、佟晓齐声说好。
佟晓随张恩昌骑一匹马，
莉坤珠随小桃骑一匹马。
他们很快来到德胜门，
加鞭打马，飞快回到清河县城。
在丰盛的清河鹿宴上，
小桃知道了自己一母双胎而到人世的另一位姊妹，
现在生活得很好，
又聪明美貌，
擅弹古筝已被选入宫中，
即将成为顺治皇帝的嫔妃。
小桃听了很激动，眼含热泪，说道：
“我为寻找我的同胞姊妹，
半路遇振魁，应振魁之邀同破流寇柳一刀和醉闫罗张雷，
又为了面见瓜尔佳将军，
一了解自己身世，
二为莉坤珠姐姐讨回联姻契约，
才去雾灵山参与剿除残匪，
以自己的战功感动瓜尔佳将军，
能够答应我的两条祈愿。
最终我擒拿百余名匪寇，

得到皇上御赐英雄巴图鲁的封号。
可是瓜尔佳将军违背约订之事，
直到班师回朝，
已进京师，
瓜尔佳将军在马上仍然对我守口如瓶，
不吐半字，我十分恼怒，
正在发火。
振魁劝我冷静，
他阿玛正蒙皇父摄政王庇护，
此次剿残匪马到成功，
皇太后、皇上召见赐赏，
一时半时你搬不倒他，
连你也要被刮连。
来日方长，留得青山在，
不怕没柴烧，好事多磨，
英雄胸怀比海宽。
振魁正在安慰我，
我正在左右徘徊时，
才听到佟晓大声地喊我。
太好啦，谢谢你们，
我终于找到了我的一奶同胞姊妹！”
佟晓说：
“小桃，我们见到你，
心里特别欢喜，
也真替你高兴，
你此番在雾灵山大显身手，
喜讯传入宫中，
皇太后、皇上亲自赐封号，
都知道你啦。
你那位姊妹将来是皇上的嫔妃，
你们是如今天下最荣耀的人。
你们姊妹见面，团圆，那是早晚的事，
必然会喜事临门。

现在最令人头痛的是，
莉坤珠还没人疼，没人管，
找不到靠山，冤案石沉大海。
光由舅舅忙碌也使不上劲，
这可如何是好？
小桃，现在看来，
你可真是莉坤珠的贵人，
莉坤珠的事还得靠你打开局面，
你帮人就帮到底吧！
我们还得靠你！
你真行，能剿灭猖狂的贼寇，
你也能治服瓜尔佳将军，
你一准能想出计谋来的！”
佟晓这么一说，
反倒打开沉默寡言的张恩昌的思路，
对啊，小桃是我们的贵人，
她一出现，我们的冤案就柳暗花明了！
小桃，莉坤珠告诉我你对她曾说过一桩事，
非常关键，
那就是孟氏的狐狸尾巴，
重要，抓住这个大尾巴，
还得从孟氏恶行上找出事端，
顺藤摸瓜，慢慢就摸到瓜尔佳将军那块儿。
把一宗宗事情全摆开，
瓜尔佳将军就算有再大的功劳，
也遮不住一个‘理’字，
再拿到太后、皇上面前，
他们就成了被烤化的冰山，
完事大吉，
只得跪地向皇上磕头认罪。
我们家的陈年冤案就能昭雪，
莉坤珠就从被压的大山之下，
像孙悟空一样翻了身，

和佟晓明媒正娶。
舅舅给你们办婚礼，
新郎新娘第一拜就拜小桃你这个大贵人！”
张恩昌这么一说，
把小桃说高兴了，
说道：“你是莉坤珠舅舅，我也叫你舅舅吧！
舅舅，你放心，我小桃不先认我姊妹，
我依然照旧，还一心一意帮助舅舅打官司，
告御状，为莉坤珠姐姐申冤，
为忠义侯这个世家申冤！”
小桃是个机灵格格，
道眼多，还从来不寂寞，
总能找事做。
她不顾朝廷对她的封号和人们对她的注意力，
一心朴实地帮助莉坤珠申冤打官司。
小桃初到瓜尔佳将军府，
就是一个被捡来的野丫头，
从她懂事起，
机灵劲儿就讨得瓜尔佳将军的喜爱，
肯于传授她武艺，
对她甚至比亲生女还疼爱。
在瓜尔佳将军精心教授下，
她掌握了盖世武功，
才有今日荣膺巴图鲁的封号。
真是吉星高照，
一身福气！
小桃说：
“舅舅，你们听我的，
从今日起，我就跟你们在一起，
专门为莉坤珠姐姐申冤！
对，明日，天一亮先去昌平州再见同知、治中诸大人，
我是证人，
告发孟氏盗走诰命册子之事。

我小桃亲眼目睹，
亲耳听孟氏说的，真真切切，
孟氏也赖不掉的！
然后，催促昌平州诸大人去拜见安禄，
我正要找他，我还要与我的姊妹相逢团聚呢！”
次日，就按小桃计划，
张恩昌、佟晓、莉坤珠在巴图鲁小桃的率领下，
骑马去昌平州。
昌平州是顺天府两路厅的管辖衙门。
莉坤珠案卷皆在此衙门受理立档。
张恩昌已经非常熟悉此地，
所有通判、治中没有不认识他的，
都惧怕他。
张恩昌最挑礼，人人不敢慢怠。
这天，朱靖治中大人接待众位，
特别是巴图鲁小桃的名声赫赫，
对她都毕恭毕敬，不敢疏忽，
将小桃的实证专门立案。
师案依口述一一对证、核实、记录，小桃十指全部画押，
这俗称“画全手十指押”，
表示要案证据直关案情和断案与上司批劾勘定。
小桃这一佐证，
令昌平州正堂的治中、通判都十分高兴。
此审核待呈户部的积案，
看来此案该到水落石出的境地了。
诸事一一办妥，
昌平州治中、通判等众人在小桃率领下，
骑马又返回燕京京师，
直奔安禄大人府，
面呈安大人。
安大人也为此案焦急，
他与瓜尔佳将军甚有过隙，
也曾去过瓜尔佳将军府上，

直接询问瓜尔佳夫妇，
他们一口咬定儿媳逃跑失踪，
命其查找，至今未有下落。
张恩昌几次申冤，
此案就是证据不足，
无法结案。
这次小桃出面，
朱靖治中又陪同一起来府，
呈上小桃的一大佐证，
安大人阅后十分喜悦，
如释重负，笑而答曰：
“然也，小桃之证有千钧之重，
瓜尔佳将军之甲胄难御之矣，
可喜可贺。”
小桃一听心中暗自高兴，
看安大人心情这般好，
提出会见他们的宝贝格格必会欣然高兴。
我们从小未见面的一奶同胞，
这回该相聚了！
小桃兴奋得直抹眼泪。
将案卷之事办完，
安大人说忙于公务，
要回朝里去了，
便首先送走昌平州朱靖治中，
便告诉他，本大人即日就呈报皇父摄政王，
凡事已安，不会有何留中等事了。
然后又面向小桃、张恩昌、莉坤珠、佟晓说：
“坤珠几经灾难，也终有乌云见日之期了。
你姑母身体尚好，就在系念你事，
因我承办此案，又与自己有关，故未有在府中接待你。
坤珠你要明白，你与你姑母相会之日也不远了。
恩昌好自为之，静候喜讯吧！”
说完，安禄大人就要走出房，

意思一切事已完毕，请客人即刻离开安府，
有点儿下逐客令的味道。
安禄大人走出书房，可急坏了小桃。
张恩昌、佟晓、莉坤珠也都着急了。
莉坤珠上前大胆地叫一声“姑父，我们还有要事呢?”
安禄回过身问道：
“还有什么事?
莉坤珠等把你的事办完后，
朝廷会拨款重新修你家的府第，
把你家祠堂建起来，你姑姑还要把你接到府里住些日子呢!”
莉坤珠说：
“姑父，你仔细看一看小桃，她像谁呀?”
莉坤珠特意把小桃拉到自己身边，
搂着小桃，让安禄姑父仔细辨认。
安禄看了看，然后说：
“小桃，我是久闻大名的。
莉坤珠啊，要好好向小桃学呀，
她也算你们家的人，
你应该知道她，
她虽是一个小女子，
多有志气，
向瓜尔佳将军苦学军事和武功，
甚至青出于蓝而胜于蓝，
雾灵山一人歼灭顽敌一百多人，
受到皇上英巴图鲁的称号，
她是大清国的女杰精英，好样的!”
莉坤珠大声地说：
“姑父，我问你的是小桃长得像谁?”
安禄大人惊奇了，
瞪眼看一看，
张恩昌、佟晓和小桃都在瞪眼看着他。
小桃满脸气得白一阵、红一阵，
憋着一肚子火，

右手掐着腰，
歪着脖子在瞪他。
这时，安禄好像领会了什么，
脸色也有些变白，说道：
“像谁？像谁，不就是像小桃自己么？
这是啥意思啊！
噢，我朝中有事，
还要面见太后、皇上，我得走啦！”
说着，猛转过身子，就想大步挣开众人，远远走去。
那张恩昌是个烈性子，
能饶么，这两年他为莉坤珠一家申冤，
就像个疯子，四处游说，四处吵闹，四处宣讲。
多少官员见他就想溜，被他堵在府第门口。
安禄等人都知道他很难对付。
这时，张恩昌大声说：
“安大人，我可把你和瓜尔佳将军看成是两路人，
我认为你还是被黎民百姓和旗人相信的父母官，
懂得我们的心。
这工夫，你咋也开始装糊涂了呐？
这让我真伤心！
我不说，你最清楚，
你也是当事人之一，你还不认识，
装糊涂，跟瓜尔佳将军一起遮遮掩掩，
这不是大明朝时候，这可是大清国顺治年间了。
皇上跟我们旗人可是一条心！”
这时，大家没有注意到，
原来安夫人早已经来到书房，
可能她惦记怕安禄被来的人给缠住。
她也亲自出马助阵，
帮助丈夫畏根来了，
突然破马张飞地大声喊着：
“我说张恩昌，我待你不薄呀，
怎么也跟你安禄阿浑闹起来，

八竿子打不着的乱事我们不知道，
也听不懂，不要指桑骂槐，
我们不认识何人，我们是旗人，
我家的人就姓叶赫纳喇氏，
满洲正白旗人氏，
其他一概不知道！
走，你们走吧，我还有事呢！”
安夫人这么一吵，
安禄趁机走出去了。
安夫人又说：
“小坤珠，姑姑先不接你来家，
把事办明白了，
咱们共同吃喜饭，
别乱掺乎其他乱事，
与咱们无关。
来人啊，二丫、三胖儿，还有看院的，给我送客！”
说完，返身进内室。
婢女二丫、三胖儿和看院的一个管家，
拿着一大串铁钥匙进来说：
“众位客人，请吧，我们打扫房子和院子啦，请——”
安禄和安夫人根本没有专门对小桃说什么话，
特别是安夫人连看都不看，
仿佛屋中没有小桃这个人一样。
气得小桃在屋里怪叫乱蹦起来，
真气坏了！安府纯碎是不认小桃，
也不认自己深闺中待入宫中的桂赫格格，
她不是小桃一奶同胞姊妹，
而认定是满洲叶赫纳喇氏的血缘后裔，
不容外人置疑。
这可是对小桃狠狠地打击，
心情无法容忍。
最后，小桃是痛哭着最先走出安府的。
一路上莉坤珠劝她，

不让她再哭了，
别生气，伤坏了身体，
咱们大伙想办法，
你一定能和自己的亲姊妹团聚的。
张恩昌说：
“小桃，你找自己的亲姊妹已经是光天化日的事儿了，
安禄夫妇想瞒天过海，
他们这是光顾头不顾屁股，
送给人狠狠打！
小桃，你现在冷静地想一想，
别气得光是哭，
你想想谁最能和皇太后、皇上搭上话，
咱们别找那些什么将军、什么大人的，
要一竿子插到底，告天状去，
让皇太后、皇上知道这件案子。
小桃，你怕什么，
你那个一奶同胞的姊妹桂赫不是要进入宫中做嫔妃了么，
你让皇上看看你的长相，
再看看桂赫，他就完全明白了！”
小桃也是这么想的，
她边哭边琢磨，
瓜尔佳将军、安禄户部侍郎，
你们休猖狂，别再趾高气扬，
我小桃有地方惩治你们，
我直闯金銮殿，告你们我不怕杀头，
不怕什么车裂、凌迟，我就认一个“理”字，
我找皇太后、找顺治皇上评理去！
小桃是上过战场，
杀过贼寇的武女，
是见过大世面的人，
眼泪全是气出来的。
她性格豪爽、刚强，
不怯懦，遇事有自己的主意。

小桃把眼泪一擦，说道：
“我小桃当瓜尔佳、安禄掉眼泪太便宜他们了！
你们不必为我担心，
他们气不死我，
你们不必担心，
我小桃自有办法，
你们等着瞧吧！”
一天，小桃去找振魁诉冤，
气得又哭起来。
振魁给她擦泪，
劝她不要生气，
咱们想办法，
把事情弄清楚，
让安禄夫妇认错不就得了么！
小桃说：“哪那么简单，他们矢口否认桂赫与别人无关，
是自己生的，与我说的人根本不着边儿，就是不认账。”
振魁说：
“他瞪眼不认账不行，
咱们拿出根据来呗。”
小桃说：
“怎么拿，你阿玛又当哑吧，
当我说过的话，又坐回去，
一口咬定自己没说，
是小桃我耳朵听邪啦，
唉，我怎么碰上这么一对人啊！
振魁，你最有办法，
也最有点子了，咱们怎么办好？”
振魁心里一直装着小桃，
小桃有委屈，他心能安么？
他会把小桃的事当自己的事来办。
说来，振魁还真能办此事，
小桃找他就找对了！
振魁是什么人，

朱伯西我在前书说过多次，
他是瓜尔佳将军的长子，
是瓜尔佳将军和孟氏俩生下来的长子，
次子就是痴呆傻子，
硬要莉坤珠为儿媳，
害苦了莉坤珠，
至今还在为这个冤案到处奔波。
振魁都深知这事儿，
只因为是自己父母之事，
不愿管这事儿。
振魁从小时就离开瓜尔佳将军和孟氏，
是自己独立生活成长起来的。
说来，振魁不到六岁就离开父母，
当时正是在盛京后金时代，
清太宗皇太极为了壮大自己的实力，
他很注重对自己儿女、女真诸著名将领的后代的培养，
从这些年幼的孩子中，
优中选优，百里挑一，
专门由八旗中著名师傅训教，
这就是从努尔哈赤时代一直沿续下来的选建和壮大侍卫制度。
侍卫分一等、二等、三等，三等便是新入选进来的侍卫。
侍卫既学汉满文化、礼仪，
又习练弓马武术、战法。
他们全在宫中生活，纪律严格。
初为侍卫营，后为健锐营，
宫内领侍卫内大臣的主责之一，
就是对侍卫管教、优选、提拔、使用。
侍卫是军王和皇上的卫士、御林军，
专门保护皇上的，其武功非凡。
侍卫的未来都是八旗军中的统领，
是领兵的主帅或者是各省的将军和主管文武官员，
成为清八旗军的骨干精英。
振魁在两黄旗中习练文武，

成为清太宗的三等侍卫。
太宗崩，振魁扈从皇太后和幼冲的福临皇上。
睿亲王多尔衮被授命为征明大将军，
出师山海关，
皇太后便将振魁等数十名原太宗身边的侍卫
赐予和硕睿亲王多尔衮，
成为多尔衮身边的侍卫，
在随多尔衮征战中锤练成长。
振魁后来升为二等侍卫，
现在还在皇父摄政王多尔衮身边行走。
近期因皇父摄政王始终悬念京畿的安宁，
屡下谕旨，
命瓜尔佳将军巡狩和清剿燕京北界
西起延庆东至承德一带的山中匿匪，
以保京师之平安稳定，
特命振魁去瓜尔佳将军处督办此军务。
振魁虽在多尔衮身边，
但他与皇太后、顺治皇上感情甚深，
特别是与皇太后身边的几个太监公公关系密切。
最亲的要属黄公公，
这都是太宗在世时在盛京结识的。
当时振魁还是个孩子，
常喜欢听黄公公讲魔怪故事，
黄公公还会晋剧中路邦子，
给他们唱《三劈关》《假金牌》《海神庙》等，
扮唱小花脸惟妙惟肖，
太宗皇上都叫好称赞。
现在黄公公正在侍候皇太后，
还常常见到呐！
振魁想到这里就说：
“小桃，你敢不敢去见黄公公，
老人家可喜欢小孩啦，
你跟他老人家诉诉冤，

兴许能有转机，弄好了，
让顺治皇上知道，
他可是眼睛里不揉沙子，
一定给你做主的！”
振魁这么一说，
正合小桃的心意，
老早就有告御状的念头！
这样就不谋而合了！
小桃说：
“振魁啊，那你可做了大好事了，
我和莉坤珠及她的全家都感恩戴德，给你磕头啦！”
这天，振魁领小桃去宫中拜见黄公公。
黄公公知道小桃虽然年轻，
但武功高强，为国立功，
被皇上赐号“英巴图鲁”，
所以对她另眼看待。
听振魁把情况和发生的令人气愤的事一说，
黄公公也觉得安禄和瓜尔佳将军太过分了，
应受到惩罚。
黄公公说：
“明个儿正是太后御极大佛殿，
恭贺观音文殊普贤菩萨行化修斋大吉之日，
届时顺治皇上也同来进香叩拜，
共祝普天之下万界吉祥，
积冤净尽，福禄寿同降人世。
我想法子把你们引见皇太后和皇上，
拜佛后共吃斋，
赏宫中詹霸、巴图等侍卫们的布库[1]，
你们也下场子献技。
皇太后、皇上必十分喜悦，
谈吐间，你们巧妙地吐露真情。

① 布库：满语，即摔交。

如今，皇上虽年轻，尚未临政，
但德配天下，怜悯黎民，
知道你的委屈，
皇上是要追问到底的，
你就详细述说。
皇上必禀皇太后，
那安禄和瓜尔佳将军可就得喝一壶了！
你愿必成。”
黄公公的一席话，
真使小桃犹如拨开乌云见了青天，
心里立刻敞亮、痛快，
满面的愁云顿时消失，
露出了笑脸，忙说：
“黄公公，小桃承蒙公公的厚爱，
我给您施礼啦！”
次日，按黄公公事先的细致安排，
早已来到宫中御佛殿前，
与詹霸、巴图众侍卫们在一起习练走飞腿。
武士们平时皆练此功，
在百米之内，练自己的腿速，
一呼三步、五步，甚至跃离七步、九步，
全靠轻功和纵跳之技，
腿脚好，有力，弹跳力强，便纵起身形，
既高又轻轻落地，如跳鼠、跳猫，瞬间就纵出数尺数米。
这种习练对于格斗非常重要，
越练越快，越高越远，行动神速，使对方防备不及。
一旦双方较斗，谁纵跳的越高越快，
以迅雷不及掩耳，
风驰电掣的神速，
谁必然占据上风。
所以武士都专意追求此技。
振魁从小在太宗、太后身边长大，
与詹霸学士、巴图侍卫都是挨班在一起磨炼成长起来的，关系甚密。
所以，他们在宫中习练也是常事，
皇太后、皇上也见过，
他们在一起练功并不会感到惊奇。
只有小桃，
是詹霸、巴图等侍卫新认识的，
不过英巴图鲁的称号已如雷贯耳，
由振魁引见认识一位女中英杰，
也都十分高兴，
真是一见如故。
在此习练飞腿，
他们都盼着小桃也露一手，
使大家长长见识。
小桃也不见外，
众位都是可敬的大哥哥，
她走上前，
分别一一施礼，自谦地说：
“小桃有幸得识众位很有名气的大哥哥，
正是难得的学习上进的好机会，
敬请各位哥哥多多指教。”
小桃的谦逊，
使詹霸、巴图对她印象更好，
感到亲切，是一家人。
振魁又将小桃的身世与为莉坤珠申冤之事，
一一告诉了他们，
使他们也都同情小桃，
对小桃仗义助人之举，
也甚是敬佩，
决心在太后、皇上面前帮助说几句好话，
想方设想引起皇太后和皇上的注意，
打赢这场沉冤积案。
他们正在商议中，
忽然一群宫人走过来，

中间的小抬轿中坐着皇太后，
后边的小轿坐着顺治皇上，
从宫中御佛殿方向回来。
看来皇太后与顺治皇上已经朝拜和进香完毕，
路过这里回宫中去，
陪同皇太后的正是黄公公。
黄公公便告诉皇太后说：
“太后，正巧英巴图鲁与振魁侍卫来了，
她的轻功举世无双，
一人力擒雾灵山蚁蝼古洞中一百多个彪匪，
力压群雄，可她岁数小，
年方尚在二七，
真是前途无量啊！”
黄公公特意大声禀奏，
坐在另一小轿中的顺治皇帝就听到了。
他在小轿中老远就看到詹霸、巴图侍卫和振魁侍卫，
好像还有一位女人衣饰打扮，
未看着脸，不知是谁，正想问黄公公。
刚才听黄公公这么一说，没等太后说话，就大声说：
“落轿，朕要去看看他们在做什么游戏？”
皇太后笑着说：
“黄公公，皇上要落轿去看看，
本宫我也落轿吧，
我倒想见一见这位年轻美貌的英巴图鲁，
这是咱大清国的荣耀啊！”
既然皇太后，
皇上都命落轿，
黄公公立即命侍人和轿夫平稳地将轿落在詹霸学士等人面前。
詹霸、巴图、振魁忙过去给皇太后、皇上行跪礼问安。
皇太后说：
“詹霸、巴图、振魁，你们怎么都聚到一起了？
这可不易啊！
振魁你不是去雾灵山参与瓜尔佳将军的剿灭残匪之事，

哀家已听皇父摄政王禀奏，
此次用兵全歼残匪，
从此居庸关到天寿山、雾灵山一带社会安宁，
百姓安居乐业，
不再有流寇袭扰，
民众日夜安生。
此事真是大功一件啊！”
振魁跪地禀奏：
“太后，大军已班师回朝，
我们还带回来不少当地黎民百姓颂扬我大清朝国泰民安，
恭祝皇太后、皇上万寿无疆的折子和彩仗。
还有当地百姓献上来的地方方物、锦鸡、麋鹿和野猪。”
皇太后这时忽然看到在地上还跪着一个女子，
便说：“这位女英雄，你就是皇上新赐颁封的英巴图鲁吧？
快快起来，让哀家好好看看你！”
小桃叩头，说：“谢皇太后。”
然后站了起来。
小桃此时穿着一身武士服装，
上身是蓝色紧身扎袖口的小衣，
下穿宽腿英雄裤，
腰系英雄状带，
脚穿一双鹿皮高腰白底儿小靴子，
看来非常精神利索，
头上扎着彩带，
一身全是武士打扮。
这一身正是她追杀柳一刀、张雷，
随振魁清剿雾灵山残匪时的那身装束。
皇太后心很细，
把小桃叫到身边，
用手给她捋一捋被风吹乱的长发，
见蓝衣服上有不少小洞，
一看就知道是在林子中让树枝刮坏了的。
太后说：

“姑娘，你这衣裳穿着有很多日子了吧?
都坏了，怎不换一换呢?”
小桃听太后这么一说，脸上红了，
是啊，到宫里来，也该换一身衣服啊!
这时，振魁回禀说：
“太后，您不知，她是有事从山海关赶来的，
这边没有家。
所以，一直穿这身衣裳。”
黄公公说：
“太后，等有闲时，让小桃给太后讲讲，有不少故事呢!”
皇太后说：
“黄公公，把哀家赏给宫女们的衣裳拿几件给她，
哪能老穿武士服装?
女儿家还是穿上女儿衣好!”
小桃赶紧谢过皇太后。
这时，顺治皇上让振魁在前边的梅花桩上再给跑一套“游龙戏水”。
这套功夫将辗、转、腾、挪、跳、跃、踢、纵、旋
等动作完全巧妙组合一起，
动作非常迅猛、骄健、勇武；
柔技和旋转又完全似狸鼠灵活，看了眼花缭乱，惊心动魄。
振魁此功来自瓜尔佳将军“自创”，巴图等虽全盘学过来，
又有自己的发展，但动作优美不足。
顺治皇上也学练这个功夫，
他最喜欢振魁的走势。
所以让振魁给示范做一遍。
振魁多日未来宫中，
顺治皇上也挺想他。
振魁说：
“皇上，我的‘游龙戏水’您不想看一看么?”
顺治皇上一听，
很新鲜，还是头一遭听到这种功夫，
当然想看了，便说：
“好啊，朕想看，谁做？你做吗?”

振魁用手一指说："请英巴图鲁献艺！"
这时，小桃正与太后攀谈什么，
听到叫她，便说：
"有这么多大英雄、大哥哥，
我一个未见过多少世面的女孩，
可不敢在皇上、在众位大师傅面前献丑。"
小桃虽然这么说，
心里也知道，
这是振魁在皇上面前推荐自已的，
心里完全领会，
便自谦几句。
巴图、詹霸，特别是黄公公都说：
"小桃，不必客气，
我们都想看一看你的脚踏青枝走百里的轻功，
是怎么个飞天法？"
皇太后很慈祥地笑着说：
"小桃，他们表演是他们的，
你做你的，哀家还真想看看我们英巴图鲁的功法。"
黄公公也帮助鼓励说：
"小桃，给太后献一手，
太后多喜欢你啊！"
小桃向周围看了看，说：
"这里也没有那么多插好的树枝子，
我是在树枝上飞腾纵跃。
太后，这样吧，前边正好有片杨树林子，
我就在杨树上给太后练练，
请太后、皇上赐教，
也请众位大哥哥们别耻笑，我小桃献丑了！"
说着，小桃向皇太后、皇上施一蹲礼，
然后站起来，
向巴图、詹霸、黄公公来一个抱拳礼，
后退几步，反身跑向前边的杨树丛林下面，
向众人挥一挥手，让大家注意，

小桃这时纵身爬上高树，
就像个小狸猫飞速爬上树干，
几次双腿挪动，竟攀上树枝梢上，
也就是转瞬间的工夫。
只见她上到树巅，站立起来，
双脚踏着树枝，在树顶端行走，
纵跃，从这棵树突然又脚踏着树枝，
纵到另一棵大树的树巅之上。
这树林共有八棵钻天杨树，
小桃穿着蓝色的武士服，
从树下远看，
就仿佛一块蓝色的彩带忽而在树西，
忽而到树东，
看不清她双腿都踩在什么树干之上。
其实，钻天杨树巅并没有粗树干，
都是细枝条，
何况当时还在刮着风，
钻天杨的树枝正在不停地摇动，
风吹得枝叶呼呼直响，
小桃就在摇动的枝叶上穿梭。
振魁在树下站在太后身边，
太后直发出惊叹声，
怕小桃有闪失，振魁说：
“太后，不用怕，小桃的轻功出色，
她身轻如燕，一点也摔不着她。
她跃上高枝之后，
双脚只要点着树梢，
就借助树梢之力，
便可纵身提升自己，
再坠落再点到枝梢，
再借力升腾，
凭着全身久练的轻功和全身纵跳的能力，
她能连续两个时辰在高树丛尖上行走。

这对于夜探敌窟、与敌搏斗，
居高临下，纵览全豹，
必然会战之必胜，永远主动，立于不败之地。”
振魁向太后解释，
更明白了小桃这“脚踏青枝走百里”的
征战意义和轻功的高超价值，
凡是看见小桃在树巅之上显示轻功的人，
都拍手鼓掌，欢呼称赞。
这时振魁高喊：“小桃，太后有懿旨命你下来吧。”
振魁的喊声刚刚停下来，
往上望去，
只见那个蓝色彩带突然下坠，
众人心中一惊，
小桃已经落到钻天杨的树下，
跑步过来向皇太后、皇上叩头说：“奴才小桃献丑了。”
皇太后高兴地命快快起来。
小桃站起来又向巴图侍卫、詹霸学士抱拳致礼。
顺治皇上说：
“小桃，朕也大开眼界，若有时辰，
能否在宫中多逗留数日，
朕真心想请你传授轻功绝艺呢！”
皇太后是久经世面的国母，
想事从来仔细周全，
而且小桃的举止，
突然出现在宫中，
振魁许久未来宫中，
今日到来就带一个小桃，
极力向哀家举荐她的功法，
就连黄公公都言里言外帮助振魁说话，
就觉得此事蹊跷。
特别是皇太后的眼睛尖、敏锐，
见小桃的长相非常像一个
她近年见过并且很喜欢的美貌格格，

小桃长得怎么这么俊呢?
小桃此次来宫绝非随亲闲游,
进入宫中,必另有别意。
此次亲眼见到小桃的绝妙轻功,
皇上赐她英巴图鲁封号,不为过。
仔细思忖,便说道:
“小桃,哀家很喜欢你,
哀家想赏你几件衣裳,
也想听你向哀家介绍一下你的轻功是怎么学成的?
也想听听你讲讲你的祖籍,
父母兄弟,哀家深居宫中就想知道世间的各种事情,
也想尽多的听到一些故事,
好不,今晚哀家特许你和振魁都留在宫中吧!”
小桃多么机灵、聪明啊,
一听太后的话,真是如愿以偿,
仔细一想,申冤之事还得哀求太后,
请太后开恩,于是慌忙跪地说:
“太后,小桃当然愿意在深宫陪伴太后一宵,
可是小桃还得回去,
我不是独自一人,
我们共四人,
还有三人在宫外等候,
我们不想欺瞒皇太后,皇上,
我们确有大冤在身,
无法排解。
我们到处寻找贵人,
拯救我们出水火之苦。
皇太后、皇上,我们今日找到了恩人,
在乌云中找到了红日。
皇太后、皇上,救救小桃,救救莉坤珠吧!”
说着痛哭流涕跪地不起。
振魁也走过来跪下,说:
“太后、皇上,振魁有罪,请皇太后、皇上恕罪。

此事罪责在我，
小桃不懂礼貌，
这一切都是我出的主意，
我十分同情小桃他们所遭遇的不幸，
唯有太后、皇上才能拨开乌云见天日！”
仁慈的皇太后并没有嗔怪振魁，说：
“你们俩遇到委屈事来找哀家，
是对哀家的敬重和信任，哀家不怪。
皇上虽然幼冲，未有临朝，
也有哀家之言的开导，
心中装有黎民百姓，
很愿多知下情内情，
你们直接向哀家向皇上禀奏下情，
皇上乃万民之主，
本应知晓和体察民情，
你们来禀奏此事，
哀家与皇上由衷喜悦也。
何罪之有？
黄公公、巴图侍卫，
你们给小桃和她的伙伴安排下榻之地，不必声张。
巴图你问明小桃伙伴都住在何处？
由你管护一并带入宫中，让其好好安歇。
哀家与皇上明日专理此事。”
黄公公、巴图侍卫说：“奴才遵旨。”
于是，皇太后、皇上回宫。
小桃先由詹霸、巴图、黄公公安排在宫中一个殿中安歇。
过了一个时辰，
巴图出宫又把在宫外等得万分焦急的
张恩昌、莉坤珠和佟晓带入宫中。
因有皇太后懿旨，
他们四人住在宫中，
安安静静熟睡一宿。
他们多少天没有睡一个好觉了，

养好精神，等次日叩见皇太后、皇上，
详细申奏积冤，请皇太后、皇上做主。

次日天明，
黄公公遵皇太后懿旨，
传张恩昌、小桃、莉坤珠、佟晓四人进宫。
顺治皇上已坐在皇太后身边，
皇太后命侍女送上茶点、果品，让他们不必拘谨，
尽情把事由始末一一讲给哀家和皇上听。
皇太后特意说：
“你们都是小桃的一家人，
小桃是皇上封赐的英巴图鲁，
你们在哀家这里，不必顾及，
有啥事都尽管说出来。
我这宫中都是哀家的侍卫、公公和婢女，
没有外人，你们随意，谁先讲都行！
小桃，要不你就领头先说吧！”
小桃壮壮胆子，禀奏说：
“太后，我的事放后说，
先说我姐姐莉坤珠一家的冤案。
由我们家舅舅张恩昌向太后和皇上禀奏。”
皇太后命学士詹霸、侍卫巴图也在场。
学士詹霸本来由盛京过来就跟随太后和皇上，
负责记录皇太后和皇上起居等一切活动，
谕旨和需要向皇父摄政王多尔衮传达的一切文案，
均由学士詹霸执掌。
詹霸极其用心，
深得皇太后的信任和器重。
莉坤珠的冤情也由詹霸从头到尾书记详细。
张恩昌为冤案奔波了数载，
前书已经介绍过他。
此番进入宫来，
能直接面陈皇太后、皇上，

心中非常高兴，
更是万分感激振魁和小桃。
整个案情的始末都在他心里，
非常熟悉。
但是，他刚进宫时也很紧张，
时间一长也就放松许多，
当听到皇太后说：“你们来宫里就像到了家一样，
不必惧怕，忐忑不安，要慢慢说，不必下跪，
把哀家和皇上就当成你们的长辈吧，
把一肚子要说的话全都倒出来，我们爱听。”
太后这些温暖可敬的话，
使他心中悬着的大石头落了地。
特别是看到太后那么慈祥、皇上年轻也平易近人，
虽气派非凡，但不吓人，
都和蔼可亲，所以张恩昌心也不那么突突跳了，
头脑也清楚多了，
于是便介绍自己的名姓，
讲莉坤珠的祖籍在盛京当地的穆克敦噶珊，
那里有个穆克突里哈喇，
家中最高长辈就是忠义侯侯爷。
他由忠义侯讲起，
一直讲到莉坤珠被逼婚的整个过程，
详详细细如同讲故事一般，
给皇太后，皇上讲了一番，
足足讲了一个时辰。
张恩昌禀奏完毕，
又让莉坤珠上前叩头，
向皇太后、皇上详细禀奏
自己自被逼婚嫁到瓜尔佳将军家，
方知其二子是完全不懂人事的痴呆傻子，
受尽孟氏欺压凌辱，
在本府管家和小桃等同情帮助下，
逃出瓜尔佳将军虎口，

孟氏派家丁追撵，
几次遇难几次脱险。
后来路遇上好心人佟小儿，
把自己带入大清国在德胜门地方
建起来的安居孤儿流丐的济世堂。
又在小桃仗义救助下，
来到昌平顺天府西大厅鸣锣申冤，
巧遇舅舅张恩昌，
在小桃和振魁将军帮助下，
有幸进宫，得睹天颜，
使小女有了出头之日的机会。
莉坤珠一肚子苦水终于找到倾诉地方了，
她再不怕孟氏和瓜尔佳将军了。
莉坤珠尽情地倾诉，
深深打动和感动了皇太后和皇上顺治帝，
听后都觉得不寒而栗，
世上竟有如此罄竹难书的惊心冤案，
真是令人咬牙切齿。
佟晓接着上前叩头，
自报家门，
然后接着禀奏自己怎么用泥弹子救下逃难的莉坤珠，
帮她女扮男装在济世堂中安生，
在救护一个无依无靠的老太太和小孙女，
半途遇匪徒，见莉坤珠有姿色，
要行凶强抢，得到小桃仗义相救，
后来在小桃帮助下来到京师，
进入宫阙，小人才叩见皇太后和皇上，
找到了真正申冤的可靠地方。
接着小桃又补充说：
“此积案已由顺天府接过审理，
得到朝中户部尚书英俄尔岱大人的吩咐，
命户部侍郎安禄受理此案。
安禄夫人丫丫乃是莉坤珠的亲姑姑，

安禄办案还算认真，
可惜英俄尔岱大人发现
瓜尔佳将军与皇父摄政王多尔衮关系甚密，
他们都是曾经擒拿洪承畴的大功臣，
瓜尔佳将军深得重用，
率兵清剿京畿北线雾灵山藏匿的明末残匪。
小桃我为能说服与亲近瓜尔佳将军，
在振魁引荐下参与了剿灭残寇之战，
蒙皇上之恩典得封英巴图鲁的称号。”
经过一个多时辰的禀奏，
皇太后、皇上听清了冤案的原委。
皇太后问道：
“你们说的全是事实么？
如若随意中伤，
哀家要治你们重罪的。”
小桃、张恩昌、莉坤珠、佟晓一齐跪地叩头说：
“太后、皇上，我们说的句句是实话，
不敢胡言乱语，如若瞎巴巴，
天打五雷轰，要剁要剐全都受了！”
皇太后命巴图侍卫宣安禄进宫。
不大工夫，安禄遵旨晋见，
跪地叩头，向皇太后问安。
皇太后问道：
“安禄，你看看詹霸书记四人禀奏的冤案，
你可知否？是否属实？”
安禄认真仔细翻看詹霸方才记录四人口述案情后，
跪禀道：
“皇太后、皇上，奴才已详细看过，
完全属实，他们未有臆造，
奴才与顺天府经三年多详审详查，
所言件件证据在案。
近日，小桃又揭出瓜尔佳将军之夫人孟氏，
偷窃莉坤珠之母皇封的诰命宝册，

现在孟氏之手。
孟氏拿此宝册到处招摇过市，
致使莉坤珠之母被诬陷籍没家产，
逐出府门时找不到诰命宝册，
被逐至附近一个破碎的寒窑，
苟且偷生，被迫于顺治三年天寒时悬梁自尽。
其弟张恩昌为其姐和姐夫之冤，
一直愤愤不平，便四处申冤，几成疯人。
但终因皇父摄政王袒护瓜尔佳将军，
一直无法深查结案。
奴才等已经查清忠义侯去世后，
莉坤珠之阿玛为辽阳城守尉，
喜酒成性，但并未沦为受贿者，
因与地方官有隙，而被诬告，
刑部判为贪赃受巨贿，而遭贬官，
逐出府门，田产收缴。
不久，忠义伯郁闷而终。
经查证据确凿，是一挟嫌诬告案。
当时的地方官已被押上正堂，
供认因隙施恶诬告，画押在监。
忠义伯应复原爵原职。
其妇虽死，也应恢复诰命夫人的名讳。
皇太后、皇上，应召瓜尔佳将军，
不能再姑息，令其认罪，至关重要。”
皇太后命安禄退下，
命小桃等四人回宿处歇息，有事时听宣。
皇太后台请皇父摄政王入宫，
请他详阅莉坤珠的冤案，件件有证。
多尔衮不好再庇护，
只得命瓜尔佳将军进宫。
瓜尔佳将军在皇太后、皇上面前，
不敢再犯欺君大罪。
虽然此事乃孟氏所为，

自己姑息，听之任之，罪责难恕。
瓜尔佳将军为了自己的前程，
又得多尔衮的叮嘱，
不可与皇太后、皇上抵捂，
只好回到府中叫出孟氏，
强逼她拿出偷来的诰命宝册，
并拿出与穆克突里哈喇
所订的两家指腹为婚的契约。
瓜尔佳将军进宫交给皇太后。
皇太后念瓜尔佳将军为太宗时代的勋将，
又在皇父摄政王多尔衮身边率军征战，赦免了他。
瓜尔佳将军满脸羞涩，也甚觉无颜再见莉坤珠。
次日，皇太后、皇上召见
小桃、张恩昌、莉坤珠、佟晓入宫。
皇太后下懿旨，
由巴图侍卫将契约原件还给莉坤珠。
太后说：
“莉坤珠，你如今又是穆克突里哈喇的人了，
你自由了，你可以自由成亲了。
祝贺你，一切吉祥。”
莉坤珠含泪接过这张
陈旧的使她沦为魔鬼的契约，
又跪地叩头感谢皇太后、皇上。
当即与佟晓俩人将契约撕得粉碎。
俩人忘情地紧紧搂抱在一起。
不一会儿，
巴图侍卫又从户部取回
收缴来的忠义伯爵位诏书一轴，
由皇太后交给张恩昌，说：
“张恩昌，老天不负有心人，
你多年申冤，
经查证忠义伯爵位诏书
还应归还你姐夫之家，

按爵位俸禄去顺天府领取银两，
重建府第，
恢复
忠义侯、忠义伯祠堂，
子孙永祀。
你也不必再在清河任县丞，
就任忠义侯祠堂主事，
安度晚年吧！”
张恩昌叩头谢恩，
感激涕零。
莉坤珠家事完全办理完毕后，
小桃又走出来，
跪在皇太后膝前，
痛哭流涕。
皇太后甚是惊奇，问道：
“小桃，你仗义救人，
品德可嘉，哀家难道说晚了，
你生气了不成？”
小桃说：“太后，
我自己的事还没有解决呢！”
小桃当着皇太后、皇上的面，
又一五一十地讲述
自己本是汉家人，
生父王桂原本是昌平城明朝户部主事，
大清崇德元年，
清军破城，先父殉节，
母亲上吊自杀，
留下双胞胎两女，
被满洲安禄将军和
瓜尔佳将军分头抱回来。
小桃我生长在瓜尔佳将军家。
视我为掌上明珠，
教我习文练武，

我的轻功绝技皆源自瓜尔佳将军。
一次将军酒醉吐真言，
方使我知道了自己身世。
可是，我去安禄将军家，
他家矢口否认，拒不承认。
我的一奶同胞姊妹小杏，
现在安禄府上，
听说已被预选入宫。
她并非满洲格格，
她叫桂赫格格，
也是汉家女。
太后，为我做主，
我要认自己的亲姊妹。
太后恩准吧，
小桃给太后、皇上叩头了！
小桃说着，接连在红毡上叩了九个响头。
皇太后、顺治皇上一听都大惊起来，
又牵及到皇太后亲自看中的顺治皇上未来的嫔妃，
这孩子美貌、聪慧，
而且又会一手古筝，甚有风雅。
顺治皇上也非常喜欢，
怎么还有这等重要内情？
皇太后忙问："小桃，你有何依据？"
小桃理直气壮地提出两个要求：
"太后、皇上，小桃我冒昧提一个请求，
能否借给我一身嫔妃之衣，我要用一下；
第二，请太后、皇上再宣瓜尔佳将军进宫，
然后再宣安禄将军进宫，
不就一切疑问真相大白了么？"
皇太后听了，笑了，说：
"小桃，你这个鬼丫头，就是事多，
今天哀家就听你的。
黄公公，去给取一套

上好的全新的嫔妃服饰，呈上来。”
不一会儿，
黄公公将装在衣匣内的嫔妃服捧了上来。
皇太后让黄公公将衣匣交给小桃。
小桃接过，手拉着莉坤珠，说：
“皇太后、皇上，请您们稍候片刻，
等莉坤珠禀报后，
我小桃请太后、皇上看一场大变活人。”
皇太后、皇上、黄公公、詹霸学士、巴图侍卫，
都被小桃莫名其妙的话给吸引住了，
什么大变活人？
小桃要耍弄什么戏法啊？
大家正在互相疑问、注目地看着，
就见莉坤珠出来，叩头说：
“太后、皇上，真挺凑巧，
我出宫正好遇上安府姑夫家的桂赫格格，
我把她给拉进宫里来啦。”
大家都很惊奇，这时，
只见一个身穿嫔妃美丽彩裙的
桂赫格格那么轻盈、那么柔媚，
那么美貌动人，迈着轻轻的步履，
风度翩翩地走来。
她怕彩裙踩在地上，一手还提着彩裙，
羞答答地走到皇太后、皇上跟前，俯身下拜，
行满洲格格的抚鬓半蹲礼，说：
“皇太后、皇上吉祥。”
皇太后、皇上马上站起身来，仔细端详。
顺治皇上一看，果真是桂赫格格来了，
忙说：“桂赫，你怎么来啦，
朕还说要去轿车接你呐！”
皇太后拉着桂赫格格的手，
仔细地瞅，上瞅，下瞅，
怎么看都像桂赫格格。

突然皇太后又一想，
那小桃上哪去了？
便脱口而出："你来了，
那个小桃上哪儿猫着去啦？
这个淘气的沙里甘居啊！"
皇太后这么一说，
桂赫格格扑哧笑了，说：
"太后，我没猫起来啊，
我不在你眼前么？"
小桃的话，让大家都惊奇起来。
皇太后、皇上以及
詹霸、巴图、黄公公都见过桂赫格格，
真让小桃大变活人给蒙住了。
小桃太像安府的桂赫格格了！
大家异口同声地说：
"像，太像了，简直就是一个人。"
小桃又请皇太后宣瓜尔佳将军和安禄大人入宫。
巴图侍卫遵旨去宣召。
不大一会儿，
瓜尔佳将军先到，
进了宫后，忙走上前
跪地给皇太后、皇上叩头问安。
皇太后开门见山，直截了当地
讯问瓜尔佳将军道：
"崇德年间，你随摄政王西征，
在昌平城与安禄两人各抱回
一个三岁的明朝户部主事王桂的双胞胎的小姑娘，
你养下了小桃，还有一个女孩在安禄家，
果有此事吗？"
瓜尔佳将军跪在地上，
对皇太后的话听得十分真切，
立马满头冒了汗，
心里像在打拨浪鼓，

不住地自责，暗暗叫苦：
“夫人啊，夫人，我可让你害苦啦，
是祸躲不过，今朝可露了馅儿”，
偷眼再一看，只见小桃就在身边站着，
知道自己已经不可再欺瞒了，便叩头说：
“奴才做的事，太后说得对，
小桃便是王户部主事的遗孤，事实如此。”
这时，安禄大人已到，
瓜尔佳将军向皇太后禀奏的话，
他听得十分真切，
心想，识时务者为俊杰，
不可再瞒了，只好认罪吧！
便当即跪在皇太后、皇上面前说：
“奴才有罪，有欺君大罪。
奴才一时糊涂，
只因当年与瓜尔佳将军抱回女孩之后，
我们夫妇没有女孩，
便认领为自己亲女儿，
为贱内所生。
取名依照瓜尔佳将军抱去的女孩叫小桃，
我与夫人商量，
便取名叫小杏，
满语桂赫，长大后就称作桂赫格格。”
皇太后问小桃：
“小桃，你今年多大啦?”
小桃说：“十四岁，属狗。”
安禄说：
“我家桂赫格格也十四岁，属狗。”
安禄又跪在地上说：
“皇太后、皇上，
奴才因在很早就与夫人商定为自己生的，
桂赫格格也认为自己是满洲人，
今年春天内务府选秀女，

桂赫格格被选中，
奴才与夫人不敢再改口禀奏为汉家女，
想不会为外人所知，
愚人竟做蠢事，
奴才有欺君之罪，
要杀要剐奴才领了，
还望太后开恩。”
小桃一听，欢欣鼓舞，
总算找到自己一奶同胞的姊妹了。
皇太后说：
“早年在盛京时，先王有训，
满汉不通婚，旗民不交产。
如今已定鼎燕京，
皇上非满洲人的皇帝，
而是满、蒙、回、藏、汉几族之君，
各族兄弟相亲，
各族间亦应自愿通婚，
旧习不宜固守。
近日，皇父摄政王受命发旨布告天下，
允许满汉相互嫁娶。
安禄你们夫妻的心情哀家我能理解，
不必自责啦，
你们爱女桂赫格格人品出众，
内务府已经上档，
选定入宫不变，
待皇上年长即进宫为妃嫔。”
瓜尔佳将军和安禄大人感激涕零，
又叩头谢恩。
皇太后又说：
“安禄、瓜尔佳将军，
哀家为你们做主，
择选良辰吉日，
为忠义侯之后裔莉坤珠和佟晓、

振魁侍卫与小桃英巴图鲁完婚，
满朝文武同来致贺，
共庆双喜，福寿绵长。”

此后，莉坤珠与佟晓两人
在昌平西沟安居下来，
夫妻恩爱，
日子过得红火。
生有两男一女，
女嫁晋商，
两男皆中秀才，
长子康熙朝进士及第，
满门光耀。

附件一：《耶钦哈哈吉的故事》汉文翻译

讲述者：何世环老人

采录、翻译：宋熙东

2012年秋至2013年夏，我多次赴黑龙江省孙吴县沿江乡四季屯村访问满族著名满语传承人何世环老奶奶。老人家今年已八十六岁高龄，多年来我得到了老人及其全家人的关照和帮助，学了很多满语，是我的无上荣幸。此次，又得到了老人的热心合作，讲述了《莉坤珠逃婚记》的满文原书梗概。现特将与何奶奶谈话的满语口述纪要摘录如下。满语记录与译文难免有疏漏之处，敬请诸位前辈老师多多指正。

问：这个故事是谁跟您说的呢？

何奶奶答：这个故事啊，本身不是古趣，不是一般故事，这可是以前老人们从满洲书上读的呀。

问：那是谁给您讲的呢？

何：谁说的这个书呢，是老祁家的，读书的老人名字叫祁世和。

问：他看得懂咱们满文书？

何：他认得满文看得懂满文书，是读满书的人，这人满书读的非常好。

问：是咱们村子的吧？

何：是，我们娘家村子下马场村满族人祁世和，很有名气，书读得好。在早，这都是有钱人家，请他给咱们读满文书，我就得机会听了，就这么的，咱们那时候的老人在那听说书，我也凑过去听一些。这会儿，我就把听的这个书给你们讲讲。我知道的就告诉给你们，我不知道的就完了，这说满族书，说满族话我也没扔，我把这个就告诉告诉你们。哎呀，你要是问起我来啊，我知道的就告诉给你，不知道的呢，我也忘记了。就这么说吧，你们现在学满族话呢，我这么大年纪了，告诉给你们，满族人还是别丢了自己的根本啊。

问：以前咱们满族老人，怎样读满洲书？是一个字一个字那么读吗？

何：读满洲书，可好听啦！不是一个字一个字那么读，而是拉着长音，开头总好唱着说："通古伦德"（这三个词是老奶奶用长音吟唱的，原文大意是"在古代的时候"）这么地念，缓慢地念，不是一个字一个字那么读。

今天就讲一个《耶钦哈哈吉的故事》。以前啊，在大清国初年，有一个叫耶钦哈哈吉的满洲人，这个人什么都没有，父母也都没有了，就单个儿一个人，加入了八旗兵，随着王爷进关作战，耶钦哈哈吉又认识了与他一同征战的两位将军，一个是瓜尔佳将军，一个是安禄将军，认识后这三个人就结拜为好兄弟了。

这三兄弟又被抽调到关内其他地方作战，咱们皇帝又发话了，让人去对耶钦哈哈吉说，率兵出征！耶钦哈哈吉就率领着骑兵去攻打那个城池，瓜尔佳将军和安禄将军两个人也都跟随着他去了。这次战争打完后，这个城池的大明守将被咱们擒住了，耶钦哈哈吉对这个守将说，你要是投降，跟我们回我们那边去，我一定让你做大官。这个大明守将就不答应。耶钦哈哈吉又说，你要是不投降不跟我们回去，我就杀了你。这个守将还是不答应，说，你杀了我又能怎么样？我莫不如自尽算了！说完，刎颈而死。

话说这个守城的大明守将，他有个妻子，妻子给他生了一对双胞胎女儿。这回当官的自杀了，家主死了，这家的家奴就抱着这一对双胞胎女儿逃出来，奔着城门外想逃跑。正跑着呢，遇到谁了呢？恰巧遇到了瓜尔佳将军和安禄将军在那。这对双胞胎婴孩，就被瓜尔佳将军和安禄将军两人一人抱走了一个，然后把这双胞胎女孩都抱回了自己的家了。

大军得胜以后，耶钦哈哈吉率领部队返回，来到皇帝跟前报捷，皇帝是非常的高兴啊，对大伙说："你们一个个的都有女人了，我的耶钦哈哈吉还没有一个女人呢，我得挑选一个好姑娘给我的耶钦哈哈吉当媳妇啊！"后来，就在一个好人家里挑选了一个又漂亮又善良的姑娘许配给了耶钦哈哈吉，这两个新人磕了头谢了恩，从此就是夫妻了。

耶钦哈哈吉这对夫妻一起生活着，慢慢的妻子就有身孕，后来生了一个女孩。安禄将军知道这事儿后，就跑来跟耶钦哈哈吉说，你的妻子给你生了一个女儿，我们夫妻有一个儿子，什么时候我们选日子结个亲家吧！耶钦哈哈吉闻听此话也欣然应允了。

日子慢慢过去了，这女儿也出落成大姑娘了，皇帝赏赐了女孩名号，什么名号呢？格格名号，大家就都称呼耶钦哈哈吉的女儿为"格格"了。皇帝又封赏了耶钦哈哈吉的妻子为诰命夫人。从此耶钦哈哈吉也是成了大额真一样的高官了。

这个时候，格格和安禄家的儿子也都长大成人了。安禄将军就对耶钦哈哈吉提起让两个孩子成亲的事儿，说孩子们都不小了，该是时候让他们拜天地牵起手完婚了。这么的，格格就嫁给了安禄将军的儿子。当格格来到安禄将军家一看，原来安禄将军的儿子是个傻子，白日里不穿衣服赤条条到处跑，特别傻的家伙。所以，格格就非常不愿意嫁到这个家来。安禄的妻子是个心眼很坏的女人，看到格格对她的傻儿子不喜欢，她就怀恨在心，整日里对格格打骂，还不给格格饭吃。

之前，那一对双胞胎女孩，这工夫也长大了。安禄家抚养的这个姑娘名字叫做“桃儿”，瓜尔佳将军抚养长大的那个姑娘名字叫做“杏儿”。安禄将军的妻子对桃儿也十分的不好，整天的非打即骂，也是不给饭吃。所以，有一天，格格跟桃儿商量说，咱们两个人一起跑了吧，在这个家是呆不下去了。桃儿听了，就跟随着格格，在那么一天，两人偷偷地出了安禄家逃跑了。安禄将军知道了这事儿，立刻带着亲兵前去追赶。这俩姑娘跑啊跑啊，就跑散了，一个往这么跑了，一个往那么跑了。

桃儿跑着跑着遇到了一个人，这个人是谁呢？是瓜尔佳将军的儿子，名字叫“振昆”，振昆就救了桃儿，带着她回家去了。等到了瓜尔佳将军的家，一看，杏儿在这呢，这姐妹俩也就算是团圆了。日子久了，瓜尔佳将军的儿子振昆和桃儿两人就互生爱慕之心。振昆对桃儿说你做我的媳妇吧，桃儿听了满心欢喜的答应了。从此，这两人就成了夫妻生活在了一起。再说杏儿呢，也算是瓜尔佳将军的女儿一样，杏儿嫁给了谁呢？皇帝娶了她，这回可成了娘娘了，杏儿长的好看，心地也善，皇帝也非常的喜欢她，杏儿过的就更好了。

再说说耶钦哈哈吉的女儿——格格，这一跑就跑到关里去了，在那里，格格遇到了一个汉族小伙子。这个小伙子对格格非常的好，后来格格就嫁给了小伙儿，两人成了夫妻，生了一对儿女。这两口子在那过得也非常好，后来夫妻俩带着孩子回到了格格的故乡，来到父母身边。安禄将军知道了这事儿马上跑到皇帝跟前告状。皇帝说，这两人已经结成了夫妻，也生了一对儿女，就这样吧。安禄听了皇帝如此说也是没有办法。格格来到皇帝跟前说，我额娘的诰命封册，是皇帝您赐给我额娘的。可是，这封册却被我的恶婆婆偷了去！皇帝听了这事儿，马上派人去安禄府上搜查，果真搜到了这本诰命封册。皇帝怒斥安禄的妻子，你心地如此坏，怎么能行此恶毒之事呢？这本是我赐给耶钦哈哈吉的妻子的，却被你偷走。你本是命官夫人，出了这样的事，也别让你的丈夫再当将军了！说完，把安禄家的人该处决的处决，该流放的流放。

从那以后，我们满族人就开始和汉族人结亲了，以前是不行的，只能满族人跟满族人结婚，汉族人跟汉族人结婚。就这么回事儿，哈哈，这个就算是讲完啦！

满语转写如下：

《yacin hahajui i julen》nikan gisun i ubaliyambu-rengge.

Manju gisun I alahangge：he xihvwan mama

Ubaliyambuhengge：sung sidung

Suhe gisun：2012ci aniya I bolori ci 2013ci aniya i juwari de isitala. bi ududu mudan sahaliyan ula golo I yanjiyangsiyang gaxan I tuwa tokso de genefi manju gisun be ulabume sirara niyalma—he xihvwan mama i jaka de taciha bihe. sakda mama ere aniya emgeri jakvnju ninggun se oho，jabxan de，mama I tacihengge be bi majige donjifi alime baha. ere mudan，sakda mama i alahangge《likunju holbon ci ukara ulabun》i da arbun be bahafi donjihabi. utala gisun be geren manju gisun be tacire gucu bahafi tuwaci，taxaraha ba bici，mini bairengge，minde labdu seme tacibuki sembi kai.

（ere julen be we sinde gisurehengge?）ere julen，ere julen waka，ere bithe hvlambi. ere bithe，onggolo，sakda niyalma bithe hvlara de，ere emu bithe.（we sinde alahangge?）we hvlahangge ere bithe，lao ci boo niyalma，ere bithe be hvlara niyalma i gebu cixihe. （tere musei manju bithe be takambio?）manju bithe be takambi，manju bithe be hvlara niyalma，ere niyalma bithe be hvlahangge umesi sain. ere manju niyalma i bithe.（uthai muse i tokso ningge?）inu，meni tokso ningge，siyamacang ningge，meni tokso i manju niyalma cixihe，bithe be hvlah-angge sain.

ere gemu jiha bihe niyalmasa，tere be solime gamame musei manju bithe be hvlaci bi uthai bahafi donjihangge，uttu ofi，musei sakda mafasa tubade bithe be hvlara be donjirede, bi geli majige bahafi donjiha bihe. bi ere sidende ere be majige alambi. bi saci ere be uthai suwende alambi, sarkv ningge uthai wajiha, ere manju bithe, manju gisun, gemu waliyahakv, bi ere jaka be suwende alambi, ara, si minde fonjici, mini saha ningge bi uthai sinde alambi, sarkv ningge, bi geli onggoho, uttu ofi, te suwe manju gisun be tacimbi, bi ere gese amba se oho, suwende majige alambi, manju niyalma be manju use be ume waliyara.

(muse manju niyalma onggolo, bithe be hvlaci adarame hvlambi? emke emken i hvlmbio?) emke emke hvlarakv, gemu golmin jilgan tucibumbi, tung gurun de (ere ilan hergen be golmin jigan i uculehengge inu) seme hvlambi, elhe i hvlambi, emke emken i gisurerakv. (enenggi muse duin niyalma ai julen alambi?) ai julen alambi? suwe ajigan de, te gisureci, suwe ajige ningge de gisureci, ai gisun julen be alambi? suwende gisureci, ai......

onggolo dacing gurun I tuktan de, emu gebu yacin hahajui sere niyalma bi, yacin hahaji de yaya jaka gemu akv, eniye akv ama akv, emhun ningge. mutufi amba oho manggi coohalafi cinwang be dahame afanaha, daicing gurun eten baha. ere sidende, yacin hahajui niyalma be takaha, we be takaha ni? gvwalgiya, anlu, ere juwe niyalma be takaha. takame wajiha manggi uthai sain ahvn deo ohobi.

ere ilan nofi geli gvwa bade afanaha, musei ejen geli gisurehengge, yacin hahajui de gisure, cooha gaime tucibu sere jakade, yacin hahajui uthai cooha be gaifi emu hoton de genefi dailanaha, ere sidende we imbe dahame genehe? gvwalgiya jai anlu gemu genehebi. dailame wajiha, tere hoton i hafan be muse jafame baha. yacin hahajui ere hafan de hendume si mende dahafi meni gurun de geneci bi urunakv simbe hafan obumbi sere jakade, ere hafan ojorakv sehebi. yacin hahajui geli hendume, si daharakv oci, meni gurun de generakv oci, bi uthai simbe wambi sere jakade, tere hafan geli ojorakv seme hendume, si mimbe waki serengge ai oyonggo baita? bi beye beye be araki sefi beyei meifen be faitame bucehe.

ere hafan de emu sargan bihe, ere hehe niyalma kaba sarganjui banjihabi. ere boo i ejen bucehe turgun de, ere boo i aha uthai ere juru kaba sarganjui be tebliyefi hoton i duka i tule tucifi burulaki seme oho. jing sujure de, we be sabuha? lak seme gvwalgiya jai anlu be ucaraha. gvwalgiya anlu ere juru sarganjui be sabuha manggi, umesi cihalambi, uttu ofi, gvwalgiya emke be durime baha, anlu emke be durime baha. juwe sarganjui be gemu durime baha, aha niyalma be gemu wabuha. aha niyalma be wame wajiha, ere juwe sarganjui be tebliyeme boo de gajiha.

eten baha manggi, yacin hahajui cooha be gaifi ejen i bade bederеme jifi serki feksibuha manggi, musei ejen umesi urgunjeme hendume, suwende gemu hehe bi, mini yacin hahajui de hehe akv, bi emke sain sarganjui be sonjofi sinde sargan obuki sefi uthai emu bayan weisihun boo ningge umesi saikan gvnin sain sarganjui be sonjofi yacin hahajui de buhe, ere juwe niyalma sasa hengkilehe manggi uthai eigen hehe ohobi.

yacin hahajui eigen hehe juwe niyalma banjihabi, hehe uthai beye de oho, beye de oho manggi uthai emu sarganjui banjihabi. anlu ere be saha manggi, utahi yacin hahajui de hendume, sini hehe emu sarganjui banjiha, meni eigen hehe de emu hahajui bi, ya inenggi muse juwe niyalma sadun jafaki sehebi. ere be donjici yacin hahajui uthai ombi sehe.

inenggi goidaha manggi, ere sarganjui mutufi amba oho, musei ejen ere sarganjui de colo gebu be buhe, colo gebu be ai sembi ni? gege seme hvlambi, geli ulhibure fungnehen be yacin hahajui i hehe de xangname bahabuhe. ereci yacin hahajui uthai amba ejen ohobi.

ere sidende, ere sarganjui jai anlu i hahajui gemu amba ojoro de, anlu uthai yacin hahajui de hendume, sini sarganjui amba oho, mini hahajui geli amba oho, abka na de hengkileki, gala jafabuki (eigen hehe obuki) sere jakade, gege uthai anlu i hahajui be eigen gaiha. gege anlu i boo de genefi tuwaci, anlu i hahajui daci emu beliyen yokto ningge, inenggi xun de etuku be eturakv yaya jaka eturakv babade geneme sujumbi, umesi beliyen yokto jaka. uttu ofi, gege uthai ere boo de banjire be cihakv oho. anlu i hehe be gisureci, ere hehe i gvnin ehe. gege ini hahajui be tuwara de cihakv be saha manggi, uthai inenggi dari gege be tantame toombi, buda be geli uleburakv.

tere durime gamaha juru sarganjui, anlu ningge too el seme gebulehe，gvwalgiya ningge sing el seme gebulehe. anlu i hehe too el de sain akv，inenggi dari geli tantame toome buda be uleburakv. uttu ofi，emu inenggi gege too el de hendume，muse juwe niyalma hvlhame sujuki，ere boo de bici ojorakv oho sehe，too el uthai gege be dahame，ya emu inenggi juwe niyalma uthai hvlhame ukaha. anlu ere be saha manggi，cooha be gaifi amcambi. sujuhe sujuhei，juwe niyalma jugvn dendehe，emke uttu sujuhe，emke tuttu sujuhe，meni meni gvwa bade sujuhe.

too el sujuhei sujuhei，we be sabume ucaraha ni? gvwalgiya i hahajui be bahafi sabuha. gvwalgiya i hahajui gebu jenkvn sembi. jenkvn uthai too el be gaifi sasa boo de bedereme genehe. boo de isinaha manggi tuwaci，sing el geli tubade bi. ere eyun non juwe niyalma emu bade acaha. inenggi goidaha manggi，emu inenggi gvwalgiya i hahajui jenkun uthai too el i baru hendume，muse juwe niyalma eigen hehe oci antaka sere jakade，too el daci jenkun be cihalara turgun de，urgunjehe seme wajirakv ombi seme jabuha. ereci ere juwe niyalma uthai eigen hehe ohobi. sing el ni，gvwalgiya i boo i sarganjui. sing el be we gamaha ni? ejen imbe gamaha，ejen hehe gaiha，musei ejen i hehe oho. sing el banjihangge sain，gvnin geli sain，musei ejen imbe cihalambi.

yacin hahajui i sarganjui gege be gisureci，dorgi ba（furdan i dorgi nikan ba）de sujume isinaha manggi，emu nikan niyalma be takaha，ere nikan niyalma gege de sain ofi，gege uthai ere nikan niyalma be gaifi eigen hehe ohobi，emke hahajui emke sarganjui banjihabi. ere juwe niyalma i banjirengge sain ofi，eigen hehe juwe niyalma uthai juse gaifi gege i da gaxan de bedereme genehe. anlu ere be saha manggi uthai ejen i baru habxanaha. ejen i gisurehengge，emgeri sarganjui hahajui be banjihabi，ere juwe niyalma emgeri eigen hehe ohobi，uthai uttu oho sehebi. anlu ere gisun be donjiha manggi fase akv oho. gege jifi ejen de hendume，mini eniye i ulhibure fungnehen i bithe，ejen i xangnahangge，ere ulhibure fungnehen bithe be mini emeke hvlhame gamaha sere jakade，ejen ere baita be donjifi baicaci，anlu i boo de ulhibure fungnehen bithe be baime baha. ejen anlu i hehe de hendume，sini gvnin ehe，ainu enteke ehe yabun be yabumbi ni? ere jaka be mini yacin hahajui i hehe de buhengge，si hvlhame gajiha. si hafan i hehe inu，jai sini eigen be jiyanggiyvn obuci ojorakv oho sehe manggi，anlu i boo i gubci wabuci acarangge be waha，falabuci acarangge be falabuhe.

terei amala，muse manju niyalma nikan niyalma teni hvncihin jafame mutembi，onggolo uttu oci ojorakv，manju niyalma be manju niyalma gaimbi，nikan niyalma be nikan niyalma gaimbi. uttu gisurehe bihe，ere be uthai gisureme wajiha!

附件二：得不大利的故事

祁学俊整理

最初讲这个故事的是小乌斯力的一个满族老太太。她出身贫苦，以讲故事、要饭为生。据说她讲故事一直讲到俄国。她讲故事是边唱边讲。开头总是要捧着烟包，唱着“得不大利，得不大利……”，所以人们都管她叫“得不大利妈妈”。故事梗概如下：

清朝初年，在黑龙江沿岸的一个小山村有一个年轻貌美的姑娘叫纳银珠。纳银珠从小就死了母亲，父亲无法养活这个姑娘，七八岁时候便将她给了一家做了童养媳。纳银珠的婆婆是一个又懒又馋，又狠又刁的老太婆。纳银珠的丈夫是个比她大十多岁，而且长年瘫痪在炕上的病人。纳银珠在这个家里过着牛马一样的生活。一天打柴、担水、推磨、缝洗、做饭，炕上、炕下，打狗、喂猪，样样活都干。就是这样起早爬半夜地干，还经常遭到婆婆的毒打。纳银珠生活在这里既得不到爱情，又得不到温暖。她恨死了这个家，总是希望有一天跳出这个火坑。

这天傍晚，纳银珠做完了晚饭，到井沿去打水。刚下过雨，井边积满了雨水。纳银珠用井绳把水桶放下去。沉甸甸的水桶刚一提起，脚一滑，手一松，连水桶带井绳一起掉了下去。纳银珠无计可施，捞不出水桶，担不回去水，又要挨婆婆打。坐在井边，望着远处青山下水泡里一对野鸭子戏水，想起自己的身世、遭遇，不禁潸然泪下。“野物还能成双成对，无忧无虑，我这是什么日子呀!”纳银珠正在望着野鸭出神的时候，突然发现一个当兵的手持弓箭正要向野鸭射去。纳银珠不由自主地喊起来：“喂！你怎么打我的鸭子!”当兵的听到喊声，放下弓箭，向井边走来。走到跟前，纳银珠抬头一看，只见这当兵的铜盔银甲，浓眉大眼，脸膛黑里透红，身材高大，虎势彪彪，不觉产生爱慕之心。当兵的见眼前这位女人不说话，只是上下打量自己，也不自觉地细细地看了看眼前的这个女人。只见这位女人又黑又粗的辫子在头顶弯弯地挽成一个髻，瘦削的脸庞虽然缺乏血色，可两只大眼却分外有神，一身粗制的布袍虽然破旧，倒也是干净、利落、整洁。二人相视很久，纳银珠说了话：“你要是能在百米之外，把我的头上这个簪子射下来，我就让你打我的鸭子。”当兵的退出百步，拉满弓，只听嗖的一声，纳银珠插在头上的簪子就不见了。“好箭法!”纳银珠钦佩地走上前去问了一声；“大哥，你是哪儿的人？到这儿干什么？”

这个当兵的叫德根柱，父母双亡被征调去打仗，被围困了三天三夜，在人喊马叫中他突出了重围，走得又饿又累，先是见到一只老鸹，他举箭要射，突然老鸹说了话：“你打我干什么？我也没有几口肉，你往西南走，必定有好处。”就这样德根柱按照老鸹指引的方向来到这里。

德根柱的遭遇引起了纳银珠的同情，两个苦命的人互诉衷肠，彼此产生了爱慕之情，纳银珠决定和德根柱一起逃出这个家庭虎口。

几天之后，屯里风传从外地来了一个大萨满，专治各种陈年痼疾。本屯有一个大粮户，家里的独生女突然得了邪病，疯疯癫癫，胡言乱语。这一天，大粮户家请这位萨满跳神，全屯也都要亲眼看看这位萨满的神术。纳银珠的婆婆一大早起来，吃过饭，梳洗一番，穿上胡绉的长袍，吩咐儿媳妇在家挑满一缸水，磨好一盆面，便匆忙地出门去了。老婆婆去了，纳银珠也忙乎起来，上炕把自己仅有的破衣服拣了出来，缝缝补补，包在包袱里，然后到院里抓了一只鸡杀了，供在院内影壁前，点上达子香，跪在那儿乞求老天保佑她平安地逃出这个火坑。祈求完毕，正准备进屋拿包逃走的时候，婆婆从外边扭扭搭搭地进了院。原来是她早晨走得急忘了带那终日不离嘴的二尺长的大烟袋。另外，回来顺便告诉媳妇再磨一盆面，午间回来要吃黄面饽饽。老太太进院一看杀了鸡，顿时脸色变得铁青。刚要开口大骂，纳银珠急中生智，冲着婆婆说；“别人家都能请萨满治病，你去以后，咱家病人又喊又闹，我就杀了一只鸡，求老天保佑去灾免祸，快点好病。”老太太听后转怒为喜，“亏你还有点当媳妇的心，快把鸡炖上，好给你男人吃。”纳银珠强作笑容对婆婆说：“咱家病人一病就是十来年，也不见好转，听说这个新来的萨满的神挺厉害，咱家也养了几头猪，能不能也杀一头猪，请请这位大神。”老太太听了说：“也是。”

又隔了几天，纳银珠家请来这个大神给其男人跳神。晚间纳银珠家炕上、地下挤满了人。只见萨满头戴神帽，身系腰铃，手持单鼓，在地中间来回舞动。神帽上的两个铜制虎头随着他的脑袋摆动吱吱直转。身上的腰铃随着身体的扭动叮咚作响。手中的单鼓也发出了咚咚有节奏的声音。正在热闹非常的时候，混入人群里的德根柱偷偷地踢了纳银珠一脚，二人偷偷地溜出屋。纳银珠到马圈牵出两匹马，二人骑上马向屯外飞马跑去。

跑着跑着，只见后面尘土飞扬，马蹄声声，是婆婆派人追了上来。二人快马加鞭，可是后边人马越来越近。正在无计可施的时候，眼前又出现了一条河。纳银珠感到走投无路，扔下鞭子，向河扑去。就在这时，鞭子下处出现了一座大桥横跨大河两岸。二人跃上马过桥了，再回头看去，不见大桥，只见白亮亮的一片大水。

德根柱、纳银珠几经艰难曲折，终于逃出虎口，来到黑龙江边一个依山傍水的地方，男耕女织，过上了美满幸福的生活。

后记

当我拿到富育光先生的《莉坤珠逃婚记》讲述手稿时，立刻被这富有传奇色彩的书名吸引住了。“逃婚记”三个字，就饶有兴趣，耐人寻味。于是，我用一天的时间一鼓作气把这密密麻麻的小字手稿读完了。闭目深思，觉得《莉坤珠逃婚记》是一部比较典型的给孙乌春乌勒本，全书采用诸多曲牌联缀且唱且说，把故事演绎得波澜起伏，扣人心弦，将社会上各阶层人物形象刻画得惟妙惟肖，生动感人，不愧是一部说唱文字的精品，在满族传统说部乌勒本中也是很有代表性的佳作。

仔细思考，逃婚的故事并不为奇，在民间口头文学中有很多这类的故事，似乎是司空见惯了，但满族传统说问《莉坤珠逃婚记》却与众不同，有它奇妙的地方。奇就奇在讲述者把莉坤珠逃婚的故事放在清初大清定鼎中原，围剿明朝残余势力，人民生活平静，社会发展如日中天的大背景下展开的。书中描写满族指腹为婚的习俗，穆克奚里哈拉的莉坤珠被骗嫁给瓜尔佳将军的生下来就痴、呆、傻的二小子，莉坤珠受尽种种折磨，逃出虎口，被汉族的佟小儿相救，俩人相爱。因莉坤珠的婚姻契约没解除和佟小儿是汉族不能结成连理，又因瓜尔佳氏势力大，受到种种阻力。万般无奈，告天状，顺治皇上和孝庄皇太后下旨，废除指腹为婚契约，从今后满汉通婚，由皇太后做主，为莉坤珠和佟小儿举行婚礼。全书以哀惋凄楚动人的故事，奇妙曲折的情节和栩栩如生的人物形象，深深地吸引和打动着听众。特别是在讲唱中采用了许多美妙动听的民间小调和曲牌，比喻形象的喻世格言，词语生动、短促，铿锵有力，不仅为连接故事情节、突出主题思想起到重要作用，还为一书增光添色，突显了启人心智、警示后人的教育作用。

本说部传承人富育光先生自幼聆听祖母郭霍洛·美容讲唱《莉坤珠逃婚记》，许多生动感人的情节都铭刻心中，后来又多次听父亲富希陆和二姑夫张石头讲述，对全书的故事发展脉络印象颇深。此次依据他先父生前所留遗稿的荟萃和自己的记忆讲述的，全书保持了往昔老人讲述《莉坤珠逃婚记》的原汁原味，充分展示出满族传统说部给孙乌春乌勒本说唱艺术的色泽与香气。对于这样一部好书，我在整理时给自己立下几条规矩，即故事情节发展结构、人物性格、各类人物之间的关系、主题思想以及与展示内容相关的说唱形式等都保持原样，这些都是大树的组成部分，动了一点就不称其谓该树了，必须保持原来的风彩。我在忠实记录、整理的基础上，只是在语句不顺通的地方、没有押脚韵的语句、唱词中没有按诗分行的段落、个别人物和张大胆前后照应不够等方面作了修润，使其顺理成章，保持原文的面貌。另外，对一些生疏的满语和方言土语进行注释，保持该书的民族特征和地方特色，拉近讲述者与读者的距离，使这部书所反映的思想感情更快地与读者融会在一起。

为展示《莉坤珠逃婚记》于二十世纪初在黑龙江省爱辉地区传播的盛况，附录了宋熙东先生采录86岁何世环老人用满语讲述《耶钦哈哈吉的故事》以及祁学俊先生于上世纪八十年代在爱辉地区采录的《得不大利的故事》。从这两则故事可以看出《莉坤珠逃婚记》的故事在传播中不断发展变异。特别是黑龙江省孙吴县沿江乡四季屯的何世环老人，头脑清楚，对过去的了情记忆犹新，甚至能用一口流利的满语复述下来。这次附录的《耶钦哈哈吉的故事》就是她年轻时在娘家下马场听满族说部传承人祁世和老人用满语讲唱的《莉坤珠逃婚记》，时隔70多年后，老人还能用满语讲述故事梗概，实属不易。目前在民间会说满语的已是凤毛麟角了，至于能用满语讲说部的，据我们掌握的情况来看，唯何世环老人一人，其珍贵、其价值可想而知了。宋熙东先生长期向何世环老人学习满语，这次特意把老人用满语讲述《耶钦哈哈吉的故事》录了像，刻成光盘，一并发表，以飨广大读者。

由于本人水平有限，敬请批评指正。

荆文礼

2015年5月5日

富育光，满族，1933 年 5 月生，黑龙江省瑷珲县人，1958 年毕业于东北人民大学（现吉林大学）中文系，毕业后被分配到中国社会科学院吉林省分院文学研究所，投身于民间口碑文学挖掘、搜集与研究工作。1984 年 9 月，由吉林人民出版社出版了其搜集整理的满族传说故事选《七彩神火》。这是中华人民共和国成立以来，我国最早的一部满族传说故事选，受到国内外好评。1986 年 2 月，由中国民间文艺出版社出版了其与他人合作整理的《康熙的传说》。1989 年 2 月，由中国文联出版社出版了其与他人合作整理的满族传说《风流罕王秘传》。

富育光曾任吉林省民间文艺家协会理事、副理事长，现为吉林省民族研究所研究员、中国社会科学院民族文学研究所萨满文学研究中心顾问、长春师范大学萨满文化研究所名誉所长、吉林省民俗学会名誉理事长；1993 年起享受国务院颁发社会科学有突出贡献政府特殊津贴；曾承担和主持国家“八五”“九五”萨满教研究课题，参与国家“十五”社会科学基金项目《满族史诗〈乌布西奔妈妈〉研究》；独立或合作出版、发表萨满文化研究专著及论文集六部、民族文化研究编著二十余部、论文七十余篇。

荆文礼小传

荆文礼，汉族，1936 年 8 月生，辽宁省朝阳市人，1956 年考入东北人民大学（现吉林大学）中文系，毕业后在《长春日报》副刊部从事编辑、记者工作。“文化大革命”之后，在长春市文化局、吉林省文化厅从事文化工作。1986 年 10 月任吉林省艺术研究所所长，直至退休。现为中国戏剧家协会会员，研究员。几十年来，曾在国家级、省级报刊上发表论文九十余篇。曾参与撰写、编辑出版《文化馆学》（吉林大学出版社）、《二人转艺术》（中国曲艺出版社）、《新剧种论》（时代文艺出版社）等著作。任所长期间，曾主持《中国民间舞蹈集成·吉林卷》《中国民歌集成·吉林卷》《中国器乐曲集成·吉林卷》《中国戏曲音乐集成·吉林卷》以及中国地方志吉林省志社会文化分册、艺术分册的编纂工作；曾承担全国艺术科学“九五”课题“萨满教舞蹈象征艺术研究”（该专著由辽宁人民出版社出版，荣获第二届文化部文化艺术科学优秀成果奖三等奖）和“十五”国家课题“中国口头文化遗产满族传统说部”的编纂工作。2004 年 8 月参加国际萨满文化研讨会，其论文《萨满文化与满族传统说部》在会上宣读并发表在当年的《民间文化论坛》上。

图书在版编目(CIP)数据

莉坤珠逃婚记 / 富育光讲述 ; 荆文礼整理. -- 长春 : 吉林人民出版社, 2018.8

(满族口头遗产传统说部丛书)

ISBN 978-7-206-15279-5

Ⅰ. ①莉… Ⅱ. ①富… ②荆… Ⅲ. ①满族－民间故事－中国 Ⅳ. ①I277.3

中国版本图书馆CIP数据核字(2018)第189161号

莉坤珠逃婚记

LIKUNZHU TAOHUNJI

丛书主编:谷长春　　出 品 人:林　毅

讲 述 者:富育光　　责任编辑:刘子莹

整 理 者:荆文礼　　装帧设计:张　娜　杨　硕

吉林人民出版社出版 发行(长春市人民大街7548号　邮政编码:130022)

印　刷:天津画中画印刷有限公司

开　本:670mm×970mm　　1/16

印　张:19.5　　字　数:210千字

标准书号:ISBN 978-7-206-15279-5

版　次:2018年8月第1版　　印　次:2021年1月第2次印刷

定　价:60.00元